P. WARK
ALBTRAUM

Inhaltsangabe

Ein Toter am Stuttgarter Flughafen – Mord. Warum wird gerade der Stuttgarter Journalist Jörg Malthaner von der Polizei an den Tatort gerufen? Ein Zettel bei dem Toten gibt den Hinweis, dass es sich um Malthaners ehemaligen Schulkameraden Dietmar Hochdorf aus Albstadt handelt, der ihn nach langen Jahren um ein Treffen bat. Jetzt ist ihm klar, warum Hochdorf am vereinbarten Treffpukt nicht erschienen ist.
Allmählich stellt sich heraus, dass der ehemalige Musterschüler in üble Machenschaften verstrickt war. Hat er tatsächlich Geld in Millionenhöhe unterschlagen?
Spannend, witzig und flott geschrieben: ein echter Schwabenkrimi aus dem Gmeiner Verlag!

Schwabenkrimis im Armin Gmeiner Verlag: die mit dem besonderen Pfiff!

Peter Wark, 1961 auf der Schwäbischen Alb geboren, lebt heute bei Stuttgart.
Nach 5 Semestern ungeliebten BWL-Studiums wechselte er ins Journalistendasein, wo er bereits seit 15 Jahren bei verschiedenen Tageszeitungen als Redakteur tätig ist. Für seine Arbeit wurde er mit zwei Journalistenpreisen ausgezeichnet. Die anhaltende Verbundenheit mit der Schwäbischen Alb, seine Leidenschaft für's Mountainbiking und sein Interesse an Kriminalliteratur animierten ihn zu seinem ersten Krimi.

P. WARK
ALBTRAUM

SCHWABENKRIMIS
IM GMEINER VERLAG

Die Deutsche Bibliothek – CIP-Einheitsaufnahme

Wark, Peter:
Albtraum : Kriminalroman /
Peter Wark. - 1. Aufl. - Messkirch : Gmeiner, 2001
(Reihe Schwabenkrimi)
ISBN 3-926633-45-X

Ehnried-Hof, 88605 Meßkirch

http://www.gmeiner-verlag.de
eMail: info@gmeiner-verlag.de

1. Auflage 2001
Lektorat: Isabell Michelberger, Meßkirch
Umschlaggestaltung: Frank Heine, Stuttgart
Gesetzt aus der 10/14 Punkt Stempel Garamond
Druck: Elsnerdruck GmbH, 10722 Berlin
Printed in Germany
ISBN 3-926633-45-X

Prolog

Beim Anblick der Leiche fiel die Maske antrainierter Professionalität von ihm ab wie ein vertrocknetes Blatt von einem Baum. Malthaner erstarrte, dann taumelte er einen Schritt zurück. Alle Farbe war schlagartig aus seinem Gesicht gewichen, das einen wächsernen Ton angenommen hatte. Er war kraftlos, zitterte und konnte nichts dagegen tun. Sein Hirn weigerte sich noch zu verarbeiten, was seine Augen nun schon seit Sekunden aufnahmen. »Herrgott«, presste er tonlos zwischen zitternden Lippen hervor, und noch einmal: »Herrgott«. Er wollte wegschauen und spürte gleichzeitig einen zwanghaften Drang, dieses ausgelöschte Leben vor sich auf dem Boden anzustarren. Er würgte gegen seinen Brechreiz an, und wusste nicht, wie lange er den Kloß noch würde hinunter schlukken können, der sich in seinem Hals gebildet hatte.

Natürlich, er hatte schon einige Tote gesehen. Viel zu viele für seine 38 Jahre. Aber noch niemals hatte er so etwas ertragen müssen.

Damals als junger Volontär beim *Tagblatt* war er meistens der erste, der an der Unfallstelle eintraf, wenn es wieder einmal gekracht hatte. Mit dieser elektrisierenden Mischung aus Abscheu und Faszination hatte er äußerlich ungerührt die Fotos von zertrümmerten Autos gemacht, in denen von einer Sekunde zur anderen Menschenleben ausgelöscht wurden. Später, als Polizeireporter bei der *Landeszeitung* in Stuttgart, als er sich endgültig für abgebrüht gehalten hatte, bekam er die Junkies zu Gesicht, die sich den goldenen Schuss gesetzt hatten, er sah Männer und Frauen, die von einem durchdrehenden kleinen Ganoven erschossen wurden, weil sie sich weigerten, ihre Brieftaschen herzugeben; er sah, was Eifersucht und Habgier anstellen konnten. Und er sah, wie das organisierte Verbrechen Probleme erledigte. Er hatte jahrelang erlebt, wie profan der Tod meistens war. Damals war er längst nicht mehr so scharf darauf, vor der Konkurrenz von den *Stadtnachrichten* am Tatort zu sein. Ein Ehrgeiz, der sich in den letzten Jahren fast vollständig gelegt hatte. Seit er als freier Journalist für die *Landeszeitung* und andere Blätter arbeitete, war das auch nicht mehr nötig, denn er konnte sich seine Themen zumindest teilweise selbst aussuchen, und die hatten im Allgemeinen nichts mehr mit Kriminalität zu tun.

Und jetzt stand er hier und starrte auf diesen toten Menschen, beziehungsweise das, was der Mörder von ihm übrig gelassen hatte. In Jörg Malthaners Kopf pulsierte es, und er fröstelte trotz der 30 Grad, die draußen herrschten. Es war abscheulich, was er sah, denn die Leiche hatte kein Gesicht mehr. Weggeschossen. Der Tote trug Jeans, dazu weiße Turnschuhe, ohne Socken. Das modisch karierte, kurzärmelige Hemd, mit dem er bekleidet war, sah aus wie frisch gebügelt, es hatte nichts von der Sauerei abbekommen. Seltsam, dachte Malthaner, was einem in einem Moment des Schocks alles auffällt. Am linken Handgelenk trug der Tote eine teuer wirkende Uhr mit goldenem Armband. Beide Arme wiesen Verletzungen auf, die aussahen wie vernarbte Brandwunden. Auf dem Boden rund um den Kopf der Leiche hatte sich Blut gesammelt, das längst getrocknet war und sich mit den anderen Säften vermischt hatte, die der Körper im Todeskampf von sich gegeben hatte. Es war viel weniger Blut, als man in Filmen sah, in denen jemand niedergemetzelt wurde. Malthaner ahnte, dass er in der kommenden Nacht würde nicht schlafen können.

»Geht's wieder?« Die Stimme von Rehberg. Rüdiger Rehberg, genannt Rudi, Hauptkommissar und jüngster Dezernatsleiter in der Geschichte der Stuttgarter Mordkommission. Rehberg, der Bulle, und – vor allem – der Freund. Beide waren sie zusammen auf der Schwäbischen Alb aufgewachsen, hatten gemeinsam das Abitur gemacht, bevor sich ihre Wege trennten. Zehn Jahre später hatte sie die Winkelzüge des Schicksals wieder zusammengeführt, Malthaner, der Polizeireporter der *Landeszeitung*, und Hauptkommissar Rudi Rehberg, der nach einigen Jahren beim Dezernat Schwerkriminalität in Mannheim neuer Leiter der Mordkommission in der Landeshauptstadt Stuttgart geworden war. Beide hatten sie in den letzten Jahren gelegentlich vom Wissen des jeweils anderen profitiert, doch war es nie ein Sich-benutzen. Es gab die unausgesprochene Übereinkunft, dass ihre Freundschaft nicht durch die manchmal gegenläufigen Interessen ihrer Berufe leiden dürfe, wenngleich die Gefahr mehr als einmal gegeben war.

Rehberg hatte sich einen Zigarillo angesteckt. Er zog Malthaner von dem unschönen Anblick der Leiche auf den harten Steinboden zurück. »Kipp mir hier nicht um«, sagte er und nestelte einen weiteren Zigarillo aus der Hemdtasche. Trotz der Hitze trug er eine Krawatte, deren freundliche bunte Farben so gar nicht zu der Situation passen wollten. Er hielt Malthaner den Rillo hin. »Steck ihn an, Jörg. Das hilft.« Malthaner war diese Marotte bei den Beamten vom »Mord«, wie sie sich selbst nannten, an Tatorten schon häufig aufgefallen. Vor allem, so hatte ihm Rehberg einmal erklärt, wenn die Leiche schon länger tot war, halfen Zigarren gegen den beißenden Gestank, der Begleitumstand eines jeden Ablebens war. Malthaner lehnte den Zigarillo ab. »Sonst kotze ich dir doch noch auf dein gestärktes deutsches Beamtenhemd«, versuchte er lässig hervorzubringen, was ihm gründlich misslang.

Rehberg lächelte nachsichtig und schob seinen qualmenden Stummel mit der Zunge in den anderen Mundwinkel. Er drückte einem Kollegen etwas in die Hand. Malthaner, der langsam wieder aus der anderen Welt auftauchte, in der er vor einer Minute beim Blick auf die übel zugerichtete Leiche versunken war, versuchte tief durchzuatmen. Das Gefühl des Unwirklichen wollte noch nicht weichen. Die Beamten, die hier routiniert ihrer Arbeit nachgingen, hatte er bei seinem Eintreffen wahrgenommen, beim Blick auf den Leichnam aber völlig vergessen. Sie waren in dieser letzten Minute für ihn einfach nicht existent gewesen.

»Warum mutest du mir das zu?«, fragte er Rehberg. »Du weißt doch, dass diese Scheiße nicht mehr mein Ressort ist.«

»Du bist auch nicht aus beruflichen Gründen hier«, antwortete der Kriminalbeamte leise durch den Qualm des Zigarillos und blickte auf die Spitzen seiner wie immer glänzend polierten schwarzen Halbschuhe. Er machte den Eindruck, als fühle er sich unbehaglich, als er schließlich den Blick Malthaners suchte. Mit dem Daumen und Zeigefinger der rechten Hand nahm er den Zigarillo aus dem Mund.

In seinem Inneren spürte Malthaner eine neue Welle der Übelkeit hochsteigen. »Ich fürchte, ich verstehe dich nicht ganz, Rudi.«

»Diesen Zettel haben wir bei der Leiche gefunden«, antwortete Rehberg, und hielt ihm ein Blatt Papier entgegen, das aussah, als sei es aus einem Ringbuch ausgerissen worden. In säuberlicher Schrift stand in Großbuchstaben darauf: MALTHANER, DIENSTAG, 14.30 UHR, STUTTGART, CHEZ SEVERIN.

»Das ist noch nicht alles«, fuhr Rudi Rehberg fort. Er zog einen Personalausweis aus der linken Gesäßtasche seiner dunklen Hose, die Bundfalten hatte, wie mit einem Lineal gezogen. Mit fahrigen Bewegungen blätterte Malthaner das Dokument auf. Mehr zu sich selbst sagte er: »Dietmar Hochdorf«.

»Ja, Dietmar Hochdorf«, echote Rehberg. »Ich glaube, ich habe einige Fragen an dich.«

»Und ich befürchte, dass ich dir die Antworten schuldig bleiben muss.«

Kapitel I

Der Juli war heiß. Brütend heiß.

Nicht nur die Hitze machte allen Warmblütern seit Wochen zu schaffen. Dazu kam die Smog-Glocke, die sich jeden Tag in den späten Vormittagsstunden über die Stadt legte und Stuttgart in ihrem stickigen Würgegriff hielt. Jeder, der nicht arbeiten musste, ließ es langsamer angehen. Malthaner wünschte sich an Tagen wie diesem mehr denn je in seine Heimat droben auf die Alb zurück, wo es jetzt bestimmt vier, fünf Grad weniger hatte und die Luft so viel reiner und frischer war. Stattdessen gehörte er zu dem Hunderttausende zählenden Ameisenheer, das über die Kessellage der Landeshauptstadt klagte. Und weitermachte. Immer weitermachte.

Die Hitze hatte ihn für seine Verhältnisse früh aus den Federn gejagt. Seit er nicht mehr festangestellter Redakteur und damit Sklave regelmäßiger Arbeitszeiten war, erlaubte er sich regelmäßig den Luxus, lange im Bett zu bleiben. Das war eine der kleinen Gewohnheiten, die ihm wichtig waren. Gewohnheiten erachtete er als unerlässliche Festen im Wahnsinn des Alltags.

Er hatte darauf verzichtet, sich zuhause ein Frühstück zu bereiten, machte stattdessen auf dem Weg zum Pressehaus, in dem die *Landeszeitung* residierte, Station im *Café d'Art*, wo er ein superbes Frühstück einnahm. Er ließ die Milch, die es hier nicht in diesen unsäglichen Plastikverpackungen gab, aus einem kleinen Kännchen auf den Löffel tropfen und von da in den Kaffee rinnen.

Jörg Malthaner schaute sich um im »d'Art« mit seinen großen Spiegeln an den Wänden und den kleinen Marmortischen. Es war wenig los an diesem Vormittag kurz nach neun Uhr. Nur drei der vierzehn Tischchen waren belegt. Gedämpfte Gespräche. Salvatore, dem der Laden gehörte, hantierte an einer überdimensionalen, blank blitzenden Kaffemaschine hinter der breiten Theke. Er hatte Malthaner kurz zugewunken, als dieser das Café betreten hatte. Celine, die hübsche Bedienung mit den langen schwarzen Haaren und der perfekten Figur, hatte ihm sein Frühstück gebracht und die Zeit für einen kleinen Schwatz erübrigt. In zwei Stunden würde sich die Atmosphäre hier völlig verändert haben, wenn ganze Heerscharen einkaufsgestresster Hausfrauen sich in dem kleinen Lokal breit machen würden. Celine trug ein leichtes, farbenfrohes Sommerkleid, das ihre sagenhaften Beine wunderbar zur Geltung kommen ließ, was Malthaner ihr auch sagte. Wenn er erwartet hatte, dass sie wenigstens ein bisschen rot werden würde, hatte er sich getäuscht. Der einzige, dessen Gesichtsfarbe sich veränderte, war er selbst. »Alter Chauvi, der rasende Reporter«, hatte sie gelacht. Celine war Anfang dreißig, sie bediente hier schon seit Malthaner regelmäßig ins »d'Art« kam und war ein nicht unwesentlicher Grund für die männliche Stammkundschaft, immer wieder einzukehren. Das wusste auch Salvatore, deshalb wollte er seine Beziehung zu ihr nicht an die große Glokke hängen.

Die *Landeszeitung* hatte Malthaner schon zuhause überflogen. Es stand wenig Aufregendes drin an diesem heißen Tag. Mit dem Frühstück hatte Celine ihm auch die *Stadt-*

nachrichten gebracht, das lokale Konkurrenzblatt und die einzige Zeitung, für die der freie Journalist Jörg Malthaner laut seinem Vertrag mit der *Landeszeitung* nicht schreiben durfte. Malthaner war für die *Landeszeitung* vor allem als Reporter tätig und hatte noch immer seinen festen Schreibtisch in der Redaktion, obwohl er häufig von zuhause aus arbeitete. Ob für das Ressort Land oder fürs Lokale, seine Reportagen galten als Geschichten aus der ersten Liga. Als er vor einiger Zeit gemerkt hatte, wie wichtig er den führenden Köpfen der Zeitung geworden war, handelte er den Vertrag als Freier aus. So konnte er nach wie vor ordentlich leben, auch weil er andere Zeitungen in der ganzen Republik mit seinen Artikeln beliefern konnte, und dennoch die Vorteile selbst einzuteilender Arbeitszeiten nutzen. Die *Stadtnachrichten* machten im Lokalen mit einer witzigen Geschichte über die Gemeinsamkeiten von Fußball und Kultur unter besonderer Berücksichtigung der derzeitigen VfB-Spielkultur und des aktuellen Spielplanes des Staatstheaters auf. Keine schlechte Idee. Auch wenn er den VfB nicht besonders schätzte. Er zahlte und ließ Celine ein hübsches Trinkgeld, für das sie ihm ihr umwerfendes Lachen schenkte. Salvatore musste ein glücklicher Mann sein.

Das dreistöckige Pressehaus war einer jener Zweckbauten, bei deren Erstellung man sich gar nicht erst die Mühe gemacht hatte, optische Reize zu setzen. Immerhin hatte Malthaner schnell einen Parkplatz für seinen alten Saab gefunden, was nicht selbstverständlich war. Er schritt durch die große Glastür im Erdgeschoss, vorbei an einer Empfangstheke, deren Protz in krassem Gegensatz zu der hässlichen Außenfassade des Gebäudes stand. Er lächelte den beiden jungen Frauen hinter der Theke zu, von denen ihm eine als zeitweiliges Verhältnis seines früheren Ressortleiters Martin Kaiser bekannt war. Genau den wollte er möglichst nicht sehen, denn de facto war er noch sein Chef. Eine mit dickem grünen Teppich ausgelegte Treppe führte in die oberen Stockwerke. Schwungvoll nahm er immer zwei Stufen auf einmal. Die Redaktionsräume befanden sich im zweiten Stock, über ihnen thronte – wie sollte es anders sein – die Geschäftsleitung. Malthaner ging den breiten Gang entlang. Links und rechts lagen die Büros. Zu Beginn seiner Tätigkeit für die *Landeszeitung* hatte er sich noch über die stets offenen Türen gewundert. Heute fielen sie ihm gar nicht mehr auf.

Plötzlich tauchte Kaiser in einer der Türen auf. »Schön, Sie mal wieder zu sehen«, sagte er leicht dahin. Malthaner wollte nicht darüber nachdenken, wie das gemeint war. Er antwortete knapp: »Guten Morgen.« Malthaner wusste, dass ihm manche seinen Status als gut verdienender Freier neideten. Ob Kaiser dazugehörte, war ihm nicht klar.

Kaiser trug eine schwarze Jeans, ein weißes Hemd, darüber eine ebenfalls schwarze Weste. Auf seiner Nase ruhte seit einiger Zeit regelmäßig eine modische Designerbrille vor den stechend blauen Augen, obwohl er keine Probleme mit dem Sehen hatte. Malthaner war dieses schmucklose, aber sicher nicht billige Gestell in letzter Zeit schon häufiger aufgefallen, es schien sich in Intellektuellenkreisen großer Beliebtheit zu erfreuen. Eine Locke in Kaisers gel-gestärkter Frisur hatte sich selbstständig gemacht und hing irgendwie kraftlos ins Gesicht. Möglicherweise war genau das beabsichtigt, denn so sah man Kaiser häufig.

Malthaner hatte ein emotionsloses Verhältnis zu Kaiser, und umgekehrt schien es auch so zu sein. Sie respektierten sich gegenseitig als Journalisten, jeder ließ den anderen gewähren. Sie waren per Sie, obwohl das nicht üblich war, aber beide erachteten den distanzierten Umgang miteinander als richtig. Kaiser war ungefähr in seinem Alter. Er war vor etwas über zweieinhalb Jahren als Ressortleiter Lokales zur *Landeszeitung* gekommen. Zuvor war er bei einem überregionalen Blatt gewesen, das unter freien Journalisten für seine schäbigen Honorare, die miese Zahlungsmoral und unter den dort angestellten Redakteuren für sein unerträgliches Betriebsklima berüchtigt war. Sogar von zwei Selbstmorden von Redakteuren bei dieser Zeitung war in Kollegenkreisen in jüngerer Vergangenheit die Rede gewesen.

Malthaner steuerte das Büro an, in dem sein Schreibtisch stand und das er sich mit vier anderen Kollegen teilte. Sie arbeiteten für das Lokale, so wie er früher und auch heute noch manchmal. Nur Hauser war da, der sich vor allem um das Stuttgarter Stadtgeschehen kümmerte. Hauser war Urgestein der *Landeszeitung* und mit seinen 50 Jahren der Senior im Team. Vor Jahren hatte man ihm die Stelle als Ressortleiter Land angeboten, aber er hatte darauf verzichtet. Hauser war der geborene Reporter, einer, der unters Volk ging, der die Straße brauchte. Er war in ein Manuskript vertieft und grunzte nur kurz, als sich Malthaner in seinen Bürostuhl fallen ließ.

»Was gibts Neues?«, versuchte Malthaner ein Gespräch in Gang zu bringen.

»Ganz erstaunliche Dinge«, murmelte Hauser, ohne den Blick von dem Manuskript zu heben, in dem er mit seinem Kugelschreiber herumredigierte.

»Im Gemeinderat regt sich Widerstand dagegen, in Münster draußen weiter den Müll aus anderen Landkreisen anzunehmen und zu verbrennen. Die sollen sich selbst um die Entsorgung ihres Drecks kümmern, meinen einige Gemeinderäte.«

»Da gibt es doch sicher Verträge?«

»Natürlich gibt es die«, Hauser biss sich auf die Unterlippe, »und Stuttgart verdient damit sogar gutes Geld. Außerdem wird hier schon seit vielen Jahren der Müll aus anderen Landkreisen mitverbrannt, ohne dass sich dagegen jemals nennenswerter Widerstand geregt hätte. Selbst die Anwohner haben sich irgendwie mit der Müllverbrennungsanlage arrangiert. Außerdem profitieren sie sogar davon, so blöd es sich anhört. Als Ausgleich hat man ihnen vor vielen Jahren neben der Müllanlage ein Hallenbad und eine der tollsten Sporthallen der ganzen Stadt geschenkt.«

»Möchtest du neben so einem Müll-Ding wohnen?«, fragte Malthaner und sah, wie Hauser zusammenzuckte. Er hatte sich zu heftig auf die Lippe gebissen.

»Natürlich nicht. Aber das Komische ist, dass es nicht die Leute in Münster sind, die sich zu Wort melden«, grübelte Hauser. »Es sind Gemeinderatsmitglieder, Schubert von der SPD und die Barsinghausen von der CDU.«

Vor Malthaners geistigem Auge formte sich das Bild der forschen Freifrau Mathilde von Barsinghausen, deren geschliffene Worte von vielen ebenso gefürchtet waren, wie ihre durch keinerlei Argumente zu beeinflussenden Ansichten. Alter Adel, aber keineswegs verarmt. Im Gegenteil: Die Barsinghausen galt als Immobilienkönigin. Keiner wusste so genau, was ihr alles an Gebäuden und Grundstücken nicht nur in Stuttgart gehörte.

»Und das Seltsame«, jetzt blickte Hauser erstmals von dem Blatt Papier vor sich auf und Malthaner direkt in die Augen, »sowohl die Barsinghausen als auch der Schubert sitzen im Aufsichtsrat der Energie- und Wärme Stuttgart GMBH.«

»Die EWS? Lass mich raten: Die EWS betreibt die Müllverbrennung, stimmt' s?«

»Klar, weiß doch jedes Kind in dieser Stadt.«

»Kannst du mir auch noch erklären, wo die Zusammenhänge liegen? Ich verstehe nicht, warum die beiden sich dann gegen den Müll aus den anderen Kreisen wehren. Die EWS verdient doch gut daran.«

»Eben. Das Ganze macht auf den ersten Blick nicht gerade den Eindruck, allzu logisch zu sein.« Hauser hatte den Blick längst wieder gesenkt und kritzelte in dem Papier vor sich herum. Malthaner wusste, dass Hauser Blut geleckt hatte. Möglich, dass der alte Haudegen viel zu schnell eine Unregelmäßigkeit vermutete. Aber auch wenn sich die ganze Sache als völlig unspektakulär und harmlos herausstellen würde, Hauser wollte wissen, was los war. Er saß zwar über diesem Manuskript, dachte aber in Wirklichkeit nur an die EWS und entwickelte wohl schon einen Schlachtplan.

Malthaner seufzte und schaltete seinen Computer ein. Er wollte noch einmal seinen Artikel über ein jüdisches

Ehepaar überarbeiten, das erstmals seit 55 Jahren wieder in Deutschland war. Die beiden inzwischen 80 und 82 Jahre alten Leute hatten in Stuttgart gewohnt, bevor sie nach Mauthausen deportiert worden waren. Jetzt lebten sie in den USA. Dreimal hatte sich Malthaner auf Initiative des Vereins »Jüdisches Stuttgart« mit ihnen getroffen und dabei nie das Gefühl von Beklemmung und Trauer ablegen können, das sich seiner schon beim ersten Gespräch bemächtigt hatte. Er bewunderte die beiden Greise, die auf eindringliche Art Versöhnung lebten.

Im Büro waren die Temperaturen noch einigermaßen erträglich, doch das würde sich bis zur Mittagszeit ändern. Die Geschichte über das alte Ehepaar sollte in der Samstagsausgabe erscheinen und auch Bestandteil einer Ausstellung werden, die der Verein »Jüdisches Stuttgart« für den kommenden Winter plante. Auch jetzt, beim erneuten Überarbeiten seines Textes, spürte er wieder dieses Gefühl von Ohnmacht und Entsetzen. Er fragte sich, ob er sich den beiden alten Leuten in den Worten, die er benutzte, mit der gebotenen Sensibilität näherte. Ob jemand aus seiner Generation überhaupt das Recht hatte, ihr Leben zu einer Story zu verarbeiten. Ob er mit seinem Artikel beim Leser Nachdenken oder Ablehnung erreichen würde. Ob nie verheilte, höchstens vernarbte Wunden neu aufgerissen würden. Ob sich überhaupt jemand für das Schicksal dieser beiden Menschen interessierte.

Verbissen arbeitete er an dem Text, strich, fügte hinzu, formulierte neu. Es war kein locker dahingeschriebener Artikel. Malthaner litt. Er litt daran, was ihm diese beiden einfachen, sympathischen Leute erzählt hatten, und er litt daran, dass Worte nicht auszureichen schienen, um ihnen auch nur annähernd gerecht zu werden. Er fühlte sich unfähig.

Weder er noch Hauser redeten, jeder war mit seiner Arbeit beschäftigt. Auch die letzte Version seines Artikels überzeugte Malthaner nicht, aber er war für die Wochenend-Ausgabe fest eingeplant. 300 Zeilen, dazu zwei große Bilder: das war eine ganze Seite. Vielleicht, so überlegte er, wollte er morgen noch einmal drübergehen. In diese Gedanken platzte fröhlich Gisela Straubinger, die etwas rundliche Kollegin, die von einer Pressekonferenz der städtischen Verkehrsbetriebe kam. Von dort brachte sie die Neuigkeit mit, dass die S-Bahnen künftig in einem kürzeren Takt verkehren sollten. Giselas Kleid war etwas zu rot, ihre Lippen etwas zu stark geschminkt, die Haare etwas zu ordinär gebleicht – kurz: sie sah aus wie immer. Mit einem Stoßseufzer ließ sie sich geräuschvoll in ihren schwarzen Ledersessel fallen, das mit Abstand nobelste Sitzmöbel in diesem Büro. Ein Schwall von ihrem etwas zu stark aufgetragenen Parfum schwappte zu Malthaner herüber, der unbewusst in die Luft witterte, was Gisela nicht entging. »Dáli«, sagte sie ungefragt, wartete keine Antwort ab und wandte sich unvermittelt an Hauser: »Ich mache einen Zweispalter, etwa 60 Zeilen. Die Agentur war mit einem Fotografen bei der Pressekonferenz. Wenn wir also noch ein Foto brauchen – kein Problem.« Hauser grunzte. Gisela war unbeeindruckt: »Wenn du mich fragst, was du ja nie machst: Ich würde auf das Bild lieber verzichten. Der Fotograf hat den Vorstandsvorsitzenden und den Fahrdienstleiter während der PK fotografiert. Wer will die beiden Grinsköpfe schon in der Zeitung sehen!«

»Schaun mer mal«, murmelte Hauser.

Die stets gut gelaunte Gisela nahm sofort wieder Fahrt auf. »Was ist mit dir los, Jörg? du wirkst so verdrossen. Kater? Liebeskummer? Oder beides?«

»Ich leide an der deutschen Geschichte«, sagte er und lehnte sich auf seinem Stuhl zurück.

»Verstehe ich nicht«, echote Gisela.

Hauser mischte sich ein. »Unser Schreibgenie macht 'ne Story über das Schicksal eines jüdischen Ehepaares.« Er blickte Gisela an und setzte ein leichtes Grinsen auf. »So eine Geschichte können nur Leute mit einem Mindestmaß an Fingerspitzengefühl machen, gell Frau Straubinger?« Die Spitze hatte sie nicht getroffen, was auch keiner in diesem Büro erwartet hätte. »Ignoranten«, polterte sie und wandte sich dem Computer auf ihrem Schreibtisch zu, um abrupt das Thema zu wechseln. »Autonarren wie ihr müsst demnächst die Hosen runterlassen. Es gibt ein neues Konzept für die S-Bahnen. Demnach sollen die Fahrgäste künftig nirgends länger als höchstens zehn Minuten auf die nächste Bahn warten müssen. Also habt ihr eine Ausrede weniger dafür, dass ihr mit euren Kisten den Stau verlängert und die Luft verpestet.«

»Tu mir einen Gefallen«, forderte Hauser, »bremse deinen missionarischen Eifer ein wenig, wenn du schreibst. Du weißt, wir leben in einer Autostadt.«

Gisela verdrehte die Augen und begann, auf die Tastatur einzuhämmern.

Nicht nur weil es Zeit war, etwas für das Bankkonto zu tun, wollte Malthaner an der Nachmittagskonferenz der Redaktion teilnehmen. Vor allem wollte er eine Artikelserie vorschlagen, die er möglicherweise in geänderter Form auch an Zeitungen in anderen Bundesländern verkaufen konnte. Auf dem Weg zum Konferenzraum schloss sich ihm Kaiser an, der nach dem Fortgang des Artikels über die jüdische Familie fragte, während er sich die Locke aus der Stirn strich; eine Geste, die er hundertmal am Tag vollführte, vermutlich ohne es selbst zu merken. In knappen Worten setzte Malthaner ihn davon in Kenntnis, dass die Geschichte so gut wie fertig sei.

Stickige Luft. Hitze. Dynamisch wie immer kam Dr. Joachim Steiger, der Chefredakteur der *Landeszeitung* in den Konferenzraum gestürmt und nahm an der Stirnseite des großen ovalen Tisches Platz. Er hatte trotz der Hitze einen dunklen Anzug an. Eine gelbe Krawatte hob sich von dem weißen Hemdkragen ab. Steigers dunkles, gewelltes Haar lag eng am Kopf an wie festgeklebt. Kein Härchen erlaubte sich Extratouren. Die goldgerandete Brille deckte kleine, dunkle Augen ab, die schon so manches Gegenüber förmlich durchbohrt hatten. An den Ringfingern beider Hände zogen teure Goldringe die Blicke auf sich. Der Chefredakteur galt allgemein eher als Verwalter denn als Schreiber, hatte aber früher als Fernsehjournalist immer wieder Furore gemacht und schmückte sich mit allen angesehenen Auszeichnungen. Gelegentlich schrieb er Leitartikel und Kommentare, hielt sich aber sonst aus dem Tagesgeschäft zurück. Die Beziehungen zur Wirtschaft des Landes lagen ihm besonders am Herzen, wie gemunkelt wurde. Links von Steiger am Tisch saß Dr. Dr. Udo Biermeister, der Leiter der Wirtschaftsredaktion, genannt »der Doppeldoktor«. Er war ein hagerer Mann Anfang der Fünfziger mit einer ausgesprochen trockenen Art und einem unglaublich langen Gesicht, das ihn harmloser aussehen ließ, als er war. Der Doppeldoktor war spröde, aber nicht humorlos, und daher beliebter als die anderen Ressortleiter. Die hatten zur Konferenz Stellvertreter geschickt. Außer Martin Kaiser, dem Lokalchef, dem weiterführende Ambitionen nachgesagt wurden und der daher bemüht war, möglichst wenige Besprechungen zu verpassen.

Steiger eröffnete die Konferenz mit dem Hinweis, sich knapp zu äußern, da seine Zeit heute noch begrenzter sei als sonst. Es folgte das übliche Ritual, das sich täglich zweimal wiederholte. Die Nachrichtenlage gab das Gesicht der Zeitung von morgen vor. Die politische Redaktion sollte einen Leitartikel über die jüngsten Spannungen in der Regierungskoalition schreiben. Der Koalitionsstreit war auch das Aufmacherthema. Die Landesseite hatte als Aufmacher einen Artikel über die Neueröffnung des größten Kinokomplexes Baden-Württembergs in Karlsruhe vorgesehen. Im Lokalen war eine große Story über die jüngsten Raubzüge von Einbrechern in den Stuttgarter Nobelvierteln geplant, dazu ein Interview mit dem Polizeipräsidenten. Motto: Die Reichen machen sich in die Hosen und werfen der Polizei Versagen vor.

Am Ende der Konferenz brachte Malthaner seine Idee vor. Ihm schwebte ein »Drogenreport Baden-Württemberg« vor, eine Serie mit mindestens zwanzig Folgen über die Drogensituation in einzelnen Städten und Landstrichen, über die Arbeit der Polizei, aber auch über das Elend der Süchtigen und die Verzweiflung ihrer Angehörigen. Niemand hatte etwas gegen Malthaners Vorschlag einzuwenden. Die Honorarabteilung saß glücklicherweise nicht am Tisch.

War geradezu optimal gelaufen für ihn. Malthaner grinste leicht in sich hinein. Mit der Drogenserie würde zwar jede Menge Arbeit auf ihn zukommen, aber auch ein sattes Honorar und dazu saftige Spesen. Über den dicken Teppichboden der Pressehaus-Flure strebte er mit schnellen Schritten seinem Büro entgegen, bemüht, einen gewissen Vorsprung auf Kaiser zu gewinnen, von dem er für heute irgendwie genug hatte, obwohl er ihn nicht einmal grundsätzlich unsympathisch fand.

Wie die Sitzplätze im Daimler-Stadion kurz vor einem VfB-Spiel füllten sich auch die im Büro nach und nach. Neben Hauser und der fröhlichen Gisela war inzwischen der Kollege eingetroffen, dessen Name für ihn ein Fluch war und der immer wieder zu mehr oder weniger gelungenen Späßen Anlass gab. Marco Schmierer, ein junger, aufstrebender Redakteur von modischer Eleganz, gerade mal Mitte Zwanzig, aber in Kollegenkreisen schon recht angesehen, lehnte an Malthaners Schreibtisch. Schmierer wurde von vielen, die ihn nicht näher kannten, ob seiner zur Schau getragenen Lässigkeit für arrogant gehalten, dabei war dies nur ein Schutzschild, das seine gelegentlich noch präsente Unsicherheit verbarg. Der junge Journalist hatte eine Vorliebe für Sakkos und trug auch jetzt ein solches über seinem schwarzen

T-Shirt. »N' Morgen, Jörg«, begrüßte er Malthaner und bekam von dem ein gut gelauntes »Furz mir nicht in meine Manuskripte« zurück.

»Schon gut«, Schmierer hob die Hände wie zur Abwehr, legte die Stirn in Falten und erhob sich von der Schreibtischkante. »Ich schleich mich ja schon.« Er sagte es mit einem Ton, aus dem eine Spur Beleidigtsein herauszuhören war, und drehte ab in Richtung seines eigenen Schreibtisches, auf dem ein kümmerlicher Kaktus ums Überleben kämpfte.

Mit einem kräftigen Ruck zog Malthaner die oberste Schublade des klobigen Wandschranks auf, die klemmte, seit er sich erinnern konnte. Er fischte einige Batt DIN A 4-Papier heraus, auf denen er sich Notizen zum Drogenreport machen wollte, für den er seit fünf Minuten das offizielle OK hatte. Natürlich hatte er sich im Kopf schon längst ein grobes Konzept zurechtgelegt, denn es war nicht ernsthaft damit zu rechnen gewesen, dass seine Idee abgelehnt würde. Dennoch wollte er sein geistiges Gerüst für die Serie schriftlich skizzieren. Mit einem dünnen schwarzen Filzstift kritzelte er ein dutzend Stichworte aufs Papier, nahm anschließend den Telefonhörer ab, wählte Hausanschluss 38 und bekam Engelbert Müller vom Archiv an den Apparat, einen früheren Redakteur, der seit Jahren Herrscher über Artikel, Fotos, Daten und Fakten bei der *Landeszeitung* war. Der Archivar wurde von allen nur kurz Mü genannt, was früher das Kürzel gewesen war, unter dem er geschrieben hatte. »Mü, ich möchte mal gerne rüberkommen, und mir anschauen, was du zum Thema Drogen hast«, sagte Malthaner. Mü brummte am anderen

Ende der Leitung etwas von »viel Zeit mitbringen« und seufzte abschließend vernehmlich.

In der Tat, da hatte er sich viel vorgenommen. Beim Blick auf die Masse der Artikel, die ihm Mü auf einen rechteckigen weißen Tisch aufgestapelt und mit einem Buch beschwert hatte, kam Malthaner ins Grübeln. Zehn Minuten nach ihrem Telefonat hatte er das Archiv betreten, genauer gesagt, einen der drei Archivräume, den, in dem Mü seine »Kommandozentrale« hatte, wie er es selbst ausdrückte. Sie schüttelten sich kurz die Hände. Engelbert Müller hatte einen angenehmen Händedruck, nicht gerade fest wie ein Schraubstock, aber doch kraftvoll. Der Archivar war deutlich über fünfzig, hatte noch dichtes, hellbraunes Haar, das gut zu seinem fast wie gemeißelt wirkenden Gesicht passte. Zwei wachsame blaue Augen unter ebenfalls dichten Brauen rahmten eine knochige Nase ein. Sein Profil würde man wohl »klassisch« nennen. Über seiner im Kniebereich leicht ausgebeulten Wrangler-Jeans trug er ein rotes Lacoste-Poloshirt, das nicht geeignet war, den Bauchansatz zu verbergen, der im Widerspruch zu den markanten Gesichtszügen zu stehen schien. Malthaner klopfte ihm freundlich gegen den Bauch, und sagte »Du solltest deine Garderobe bewusster aussuchen.«

»Das sind die Eitelkeiten der Jugend, über die du in ein paar Jahren hinweg sein wirst. Glaube mir.« Gut möglich, dass er recht hatte.

Mü grinste und deutete nach einer ausladenden Handbewegung mit dem Zeigefinger der rechten Hand auf den Papierstapel auf dem kleinen Tisch. »Das ist das, was ich in der kurzen Zeit seit deinem Anruf finden konnte. Aber ich habe noch mehr.« Sein Grinsen wurde breiter. »Sogar noch viel mehr. Wenn du das alles durcharbeiten willst, kannst du den Rest dieses heißen Sommers hier verbringen.«

»Das befürchte ich auch«, sagte Malthaner, »Kann ich mir das Zeug für ein paar Tage ausborgen?«

»Ja. Dank meiner akribischen Arbeit ist alles, was du da schwarz auf weiß lesen kannst«, er machte eine Pause und deutete erneut auf den Papierstapel, der Malthaner inzwischen vorkam wie ein kaum zu bezwingender Berg, »doppelt und dreifach archiviert. Alle diese Informationen sind auch in den hässlichen Kisten da drin gespeichert.« Wieder machte seine Hand eine ausladende Bewegung und kam mit dem ausgestreckten Zeigefinger zum Stillstand, der diesmal auf zwei Computer auf dem größeren der beiden Schreibtische der Kommandozentrale zielte, so wie John Wayne auf hinterhältige Rinderbarone, harte Gunfighters korrupte Sheriffs und anderen Abschaum gezielt hatte.

Wie ein Dozent fuhr Mü fort. »Alles, was in den letzten Jahrzehnten die Welt bewegt hat, ist in diesen verdammten Kisten gespeichert, chronologisch, nach Stichworten, Orten und so weiter. Du brauchst nur einen klitzekleinen Anhaltspunkt, und dieser Computer findet, was du suchst.«

»Toll«, sagte Malthaner ohne große Überzeugung. Er wusste nicht, was er sonst hätte sagen sollen. Er wusste auch nicht, ob er sich den Glanz in Müs Augen nur einbildete, der inzwischen vor dem Computer Platz genommen hatte.

»Komm, ich zeig's dir!« Mü schien echt begeistert zu sein. »Nehmen wir mal Deine Drogensache. Sag mir, was du ganz speziell zum Thema Drogen suchst, und in ein paar Sekunden hast du es gefunden.« Malthaner überlegte. »Los doch, mach schon«, drängte Müller.

»Na ja, wie wär's mit der aktuellen Statistik über Stuttgarter Drogenopfer?« Malthaner zuckte mit den Achseln.

»Viel zu leicht, aber bitte!« Mü tippte einige Worte und eine Zahlenkombination ein. Damit war er kaum fertig, als sich auf dem Bildschirm die Grafik einer Statistik aufbaute. »Siehst du«, triumphierte Mü, genau das war am 21. Januar in unserer geschätzten *Landeszeitung* zu lesen. Die Stuttgarter Drogenstatistik für das vergangene Jahr.«

»Ich bin echt angetan.«

»Das merkt man.«

»Also, ich nehme die Artikel für ein, zwei Tage mit. Danke, Mü.«

»Schon gut«, sagte der, »ich weiß, dass es noch Kollegen gibt, die meine Arbeit zu würdigen wissen.«

»Das tue ich auch. Ganz bestimmt. Ich kopiere mir alles, was ich benötige, und bringe dir das Zeug in ein paar Tagen wieder.«

Im Büro sichtete Jörg Malthaner die Unterlagen, die Mü für ihn zusammengestellt hatte, und versuchte zu trennen in Material, das für ihn wichtig werden konnte und in Überflüssiges. Eigentlich konnte man nie zu viele Informationen besitzen, das wusste er aus langer Erfahrung. Gut möglich, dass plötzlich ein Gesichtspunkt für die Story wichtig würde, dem er jetzt keine Aufmerksamkeit schenkte. Hauser telefonierte; Gisela telefonierte; Marco

Schmierer – noch immer in seinem dunklen Sakko – telefonierte, was Malthaners Konzentration nicht sonderlich förderlich war. Hauser schaffte es, gleichzeitig zu telefonieren, sich Notizen zu machen und Kaffee aus einer unglaublich großen Tasse zu trinken. Den Telefonhörer hatte er zwischen sein rechtes Ohr und die Schulter geklemmt, wobei sein massiger Kopf seltsam gebeugt war. Aus Hausers Fragen und Bemerkungen hörte Malthaner, dass der Kollege in der EWS-Sache recherchierte.

»Ich mach mich für heute vom Acker«, rief Malthaner in die allgemeine Telefonitis hinein, froh darüber, diesem summenden Raum entwischen zu können, in dem sich eine Betriebsamkeit wie in einem Bienenstock breit gemacht hatte. Mit seiner gigantischen Tasse in einer nicht gerade kleinen Hand winkte ihm Hauser kurz zu, ohne dass dadurch die Konzentration auf sein Gegenüber am Telefon geschmälert wurde. Der alte Hase schien wie immer völlig stressresistent zu sein. Gisela Straubinger warf Malthaner aus ihrem stark gepuderten Gesicht einen Blick zu, den er als neidisch interpretierte.

Mit einem schon deutlich kleineren Stapel Unterlagen machte sich Malthaner auf den Weg. Er wollte zuhause in Ruhe weiterarbeiten, außerdem hatte er sich vorgenommen, in den kühleren Abendstunden erstmals seit drei Tagen mit seinem Mountainbike durch die Wälder zu preschen. Das Fahrrad war zu seiner einzigen echten Leidenschaft geworden, seit ihn Britta im vergangenen Jahr verlassen hatte.

Die Hitze traf ihn wie ein Keulenschlag, als sich die große Glastür des Pressehauses hinter ihm schloss und er auf den Parkplatz hinaustrat. In Sekundenschnelle schwitzte er am ganzen Körper, kein laues Lüftchen brachte die Gnade der Abkühlung. Die Zunge klebte ihm am Gaumen. In seinem Saab würden Temperaturen herrschen wie im Vorhof der Hölle. Wie konnten es die Leute im Süden nur aushalten? Gut, dass er keine kurze Hose anhatte. Er hätte sich am schwarzen Leder des Autositzes das Fleisch verbrannt, so wie er es mit den Fingern am Lenkrad tat. Bevor er die Tür auf der Fahrerseite hinter sich zuzog, kurbelte er das Fenster herunter und öffnete das Schiebedach, so weit es nur ging. Er wischte sich den nicht versiegenden Strom von Schweiß, den seine Poren ausströmen ließen, mit dem Handrücken von der Stirn, bevor er den Turbo startete. Das Auto hatte er sich vor Jahren gebraucht gekauft, ein Schnäppchen, wenn man die Sonderausstattung bedachte. Abgesehen vom Spritverbrauch war der Saab wirklich ein feines Gefährt, das ihn noch nie im Stich gelassen hatte.

Während er vom Parkplatz fuhr, drehte er am Sendersuchlauf des Radios und wechselte vom SWR zu einem dieser Privatsender. Ein Moderator verkündete, dass eine Horde Kahlköpfe in der Königstraße Passanten zusammengeschlagen hatte. Plötzlich fröstelte Malthaner trotz der Hitze leicht. Er war erst vergangene Woche Zeuge einer Auseinandersetzung zwischen Skinheads und Jugendlichen geworden, die gerade noch einmal im verbalen Schlagabtausch abgegangen war. *Die Schläger konnten nicht ermittelt werden.* Die Stimme des Sprechers klang ernst, aber unbeteiligt. *Und jetzt weiter mit der neuen Scheibe von Madonna.* Er drehte wieder zum SWR zurück, bevor er sich entschloss, doch lieber die Kassette in den Schacht zu drücken und Miles Davies zu hören. Er quälte sich durch den Stuttgarter Verkehr, der inzwischen zu jeder Tageszeit unerträglich geworden war. *Wir leben in einer Autostadt*. Wie dramatisch wahr, dieser Ausspruch von Hauser.

Malthaner genoß den Fahrtwind, der durch Schiebedach und das geöffnete Fenster hereinwehte, dabei aber auch Abgaswolken in den Wagen trug. Man kann nicht alles haben, beruhigte er sich selbst. Den linken Arm ließ er lässig aus dem Fenster baumeln, was er bei anderen Autofahrern stets für eine Geste pubertärer Wichtigtuerei hielt. Unendlich scheinende 40 Minuten nachdem er das Pressehaus verlassen hatte, bog er endlich in die Reinsbergstraße ein, in der er wohnte. Die Häuser hier waren nicht das, was man allgemein »schmuck« nannte, aber er hatte sich seine gemietete Vier-Zimmer-Wohnung im zweiten Stock in den letzten Jahren immer behaglicher ausgebaut und war der Meinung, hier ließe es sich einigermaßen leben. Um diese Zeit war es kein großes Problem, einen Parkplatz vor dem Haus zu finden. In weniger als zwei Stunden würde das völlig anders sein.

In weiser Voraussicht hatte er zuhause für Durchzug gesorgt, bevor er am Vormittag die Wohnung verlassen hatte. Eine Maßnahme, die sich bewährt hatte, wie er erleichtert feststellte. Eine Leuchtziffer auf seinem Bosch-Anrufbeantworter zeigte an, dass er an diesem Tag offenbar ein gefragter Mann war: das Gerät meldete fünf Anrufe. Gespannt drückte er die Play-Taste. Seine Mutter wollte an den Geburtstag von Onkel Edwin am kommenden Samstag erinnern. Etwas an ihrer Stimme störte Malthaner, und er nahm sich vor, sie noch an diesem Abend zurückzurufen. Der zweite Anruf war von einem Versicherungsfritzen, der seinen Besuch androhte und Jörg Malthaner mitteilte, dass er unterversichert sei. Anrufer drei und vier hatten es vorgezogen, überhaupt keine Nachricht zu hinterlassen, was ihn ärgerte, auch wenn er es selbst ab und zu so handhabte. Der letzte Anruf ließ Malthaner stutzen: »Dietmar Hochdorf hier. Hallo, Jörg. Ich weiß nicht, ob du dich noch an mich erinnerst, es ist schließlich schon ziemlich lange her, dass wir gemeinsam Abi gemacht haben. Ich lebe jetzt wieder in Albstadt und versuche, mit den alten Kumpels in Kontakt zu kommen, wegen der guten alten Zeiten und so. Wie ich gehört habe, machst du als Journalist Karriere. In den nächsten Tagen bin ich sowieso in Stuttgart unterwegs, vielleicht können wir uns dann auf ein Bier treffen? Ich melde mich wieder, tschüss.« Es folgte das Knacken, als Hochdorf aufgelegt hatte.

Dietmar Hochdorf. Wirklich, das war lange her. Sie hatten gemeinsam am Gymnasium in ihrer Heimatstadt Albstadt Abitur gemacht. Malthaner überschlug im Kopf: zwanzig Jahre war das jetzt her. Der Anruf hatte ihn gründlich überrascht, denn Hochdorf hatte er seit jenen Zeiten nicht mehr gesehen. Dicke Freunde waren sie nie gewesen. Gut, sie saßen jahrelang in derselben Klasse, aber das war es dann auch schon. Aber erinnern konnte er sich recht gut an diesen Namen. An Hochdorf erinnerte sich vermutlich jeder aus diesem Abi-Jahrgang, denn der Bursche war auf seine Art ein kleines Genie. Dieter Hochdorf, genannt »Einstein«. Einer, der immer die besten Noten hatte, obwohl er weiß Gott kein Streber war. Schwächen hatte er in der Schule keine. Mathe oder Fremdsprachen: Hochdorf setzte die Maßstäbe. Selbst im Sport war er eine echte Kanone. Vor Malthaners geistigem Auge formte sich ein Bild des hageren Achtzehnjährigen, eines eher unscheinbaren Jugendlichen. Bald nach dem Abitur hatten sie sich aus den Augen verloren, doch jetzt erinnerte sich Malthaner dunkel, dass Einstein auch in den Jahren danach immer wieder für Gesprächsstoff gesorgt hatte. Da gab es irgendeine Geschichte, dass er sein Studium geschmissen hatte und in der Weltgeschichte herumtrampte. Nach zwanzig Jahren ruft dieser Dietmar Hochdorf aus dem Nichts bei ihm an, bei einem von 25 Mitschülern aus jener Zeit, und wusste anscheinend mehr über Malthaner als umgekehrt.

Nachdenklich schritt er zum Kühlschrank, aus dem er sich eine Flasche Mineralwasser fischte. Er trank die halbe Flasche leer, fläzte sich anschließend im Wohnzimmer auf die schwarze Ledercouch, die genau genommen immer noch Britta gehörte, die jetzt in Karlsruhe lebte. Nach einer halben Minute sprang er wieder auf und zog ein aktuelles Albstädter Telefonbuch aus der unteren Schublade des billigen schwarzen Regals, das er vor einigen Monaten gekauft hatte und dessen Bretter sich inzwischen unter Büchern, Broschüren und Zeitschriften bogen. Das war eine seiner Methoden, sich auch in Stuttgart der stetigen Präsenz seiner Heimat zu versichern; er hatte immer das aktuelle Telefonbuch seiner Heimatstadt zuhause. Ebenso hatte er seit Jahren die Albstädter Heimatzeitung, das *Alb-Blatt,* abonniert. Manchmal, gar nicht selten, fragte er sich, ob er wieder auf die Alb ziehen sollte. Dort war er zuhause, das wurde ihm mit den Jahren immer bewusster, doch wo war die berufliche Perspektive? Seine Besuche zuhause bei seiner Mutter hatten sich in den letzten Jahren meist auf ein Wochenende beschränkt, denn Malthaner spürte die süße Gefahr, die von der Heimat ausging. Blieb er länger als drei, vier Tage dort, wollte er anschließend gar nicht mehr nach Stuttgart, obwohl sich das Verhältnis zu seiner Mutter schwierig gestaltete. Längst war der Glanz der Großstadt für ihn verblasst. Immer häufiger beschlich ihn ein Gefühl, das er sich selbst gegenüber nur ungern als eine Art von Heimweh eingestehen wollte.

Mit dem Zeigefinger fuhr er im Telefonbuch die Spalte mit H hinab. Kein Dietmar Hochdorf. Es fand sich lediglich ein Hochdorf, Karl, Burgweg 3. Der Vater? So sehr Malthaner sich bemühte, in den Tiefen seines Gedächtnisses nachzuforschen, zu den Eltern von Dietmar wollte ihm überhaupt nichts einfallen. Unmerklich zuckte er mit den Achseln.

Noch immer war es viel zu heiß, Abgasluft wehte durch die offenen Fenster herein. Mit gebremster Energie arbeitete sich Malthaner an seinem Schreibtisch durch die Archivunterlagen. Kurz vor 19 Uhr gab er dem stärker werdenden inneren Drang endlich nach, machte Schluss, zog die kurze Radlerhose und sein Trikot an. Auf den Helm verzichtete er ohne schlechtes Gewissen. Im Abstellraum im Keller wartete sein Mountainbike, ein Sportgerät, auf das Malthaner einen geradezu obszönen Stolz verspürte. Das Centurion No Pogo war sündhaft teuer gewesen und repräsentierte den Gegenwert eines älteren Gebrauchtwagens. Genau genommen war es ein extrem leichtes, voll gefedertes Spitzen-Bike. Besonders stolz war Malthaner, der für gewöhnlich wenig handwerkliches Geschick bewies, auf die knallgelb lackierte Magura-Bremsanlage, die er selbst montiert hatte. Seit einem Jahr war Malthaner dem Mountainbiking verfallen, zu dem er ein fast wollüstiges Verhältnis entwickelt hatte.

Weit über zwei Stunden war er an diesem Abend mit dem Rad unterwegs, an schmutzig-grauen Häuserfassaden vorbei, im Slalom um parkende und fahrende Autos herum, durch immer schöner und grüner werdende Wohngebiete, je mehr er an Höhe gewann; schließlich droben, oberhalb der stickigen Stadt über Wiesen und am Waldrand entlang, letztlich im Halbdunkel zurück nach Hause. Eine Tour, die er vor etwas über einem Jahr niemals hätte bewältigen können. Heute war es für ihn eine kleine Tour. Das Richtige zum Entspannen.

Als er nach 22 Uhr mit dem duschen fertig war, versuchte er, seine Mutter in Albstadt anzurufen. Sie ging nicht ans Telefon. Er ließ es fast zwanzigmal klingeln. Es klingelte und klingelte. Ein unbestimmtes Gefühl der Sorge versuchte sich, in ihm breit zu machen. Er schaute zum zweitenmal an diesem Abend in das Albstädter Telefonbuch, wo er die Nummer von Regina Schawald fand. Sie war ihm als einzige der Freundinnen seiner Mutter näher bekannt. Als sie sich meldete, entschuldigte sich Malthaner für seinen späten Anruf und fragte, ob seine Mutter zufällig bei ihr zu Besuch sei. Sie entgegnete. »Nein, aber wir haben heute Nachmittag miteinander telefoniert, und da ging es ihr nicht besonders gut.«

»Was?« Seine Stimme klang ein wenig tonlos.

»Immer noch die Sache mit ihrem Rücken«, sagte sie.

»Was ist mit ihrem Rücken?«

»Weißt du das denn nicht?« Eine Gegenfrage der Freundin seiner Mutter, die Malthaner schon kannte, seit er mit ihrer Tochter Gabi im Sandkasten gespielt hatte.

»Nein. Ich habe keine Ahnung.« Ein Anflug von Panik bemächtigte sich seiner.

»Wann hast du Deine Mutter zuletzt besucht, Jörg?«

»Vor vier oder fünf Wochen.«

»Nein, es ist sieben Wochen her. Das hat sie mir heute gesagt. Und sie wirkte sehr unglücklich dabei. Allerdings hat sie mir nicht gesagt, dass du von der Sache mit ihrem Rücken nichts weißt.«

Malthaner hatte Angst vor seiner nächsten Frage. »Was ist denn mit ihrem Rücken?«

»Sie ist vor einigen Wochen die Kellertreppe hinabgestürzt und hat sich dabei schwer verletzt. Kurz vor ihrem Sturz hatte sie die Treppe nass gewischt, was ihr zum Verhängnis geworden ist. Der Arzt sagt, dass sie möglicherweise für immer Schäden behalten wird. Sie ist eine alte Frau, Jörg.«

»Aber warum hat sie mir denn nichts davon gesagt? Wir telefonieren doch regelmäßig.«

»Diese Frage musst du ihr stellen.« Sie fügte hinzu: »Oder dir selbst.« Regina Schawald erntete betroffenes Schweigen.

»Jörg, ich würde meinen Hintern nach Hause bewegen, wenn ich ihr einziger Sohn wäre.« Malthaner murmelte etwas wie »Ja, sollte ich wohl.« Er vergaß, sich nach Gabi zu erkundigen, die zwei Kinder zu erziehen versuchte und auch sonst ein rundum bürgerlich-langweiliges Leben führte.

Erneut rief er bei seiner Mutter an. Nach dem zehnten Klingeln ging sie ran. Ihr »Malthaner« klang müde.

»Mutter, geht es dir gut?«

»Nicht besonders«, erwiderte sie mit schlaffer Stimme.

»Was ist passiert? Was ist los?«

»Ich habe schon geschlafen. Ich habe Schlafmittel genommen.«

Er berichtete ihr von seinem Gespräch mit Regina Schawald. »Was ist mit deinem Rücken und warum hast du mir nichts davon gesagt?«

Sie klang jetzt etwas gefasster. »So schlimm ist das schon nicht. Bis auf die Schmerzen, deshalb nehme ich auch immer diese Schlafmittel. Du weißt ja, dass ich schon immer einen leichten Schlaf hatte, aber seit einiger Zeit helfen mir nur noch die Mittel.«

Er stellte seine letzte Frage noch einmal: »Warum hast du mir nichts von deinem Sturz gesagt?«

»Ach Junge, du hast doch in deinem Beruf so viel um die Ohren, da will ich dich nicht auch noch belasten.«

»Regina hat gesagt, dass der Arzt bleibende Schäden befürchtet.«

»Du weißt doch, wie die Ärzte sind«, sagte sie jetzt und klang hellwach. »So dramatisch wird es schon nicht werden.«

»Soll ich nach Hause kommen, Mutter?«

»Es wäre schön, dich mal wieder zu sehen. Aber wenn du keine Zeit hast, dann lass es bleiben.« Eine Spur Bitterkeit in der Stimme. Unüberhörbar.

»Ich komme spätestens am Wochenende.«

»Warten wir's ab. Ich muss jetzt aufhören und mich wieder hinlegen. Mit meinem Rücken kann ich nicht so lange sitzen oder stehen.«

»Gute Nacht, Mutter. Ich rufe morgen wieder an.«

»Gute Nacht.«

Kraftlos legte er den Hörer auf. Jetzt merkte er, dass er zitterte.

Gedanken jagten ihm durch den Kopf, als er durch sein Wohnzimmerfenster hinaus in die Nacht starrte, in der der Mond kalkweiße Schatten auf die Häuser warf. Angst scheuerte ihm im Nacken wie früher der Blick seiner Mutter, wenn er als Kind etwas angestellt hatte. Es war jetzt einer jener immer häufigeren Augenblicke, in denen er sich Geschwister wünschte; er und seine Mutter, das war die ganze Familie Malthaner. Eine Zeitlang hatte er gehofft, Britta würde eines Tages dazu gehören. Gerne hätte er sie jetzt an seiner Seite gespürt. Aber er war alleine.

Sollte er morgen in der Redaktion Bescheid sagen, dass er ein paar freie Tage nahm, und dann gleich vormittags auf die Alb fahren? Die Drogen-Sache konnte warten, aber er musste seiner Geschichte über das jüdische Ehepaar noch den letzten Schliff geben.

In diese Gedanken hinein klingelte das Telefon. Als er abhob, meldete sich Dietmar Hochdorf. Forsch, dennoch nicht unangenehm, ein einnehmender Tonfall. »Du bist sicher überrascht, mal wieder von mir zu hören«, begann er.

»Das kann man wohl sagen«, antwortete Malthaner.

»Vielleicht hast du deinen Anrufbeantworter schon abgehört. Tja, ich bin zur Zeit dabei, die alten Kontakte wieder aufzufrischen. Seit etwa zwei Jahren lebe ich wieder in Albstadt, aber wenn man so lange weg war wie ich, werden einem die Leute doch etwas fremd.« Er lachte ins Telefon. »Ich habe mich lange in der Weltgeschichte herumgetrieben. Von Hansi Schneider habe ich gehört, dass du in Stuttgart lebst. Da ich morgen sowieso dort zu tun habe, würde ich mich gerne mit dir treffen. Um der guten alten Zeiten willen. So langsam kommen wir schließlich in ein Alter, in dem man sich gerne an seine Jugend erinnert.«

Als wären sie schon immer dicke Freunde gewesen.

»Du hast Kontakt zu Hansi Schneider? Den habe ich auch schon lange nicht mehr gesehen.« Schneider war ebenfalls in ihre Klasse gegangen. Vor Monaten hatte Malthaner ihn zufällig in einer Albstädter Buchhandlung getroffen. Schneider war mit seiner Jugendfreundin Helga verheiratet, hatte zwei Kinder und einen Job als Diplomingenieur bei der Hartmann GmbH, dem größten Arbeitgeber in der Albstädter Umgebung.

»Hat um die Hüften ein bisschen zugelegt, der Hansi«, lachte Dietmar Hochdorf erneut. »Mit ihm treffe ich mich ab und zu auf ein Bier«, fuhr er fort, »der ist ganz froh, wenn er hin und wieder seinem trauten Heim für einen Abend entrinnen kann. Familienglück wäre nichts für mich, echt nicht. Aber was ist mit dir, verheiratet und schuldengeplagter Häuslesbauer wie all die anderen?«

»Nee, das ist auch nicht meine Kragenweite. Ich habe übrigens nicht allzuviel Kontakt zu den anderen«, sagte Malthaner. Das war nicht übertrieben. Ein, zweimal im Jahr versuchte seine alte Clique, zu der niemand aus seinem Abi-Jahrgang gehörte, sich in der Heimatstadt zu treffen, doch die Zwänge und Verpflichtungen jedes Einzelnen rissen immer größere Löcher in ihre Runde.

»Was machst du morgen Abend?«, fragte Dietmar.

Malthaner kratzte sich am Hinterkopf. »Weiß ich noch nicht so genau, ich weiß auch nicht, ob ich morgen Abend überhaupt in Stuttgart sein werde.« Über die Sorgen um seine Mutter wollte er nichts sagen. Dietmar ließ nicht locker: »Wäre schade, wenn es nichts würde mit unserem Wiedersehen. Wirklich schade.«

Sie plauderten noch eine Weile, bis sie vereinbarten, am nächsten Tag um die Mittagszeit nochmals miteinander zu sprechen, um eventuell kurzfristig ein Treffen zu vereinbaren. Hochdorf wollte anrufen.

In dieser Nacht schlief Jörg Malthaner schlecht. Sobald er eingedöst war, bemächtigten sich seiner wirre Träume, es war ein Vexierspiel brüllender Bilder, wie schnell geschnittene Videoclips.

Am Morgen nach einer halb durchwachten Nacht mit Alpträumen, an denen nicht nur die Sommerhitze schuld war, stellte er sich lange unter die Dusche. Es half ein wenig. Malthaner fühlte sich nicht mehr ganz so schlapp, als er aus dem Badezimmer kam. In der Küche machte er sich ein Müsli und trank dazu im Stehen starken Kaffee. Er blickt durch das kleine Küchenfenster in den grünen Hof des Nachbarhauses, einer pflanzen- und baumbestandenen Oase, die in krassem Kontrast zu den hässlichen Fassaden ringsum stand. Einige Vögel hatten sich träge auf den starken Ästen eines Laubbaumes niedergelassen, dessen Art Malthaner nicht bestimmen konnte. Ebensowenig konnte er mit Sicherheit sagen, um welche Vogelart es sich handelte. Das war schon eine Schande, er war mitten in einer wunderbaren, intakten Natur auf der Alb aufgewachsen, hatte aber keinen blassen Schimmer von Flora und Fauna.

Früher hatte ihm das gar nichts ausgemacht, heute ärgerte es ihn maßlos. Langsam führte er die Tasse mit dem heißen Kaffee an die Lippen, den Blick unverändert nach draußen in den Hof gerichtet. Die Vögel machten einen lethargischen Eindruck auf ihn, als spürten sie die Last der Hitze, die sich schon jetzt am Morgen wieder andeutete. Eigentlich sollten Vögel sich nicht so benehmen, doch wer weiß schon, welche Gebrechen Stadtvögel haben.

Mit dem Gefühl der Unbehaglichkeit, das er seit gestern Abend nicht abschütteln konnte, rief er seine Mutter an. Schon nach dem dritten Klingeln war sie dran, was ihn annehmen ließ, dass sie sich im unteren Stockwerk ihres Einfamilienhäuschens befand, nahe dem Telefon. Das stand auf einem kleinen Schuhschränkchen im Flur, seit er sich erinnern konnte.

»Mutter, geht's dir einigermaßen gut?«

»So lala. Aber das Klagen habe ich mir schon lange abgewöhnt.«

»Ich weiß. Was macht dein Rücken?«

»Er schmerzt, so wie jeden Tag. An die Schmerzen gewöhnt man sich einfach nicht.« Ihre Stimme hörte sich kraftlos an. *Sie ist eine alte Frau.* Die Worte von Regina Schawald. Wahre Worte, wie er sich eingestehen musste. Seit langem fragte sich Malthaner, was wäre, wenn ihr eines Tages etwas zustoßen würde. Und immer versuchte er, den Gedanken zu verdrängen, was ihm meist gut gelang.

»Wenn du mich zuhause brauchst, dann sage es mir.«

»Du kannst doch deine Arbeit nicht einfach wegen deiner alten Mutter vernachlässigen. Aber es würde mich natürlich freuen, dich an deinem nächsten freien Wochenende mal wieder zu sehen.«

»Warum hast du mir denn nichts von Deinem Sturz gesagt? Noch gestern, als du mich an den Geburtstag von Onkel Edwin erinnert hast, hast du so getan, als wäre alles in Ordnung.«

»Wer hätte etwas davon. Ich nicht, solange du in Stuttgart bist, und für dich wäre es höchstens eine Belastung gewesen.«

»Sag mir eins: Wie schlimm ist es?«

»Es geht.« Sie machte eine kleine Pause. »Wenn nur die ständigen Rückenschmerzen nicht wären.«

»Ich komme nach Hause. Noch vor dem Wochenende, gleich morgen oder übermorgen.«

»Vernachlässige wegen mir deine Arbeit nicht, Jörg. Du musst dich um dein eigenes Leben kümmern.« Es versetzte ihm einen Stich, wie sie es sagte. Natürlich fühlte sie sich von ihm allein gelassen. Dem einzigen Kind, das nur ein paarmal im Jahr die Zeit für einen kurzen Abstecher findet.

»Soll ich dir etwas mitbringen?«

»Das ist nicht nötig. Vergiss bitte nicht den Geburtstag von Onkel Edwin, du weißt, wie wichtig ihm so etwas ist, also ruf ihn an!«

»Scheiß auf Edwin, den alten Knacker, der kümmert sich doch auch nicht um dich.« Eine so heftige Reaktion hatte er nicht beabsichtigt, und es tat ihm leid, was er sagte, noch während er die Worte aussprach.

Es kam, was kommen musste. »Weniger als du kümmert er sich auch nicht um mich.« Jetzt hatte sie es also gesagt, der Vorwurf war artikuliert. All ihre verständnisvollen Worte waren nur Fassade, die jetzt zusammenstürzte. In Wirklichkeit war sie verbittert.

Damit waren sie wieder an dem Punkt angelangt, an dem ein Gespräch zwischen ihnen häufig endete. Sie redete weiter: »Edwin hat immerhin eine Frau und drei Kinder, um die er sich kümmern muss.« Seine Mutter versuchte erst gar nicht mehr, ihren Zorn zu verbergen. »Wenn ich mir bei meinem Sturz auf der Treppe den Kopf angeschlagen hätte und verblutet wäre, kein Mensch hätte es gemerkt. Ich habe niemanden, der sich meiner auch nur ein bisschen annimmt, und dir ist es doch auch völlig egal, wie es mir geht. Sonst würdest du mich regelmäßig besuchen, so wie es andere Kinder auch tun.« Er ahnte, wohin das Gespräch führen würde, schließlich hatte er jahrzehntelange Erfahrung darin. Malthaner spürte, wie sich sein Mitleid und seine Sorge in Ärger und Wut verwandelten und er sich nicht mehr lange unter Kontrolle haben würde. Mit betont ruhiger Stimme sagte er. »Es reicht. Ich habe gesagt, ich werde heute oder morgen nach Hause kommen, und genau das werde ich auch tun. Aber ich habe keine Lust, mir ständig Vorwürfe machen zu lassen. Kapier das endlich.« Ohne eine weitere Antwort von ihr abzuwarten, legte er auf und stieß einen lauten Fluch aus. Gab es im Leben denn nicht schon genug Mist, auch ohne diese ewigen unfruchtbaren Streitereien, die nur Kraft kosteten und zu nichts, absolut nichts führten?

Immer wieder gelang es ihr, ihm ein schlechtes Gewissen zu verursachen. Sie wirkte in vielen Momenten verbittert und gab ihm das Gefühl, er sei der Sohn, für den sie sich immer aufgeopfert, der ihr aber nichts an Dankbarkeit zurückgegeben hatte. Der Sohn der sich so gar nicht nach ihren Wünschen und Erwartungen entwickelt hatte, obwohl er bezweifelte, dass sie von diesen Erwartungen jemals konkrete Vorstellungen gehabt hatte. In diesen Momenten hasste er sich, sie und die ganzen Umstände. Heute aber verrauchte sein Zorn in Sekundenschnelle und machte wieder einem diffusen Gefühl von Sorge und Vorahnung Platz.

Mühsam atmend blickte er sich in der Wohnung um, gerade so, als würde er hier eine Lösung seiner Probleme finden. Malthaner starrte auf den dunkelblauen Teppichboden, der sich vor seinen Augen aufzulösen schien. Er senkte den Kopf, damit Blut zurückfloss. Noch immer war ihm, als hätte er Probleme zu atmen. Säure stieg ihm in den Hals. Er ließ sich in den Ledersessel fallen und starrte das Regal an. Plötzlich musste er gegen den Drang ankämpfen, das Regal umzuwerfen und den Sessel dazu; er wollte Geschirr zerschlagen und sein Unglück laut in die Welt hinausrufen. Doch, wer würde schon zuhören? In dieser Welt war jeder mit seinem eigenen Unglück vollauf beschäftigt.

Vor seinem geistigen Auge tauchten Szenarien auf und verschwanden wieder. Malthaner fühlte sich hilflos. Einmal mehr in seinem Leben fühlte er sich hilflos. Er war nicht in der Lage, eine Entscheidung zu treffen. Sollte er alles stehen und liegen lassen und nach Hause fahren? Was sollte er dort tun; sich mit seiner Mutter streiten? Vielleicht brauchte sie ihn ja wirklich, aber Voraussetzung echten Verstehens wäre ein gutes Gespräch, und gute Gespräche zwischen ihm und ihr waren etwa so häufig wie Schnee in der Wüste.

Schließlich erhob Malthaner sich schwerfällig aus dem Sessel. Hätte ihn in diesem Augenblick jemand beobachtet, er hätte einen alten Mann gesehen. Einen 38-jährigen alten Mann.

Mit den Gedanken war er woanders, als er sich mit dem Saab in Richtung Redaktion kämpfte, noch immer unentschlossen, hin- und hergerissen zwischen dem Drang, nach Hause zu fahren, und der Sorge um das, was er dort antreffen würde. Selbst die Hitze störte ihn nicht, er nahm sie einfach nicht wahr. Zwar klebte er am Leder des Sitzes, doch hatte er größere Probleme als Schweißflekken im Hemd. Minutenlang kurvte er über den Parkplatz beim Pressehaus, doch nirgends war eine Lücke zu finden. Schließlich parkte er den Saab quer hinter Hausers weißem Mercedes, einem Diesel-Dinosaurier, der ihm wie ein blechgewordenes Symbol für Zuverlässigkeit vorkam.

Während er schnellen Fußes der großen Glastür des Pressehauses entgegen strebte, traf Malthaner eine Entscheidung: Er würde heute Abend wieder zu Hause anrufen, als Friedensangebot sozusagen. Wenn sie mit sich reden ließ, würde er morgen auf die Alb fahren.

Zum ersten Mal an diesem Tag dachte er jetzt an den gestrigen Anruf von Dietmar Hochdorf. Warum sollte er sich eigentlich nicht heute Abend mit ihm treffen? Vielleicht würde es ein nettes Wiedersehen. Vielleicht würde Dietmar aber auch gar nicht mehr anrufen.

Wie schon gestern, tat die Ex von Lokalchef Martin Kaiser wieder Dienst hinter der Protz-Theke im Erdgeschoss. Sie grüßte Malthaner freundlich und lächelte ihn einnehmend an. Vielleicht war es ja dieses Lächeln, das Kaiser beeindruckt hatte. Malthaner konnte es sich gut vorstellen.

Hauser war nicht im Büro. »Besprechung mit Kaiser«, informierte Gisela Straubinger Malthaner. Marco Schmierer war in das Konkurrenzblatt, die *Stadtnachrichten*, vertieft und blickte nur kurz auf, als Malthaner eintrat. Heute war auch Bert Weinmann da, dessen Schreibtisch ebenfalls in diesem Büro stand. Der rundliche Mittvierziger war ein farblos wirkender Kollege, dem die Arbeit ausschließlich Last zu sein schien und der keinen großen Wert auf Kontakte zu den Kollegen legte. Weinmann war ein Zyniker. Das sagte man zwar vielen Journalisten nach, doch bei ihm traf es wahrlich zu. Im Kollegenkreis munkelte man immer wieder von Weinmanns Alkoholproblemen, doch Genaues schien niemand zu wissen. Malthaner hatte ebenso wie die anderen in diesem Büro weder eine besonders hohe, noch eine vernichtende Meinung von Weinmann, der sich vor allem um die Kommunalpolitik kümmerte.

Malthaner holte sich seinen Artikel über das jüdische Ehepaar noch einmal auf den Schirm. Nachdem er ihn so konzentriert, wie ihm das an diesem Tag möglich war, durchgelesen hatte, fand er ihn gar nicht mehr so unausgegoren wie noch gestern. 300 Zeilen Text, flüssig geschrieben ohne ins Schwafeln zu verfallen. Er beschloss, nichts mehr zu ändern, und speicherte ihn im Textpool ab. Malthaner atmete unbewusst tief durch. Mit einem energischen Ruck zog er den Stapel mit den Archivartikeln zum Thema Drogen von der Ablage links an seinem Schreibtisch herüber. Noch einmal wollte er sichten, was für seine geplante Serie von Bedeutung sein könnte. Mit dieser Arbeit hatte er gerade begonnen, als das Telefon läutete. Hochdorf war dran. Hatte die Nummer wohl von der Auskunft.

»Dietmar hier.« Die energische Stimme. »Na, wie sieht's heute aus, Jörg?«

»Ich habe Zeit«, antwortete Malthaner.

»Fein. Dann schlag einen Treffpunkt vor, schließlich kennst du dich in Stuttgart besser aus als ich.«

Malthaner überlegte. »Kommt drauf an, wann wir uns treffen wollen.«

»Mir egal. Ich bin hier bei einem Seminar, von dem ich mich jederzeit abseilen kann. Die machen keine Strichlisten oder so.« Hochdorf klang belustigt. Und souverän, als stünde er über diesen Dingen. »Aber du hast ja sicher erst abends Zeit.«

»Nicht unbedingt«, sagte Malthaner, »ich bin kein festangestellter Redakteur mehr und bestimme meine Arbeitszeiten selbst.« Bei diesen Worten empfand er eine seltsame Befriedigung. Sag den Menschen, dass du es geschafft hast. Ob es stimmt oder nicht, sie werden dir mit Respekt begegnen. »Wir können uns gerne auch schon früher treffen.«

»Ja, das wäre mir sogar recht. Morgen früh muss ich wieder bei meiner Bank in Albstadt knechten.«

»Du arbeitest bei einer Bank?«

»Ja, bei der *Albkasse* in der Ludwigstraße. Die kennst du doch?«

»Klar, dort hatte ich mein erstes Konto.«

»Eine kluge Entscheidung.« Hochdorf lachte. Nicht so kernig, wie an Albstädter Stammtischen gelacht wird, nein, er lachte ein gepflegtes Lachen. Aristokratisch. Genau das war es: Malthaner empfand Hochdorfs Lachen als aristokratisch. »Wir sind die Nummer eins am Finanzplatz Albstadt.«

»Und du bist der Marketing-Mann«, fiel ihm Malthaner ins Wort. Jetzt war es an ihm, zu lachen. Sein erstes Lachen an diesem Tag.

»Nein, nein, ich bin Kundenberater. Wenn du also mal einen guten Anlagentipp willst, wende dich vertrauensvoll an mich.«

»Darüber lass uns nachher reden«, sagte Malthaner, noch immer lachend. »Ab wann hast du denn Zeit?«

»Das liegt ganz an dir. Wie gesagt: Ich kann hier kommen und gehen, wie es mir gefällt.«

»Wir könnten uns von mir aus schon in ein oder zwei Stunden treffen.«

»Soll mir recht sein. Schlag was vor.«

»Nachmittags ist es im *Chez Severin* ganz angenehm. Das ist außerdem relativ leicht zu finden.«

»Wenn du das sagst, vertraue ich dir voll und ganz. Du musst mir nur sagen, wie ich den Laden finde.« Malthaner erklärte Dietmar Hochdorf den Weg. Um 14.30 Uhr wollten sie sich treffen.

Nachdem er aufgelegt hatte, wandte er sich wieder seinem Archivmaterial zu. Nach einer halben Stunde hatte er alles aussortiert, was ihm wichtig erschien, und machte

Kopien von diesen Artikeln. Das nahm weitere 25 Minuten in Anspruch. Weinmann moserte irgendwas vor sich hin, wollte auch kopieren. Marco und Gisela waren seltsam einsilbig. Vielleicht lag es daran, dass sie viel Arbeit hatten, vielleicht war es auch nur die Hitze, die beide einen Gang runterschalten ließ. Er musste wieder an die schlapp wirkenden Vögel denken, die er heute früh durch sein Küchenfenster beobachtet hatte. Zumindest was Gisela Straubinger anging, empfand Malthaner die Ruhe als sehr angenehm. Heute war ein Tag, an dem er ihrem Mundwerk bestimmt nicht gewachsen wäre.

Seine Kopien schichtete er fein säuberlich zu einem kleinen Turm auf seiner Schreibtischablage auf, bevor er sich mit den Originalen in der Hand auf den Weg ins Archiv machte. Mü war nicht da. Malthaner legte den Papierberg auf dem kleinen rechteckigen Tischchen ab und ging zurück in sein Büro.

Dort tagte der Kriegsrat. Hauser war inzwischen wieder an seinen Schreibtisch zurückgekehrt. Bert Weinmann, Gisela Straubinger und Marco Schmierer standen davor und lauschten den Worten des Häuptlings. Malthaner beobachtete die Szenerie mit einem Gefühl der Befreiung. Gott sei Dank ging ihn diese tägliche Routine nichts mehr an. Er konnte tun und lassen, was er wollte, war sein eigener Herr. Hauser setzte Weinmann auf eine Recherche in der EWS-Sache an. Es war schon eigenartig: in diesem Büro herrschte eine nirgendwo festgeschriebene Hierarchie. Alle akzeptierten sie Hauser als den Primus inter pares, obwohl er nur ein Redakteur war wie die anderen auch. Aber er strahlte eine natürliche Autorität aus, vor der selbst Kaiser Respekt zeigte. Keine wichtige Entscheidung im Lokalen fiel ohne Absprache mit Hauser, der sich nicht ganz zu Unrecht für den bestinformierten Journalisten in der ganzen Stadt hielt. Seine Erfahrung, seine Kontakte waren für die *Landeszeitung* unersetzlich. Ob die Chefetage das überhaupt wusste?

Malthaner wühlte geistesabwesend in den Schubladen seines Schreibtisches herum. Eigentlich wartete er nur darauf, dass die Besprechung zu Ende ging, denn er wollte Hauser kurz unter vier Augen sprechen. Hausers Gesprächsführung war straff, er sagte, wo es lang ging. Er arbeitete höchst effektiv. Wenige Minuten später war die kleine Konferenz beendet.

»Kannst du mal kurz mit raus kommen?«, fragte Malthaner ihn.

Hauser hob fragend eine Augenbraue, sagte aber nichts. Behende wuchtete er seinen massigen Körper aus dem Stuhl und folgte Malthaner auf den Gang. »Was 'n los?«

»Ich mach ein paar Tage Urlaub. Und ich möchte, dass du es Kaiser sagst.« Malthaner sprach leise.

»Wieso denn das?«

»Ich würde es ja selber tun, aber wenn ich da reingehe«, er zeigte ein Stück den Gang hinab auf die wie immer offen stehende Bürotür Kaisers, »dann versucht er vielleicht, mich umzustimmen. So wie ich mich heute fühle, endet das doch nur in einem großen Krach.«

»Du bist ein Freier. Du kannst kommen und gehen, wie du lustig bist. Geht Kaiser doch nichts an.«

»Schon, aber ich habe mich etwas weit aus dem Fenster gelehnt und großspurig eine Drogen-Serie angekündigt.

Für die ist viel Recherche notwendig, und wenn ich nicht sofort damit anfange, dann wird die Serie frühestens im Herbst anlaufen. Und das dürfte Kaiser nicht schmecken. Du weißt, wie ungeduldig er sein kann. Aus seiner Sicht hat er ja sogar recht. Wenn ich mich gleich dahinter klemmen würde, könnten wir noch in den Ferien mit der Serie starten, wenn wir sowieso nicht wissen, wie wir das Blatt füllen sollen.«

»Und warum fällt dir so schlagartig ein, dass du frei machen willst? Hat dich das Urlaubsfieber gepackt?«

»Quatsch, ich wollte erst Ende des Jahres ein paar Wochen Urlaub machen, damit hat das gar nichts zu tun.« Beide schwiegen sich einige Sekunden an. Hauser wollte ihm Gelegenheit geben, sich zu erklären. Doch Malthaner blieb stumm.

»Hör mal«, Hauser beendete das Schweigen, »Du verlangst von mir, dass ich da reinmarschiere«, jetzt zeigte Hauser auf Kaisers Büro, »und mit Kaiser rede, willst mir aber den Grund nicht nennen. Nehm es mir nicht übel, das kommt mir etwas seltsam vor. Du glotzt mich mit traurigen Hundeaugen an, wie ein Cockerspaniel, der seit Tagen keinen Knochen mehr bekommen hat.«

»Tut mir leid, aber ich habe ein paar persönliche Probleme. Ich muss für ein paar Tage nach Hause auf die Alb fahren.«

»Na, denn ...« Hauser deutete ein Lächeln an und klopfte ihm flüchtig mit seiner klobigen Hand auf die Schulter. »Ich sage es Kaiser.«

»Danke.«

»Schon gut, ist doch keine Affäre.«

»Meine Story für die Samstags-Ausgabe steht. Fotos sind bereits in der Produktion, ein Layout-Spiegel auch.«

»Alles klar.« Hauser wollte sich gerade umdrehen, als Malthaner ihn am Arm hielt. »Und sage Kaiser, es bleibt bei der Drogen-Serie. Zwanzig Folgen. Mindestens.«

»Ist recht.«

Das *Chez Severin* lag in der Innenstadt. Das bedeutete, dass das Parken leicht teurer werden konnte als die Rechnung im Lokal. Wieder quälte er sich mit offenen Fenstern und geöffnetem Schiebedach durch den Stuttgarter Verkehr. Er schwitzte unsäglich. Hitze, Lärm, Stress. Es wunderte ihn, dass nicht viel mehr Autofahrer durchdrehten, so wie Michael Douglas in »Falling Down«. Jetzt war er richtig gespannt auf das Wiedersehen mit Dietmar Hochdorf und fragte sich, ob er ihn überhaupt erkennen würde. Zwanzig Jahre waren eine verdammt lange Zeit.

Malthaner versuchte, sich das Bild von Dietmar als Achtzehnjährigem in Erinnerung zu rufen. Aber es blieb diffus wie schon gestern. Schmal war er damals, »Einstein«, das Genie, das – so weit er sich erinnern konnte – nie mit seinen schulischen Leistungen geprahlt hatte. Für Hochdorf waren gute Noten normal, was Malthaner von sich eher weniger behaupten konnte. Er war ein höchst durchschnittlicher Schüler gewesen. Durchschnittlich begabt, durchschnittlich lerneifrig. Immerhin hatte es für Malthaner gereicht, mit einem Betriebswirtschaftsstudium zu beginnen. Ein von Anfang an ungeliebtes Studium, das er nach vier Semestern wieder abgebrochen hatte, um beim *Tagblatt* zu volontieren. Damals hatte er noch Träume gehabt. Auslandskorrespondent hatte er eine Zeitlang werden wollen, zum Fernsehen gehen, oder zumindest zum Radio. Jung war er eben damals gewesen, doch seither hatte das Leben ihm so manche Niederlage beschert, seine Träume und Visionen waren geschwunden. Malthaner musste sich eingestehen, ein Meister darin zu sein, die Zukunft zu verdrängen. Vielleicht war er zu pessimistisch, aber er erwartete nichts Gutes von der Zukunft. Natürlich – materiell ging es ihm ganz gut, doch sein Privatleben war ein Scherbenhaufen. Britta hatte es nicht mit ihm ausgehalten und sich aus dem Staub gemacht, so wie die anderen zuvor auch. Zum Teufel, vermutlich hatten sie recht. Er wusste ja nicht einmal, wie er sich sein Leben vorstellte.

Die Suche nach einem Parkplatz verlangte seine Konzentration und verscheuchte die Weltschmerz-Gedanken für den Augenblick. Mit dem Handrücken wischte er sich den Schweiß von der Stirn, eine mechanische Geste, die er wer-weiß-wie-oft in den letzten zwei Wochen vollführt hatte. So wie Martin Kaiser sich immer wieder seine Locke aus dem Gesicht zu drücken versuchte. Malthaner grinste mit zusammengekniffenen Lippen.

Nach ewig scheinendem Stop-and-go fand er endlich eine Parklücke, in die er den Saab zwängen konnte. Kleinere Beulen oder Kratzer am Lack machten ihm schon lange nichts mehr aus. Natürlich hatte er dieses unsägliche, rational nicht zu erklärende Faible für tolle Autos, das wohl irgendwie zum deutschen Wesen gehört. Doch seit er in Stuttgart lebte, fuhr er nur noch Gebrauchtwagen, und das war gut so.

Gar nicht übel, der Parkplatz lag nur zehn Minuten Fußmarsch von *Chez Severin* entfernt. Die Kneipe zählte nicht gerade zu seinen wenigen Stammlokalen, hatte aber tagsüber eine angenehme Atmosphäre zu bieten, viel Stein und Marmor, dennoch wirkte es nie kalt im *Severin*. Und man konnte sich in kleiner Runde gemütlich unterhalten, ohne dass alle übrigen Gäste mithörten. Früher war er ab und zu mit Lothar Klinger hergekommen, einem ehemaligen Kollegen der *Landeszeitung*, der inzwischen beim Südfwestrundfunk-Fernsehen arbeitete.

Malthaner ließ beide Seitenscheiben des Saab ein Stück geöffnet, um sich die Illusion eines Luftzuges zu geben. Beim Aussteigen spürte er, wie der Schweiß im Rücken an seinem kurzärmeligen Hemd klebte. Shorts hätte er in diesem Moment als Gnade empfunden, aber er schwitzte in seinen Jeans, die er sich im vergangenen Jahr aus dem Urlaub in Kalifornien mitgebracht hatte. Mit steifen Beinen machte er sich auf den Weg zum *Chez Severin*.

Hochdorf war noch nicht da. Malthaner suchte sich einen Platz an einem Tisch, der vor einem der beiden großen Fenster stand. Draußen hasteten Passanten vorbei, warfen gleichgültige Blicke herein. Er saß mit dem Gesicht zum Eingang, so dass er Dietmar sofort bei seinem Eintreten sehen würde. Er bestellte bei einem großgewachsenen Kellner einen Cappucino mit Sahne. Das *Severin* war bereits gut gefüllt, Rauchschwaden hingen in der Luft, Gesprächsfetzen wehten wie von weit her zu ihm herüber. Es wurde gedämpft gesprochen, nur eine Handvoll Schüler an einem der größeren Tische ereiferte sich laut über einen Mathelehrer namens Beck. Malthaner schaute auf die Uhr. Noch immer keine Spur von Dietmar, obwohl er selbst schon nicht ganz pünktlich gewesen war. Vermutlich fand er das *Chez Severin* doch nicht so einfach, wie Malthaner gedacht hatte. Oder er kurvte irgendwo da draußen herum, auf der Suche nach einem Parkplatz.

Die Horde der Sechzehn- oder Siebzehnjährigen nebenan wurde nicht leiser. Jetzt war von einer Solidaritätsaktion für einen Mitschüler namens Reiner die Rede, der offensichtlich von Pauker Beck systematisch benachteiligt wurde. Malthaner suchte sein Gedächtnis nach ähnlichen Erlebnissen ab. Hatte ihn jemals ein Lehrer auf dem Kieker? Er wusste es nicht, dachte, dass er ein viel zu durchschnittlicher Typ gewesen war, als dass ein Lehrer überhaupt besonderes Interesse an ihm hätte finden können. Ganz im Gegenteil zu Einstein Hochdorf. Der machte, soweit Malthaner sich erinnerte, die Lehrer stolz. Sie schrieben sich die schulischen Erfolge des jungen Dietmar selbst auf die Fahnen.

Er blickte zum wiederholten Mal auf seine Uhr, deren Lederarmband ein wenig ausgeleiert war. 14.50 Uhr. Kein Dietmar Hochdorf zu sehen. Unschlüssig blickte er in die Getränkekarte und orderte ein Viertel Muskateller. Früh dran, dachte er. Für gewöhnlich ließ er tagsüber die Finger vom Alkohol. Vor allem bei dieser Hitze.

Langsam wurde er ungeduldig. Der forsche Hochdorf, der so auf dieses Treffen gedrängt hatte, ließ sich nicht blicken. Möglich, dass er sich doch nicht so einfach aus dem Staub machen konnte, wie er ihm am Telefon versichert hatte. Der Muskateller war eine Spur zu warm, er trank ihn in kleinen Schlucken.

Fünf nach drei und kein Dietmar Hochdorf weit und breit. In Malthaner machte sich ein Gefühl von Ärger breit. Hier saß er – wie bestellt und nicht abgeholt. Einen Kaffee lang wollte er Einstein noch Zeit geben, nahm er sich vor, und bestellte bei dem hünenhaften und wortkargen Kellner. Er schlürfte den Kaffee betont langsam. Als die Tasse leer war, zeigte seine Uhr 15.30 Uhr. Malthaner zahlte und ging.

Kapitel III

Dass Hochdorf nicht erschienen war, ärgerte ihn gewaltig. Schließlich hatte Einstein den Kontakt gesucht und ihn dann ohne Nachricht sitzen lassen. Malthaner war sauer, als er nach Hause fuhr. Er drehte am Sendersuchlauf des Autoradios auf AFN. Jetzt half ihm nur gute, laute Rockmusik, und dafür gab es nun mal keinen besseren Sender, weder öffentlich-rechtlich noch privat. Zu Amerika und den Amerikanern hatte Malthaner ein ausgesprochen gespaltenes Verhältnis. Aber eines musste man ihnen zweifellos lassen: Sie machten gutes Radio mit guter Musik. Basic Rock' n Roll. Led Zeppelin. Er drehte auf. Dabei war ihm völlig egal, dass einige Passanten sich nach dem Saab umdrehten, aus dem *Stairway to Heaven* dröhnte. Ein Mann auf dem Gehsteig zeigte ihm den Vogel. Malthaner konnte der Regung nicht widerstehen und antwortete mit dem ausgestreckten Mittelfinger; eine Geste, die er sich eigentlich schon vor vielen Jahren abgewöhnt hatte.

Wieder war es eine Qual, bis er zuhause war. Er umrundete den Block auf der Suche nach einem Parkplatz, den er schließlich fünf Minuten von seiner Wohnung entfernt fand.

Der Anrufbeantworter hatte zwei Gespräche aufgezeichnet. Seine Mutter hatte angerufen, offensichtlich wieder ganz auf Harmonie bedacht. Sie wollte wissen, ob er denn jetzt nach Hause kommen würde. Der zweite Anruf stammte von Rüdiger Rehberg, dem Leiter der Mordkommission. Rehbergs Stimme klang ernst: »Jörg, ruf mich unbedingt sofort an, wenn du das hier abhörst. Es ist wichtig.« Rehberg hinterließ eine Handy-Nummer. Malthaner starrte angespannt auf den Anrufbeantworter, als könne er so das Rätsel lösen, das ihm Rehbergs Telefonat beschert hatte.

Der Anruf war kurz nach halb vier registriert worden, also vor etwa 25 Minuten. Malthaner wählte die Handy-Nummer. Es meldete sich ein Kommissar Steinle. Ohne eine Frage gab er an Rehberg weiter, nachdem Malthaner seinen Namen nannte.

»Was gibt es so Wichtiges, dass du mich unbedingt sprechen musst, Rudi?«

»Das will ich dir hier zeigen. Wie schnell kannst du am Flughafen in Echterdingen sein?«

»Am Flughafen? In einer Viertelstunde, wenn der Verkehr es zulässt. Vielleicht hast du vorher die Güte, mir zu sagen, was ich am Flughafen soll. Ich will nicht verreisen.«

»Leider gibt es für Witze keinen Anlass.« Barsch. So benahm Rehberg sich sonst nie. Er klang bedrückt. »Komm so schnell wie möglich zum Flughafen. Parkhaus drei. Mehr kann ich dir jetzt nicht sagen.«

»Das ist ein bisschen dürftig, findest du nicht?«

»Wenn du hier bist, wirst du alles verstehen. Also setz dich in deinen schwedischen Panzer und fahr hier rauf.« Er fügte ein »Bitte« an, das er durch zusammengepresste Lippen zu stoßen schien. Dann war die Leitung tot. Malthaner wusste nicht, wie ihm geschah. Er wusste gar nichts mehr. Natürlich wollte er schon aus Neugierde zum Flughafen fahren. Zuvor rief er noch bei seiner Mutter an. Von der gestrigen Stimmung war nichts mehr übriggeblieben, sie tat so, als hätten sie nie gestritten. Er sagte ihr, dass er morgen nach Albstadt kommen werde. Morgen. Ganz bestimmt.

Beim Anblick der Leiche fiel die Maske antrainierter Professionalität von ihm ab wie ein vertrocknetes Blatt von einem Baum. Malthaner erstarrte, dann taumelte er einen Schritt zurück. Alle Farbe war schlagartig aus seinem Gesicht gewichen, das einen wächsernen Ton angenommen hatte. Er war kraftlos, zitterte, und konnte nichts dagegen tun. Sein Hirn weigerte sich noch, zu verarbeiten, was seine Augen nun schon seit Sekunden aufnahmen. »Herrgott«, preßte er tonlos zwischen zitternden Lippen hervor, und noch einmal: »Herrgott«. Er wollte wegschauen und spürte gleichzeitig einen zwanghaften Drang, dieses ausgelöschte Leben vor sich auf dem Boden anzustarren. Er würgte gegen seinen Brechreiz an, und wusste nicht, wie lange er den Kloß noch würde hinunterschlukken können, der sich in seinem Hals gebildet hatte.

Natürlich, er hatte schon einige Tote gesehen. Viel zu viele für seine 38 Jahre. Aber noch niemals hatte er so etwas ertragen müssen.

Damals als junger Volontär beim *Tagblatt* war er meistens der erste, der an der Unfallstelle eintraf, wenn es wieder einmal gekracht hatte. Mit dieser elektrisierenden Mischung aus Abscheu und Faszination hatte er äußerlich ungerührt die Fotos von zertrümmerten Autos gemacht, in denen von einer Sekunde zur anderen Menschenleben ausgelöscht wurden. Später, als Polizeireporter bei der *Landeszeitung* in Stuttgart, als er sich endgültig für abgebrüht gehalten hatte, bekam er die Junkies zu Gesicht, die sich den Goldenen Schuß gesetzt hatten, er sah Männer und Frauen, die von einem durchdrehenden kleinen Ganoven erschossen wurden, weil sie sich weigerten, ihre Brieftaschen herzugeben; er sah, was Eifersucht und Habgier anstellten konnten. Und er sah, wie das organisierte Verbrechen Probleme erledigte. Er hatte jahrelang erlebt, wie profan der Tod meistens war. Damals war er längst nicht mehr so scharf darauf, vor der Konkurrenz von den *Stadtnachrichten* am Tatort zu sein. Ein Ehrgeiz, der sich in den letzten Jahren fast vollständig gelegt hatte. Seit er als freier Journalist für die *Landeszeitung* und andere Blätter arbeitete, war das auch nicht mehr nötig, denn er konnte sich seine Themen zumindest teilweise selbst aussuchen, und die hatten im allgemeinen nichts mehr mit Kriminalität zu tun.

Und jetzt stand er hier und starrte auf diesen toten Menschen, beziehungsweise das, was der Mörder von ihm übriggelassen hatte. In Jörg Malthaners Kopf pulsierte es, und er fröstelte trotz der 30 Grad, die draußen herrschten. Es war abscheulich was er sah, denn die Leiche hatte kein Gesicht mehr. Weggeschossen. Der Tote trug Jeans, dazu weiße Turnschuhe, ohne Socken. Das modische karierte, kurzärmelige Hemd, mit dem er bekleidet war, sah aus wie frisch gebügelt, es hatte nichts von der Sauerei abbekommen. Seltsam, dachte Malthaner, was einem in einem Moment des Schocks alles auffällt. Am linken Handgelenk trug der Tote eine teuer wirkende Uhr mit goldenem Armband. Beide Arme wiesen Verletzungen auf, die aussahen wie vernarbte Brandwunden. Auf dem Boden rund um den Kopf der Leiche hatte sich Blut gesammelt, das längst getrocknet war, und sich mit den anderen Säften vermischt hatte, die der Körper im Todeskampf von sich gegeben hatte. Es war viel weniger Blut, als man in Filmen sah, in denen jemand niedergemetzelt wurde. Malthaner ahnte, dass er in der kommenden Nacht würde nicht schlafen können.

»Geht's wieder?« Die Stimme von Rehberg. Rüdiger Rehberg, genannt Rudi, Hauptkommissar und jüngster Dezernatsleiter in der Geschichte der Stuttgarter Mordkommission. Rehberg, der Bulle, und -vor allem- der Freund. Beide waren sie zusammen auf der Schwäbischen Alb aufgewachsen, hatten gemeinsam das Abitur gemacht, bevor sich ihre Wege trennten. Zehn Jahre später hatte sie die Winkelzüge des Schicksals wieder zusammengeführt, Malthaner den Polizeireporter der *Landeszeitung* und Hauptkommissar Rudi Rehberg, der nach einigen Jahren beim Dezernat Schwerkriminalität in Mannheim neuer Leiter der Mordkommission in der Landeshauptstadt Stuttgart geworden war. Beide hatten sie in den letzten Jahren gelegentlich vom Wissen des jeweils anderen profitiert, doch war es nie ein Sich-benutzen. Es gab die unausgesprochene Übereinkunft, dass ihre Freundschaft nicht durch die manchmal gegenläufigen Interessen ihrer Berufe leiden dürfe, wenngleich die Gefahr mehr als einmal gegeben war.

Rehberg hatte sich einen Zigarillo angesteckt. Er zog Malthaner von dem unschönen Anblick der Leiche auf dem harten Steinboden zurück. »Kipp mir hier nicht um«, sagte er und nestelte einen weiteren Zigarillo aus der

Hemdtasche. Trotz der Hitze trug er eine Krawatte, deren freundliche bunte Farben so gar nicht zu der Situation passsen wollten. Er hielt Malthaner den Rillo hin. »Steck ihn an, Jörg. Das hilft. » Malthaner war diese Marotte bei den Beamten vom »Mord«, wie sie sich selbst nannten, an Tatorten schon häufig aufgefallen. Vor allem, so hatten ihm Rehberg einmal erklärt, wenn die Leiche schon länger tot war, halfen Zigarren gegen den beißenden Gestank, der Begleitumstand eines jeden Ablebens war. Malthaner lehnte den Zigarillo ab. »Sonst kotze ich dir doch noch auf dein gestärktes deutsches Beamtenhemd«, versuchte er lässig hervorzubringen, was ihm gründlich mißlang.

Rehberg lächelte nachsichtig und schob seinen qualmenden Stummel mit der Zunge in den anderen Mundwinkel. Er drückte einem Kollegen etwas in die Hand. Malthaner, der langsam wieder aus der anderen Welt auftauchte, in der er vor einer Minute beim Blick auf die übel zugerichtete Leiche versunken war, versuchte tief durchzuatmen. Das Gefühl des Unwirklichen wollte noch nicht weichen. Die Beamten, die hier routiniert ihrer Arbeit nachgingen, hatte er bei seinem Eintreffen wahrgenommen, beim Blick auf den Leichnam aber völlig vergessen. Sie waren in dieser letzten Minute für ihn einfach nicht existent gewesen.

»Warum mutest du mir das zu?«, fragte er Rehberg. »Du weißt doch, dass diese Scheiße nicht mehr mein Ressort ist.«

»Du bist auch nicht aus beruflichen Gründen hier«, antwortete der Kriminalbeamte leise durch den Qualm des Zigarillos und blickte auf die Spitzen seiner wie immer glänzend polierten schwarzen Halbschuhe. Er machte den Eindruck, als fühle er sich unbehaglich, als er schließlich den Blick Malthaners suchte. Mit dem Daumen und Zeigefinger der rechten Hand nahm er den Zigarillo aus dem Mund.

In seinem Inneren spürte Malthaner eine neue Welle der Übelkeit hochsteigen. »Ich fürchte, ich verstehe dich nicht ganz, Rudi.«

»Diesen Zettel haben wir bei der Leiche gefunden«, antwortete Rehberg, und hielt ihm ein Blatt Papier entgegen, das aussah, als sei es aus einem Ringbuch ausgerissen worden. In säuberlicher Schrift stand in Großbuchstaben darauf:

MALTHANER
DIENSTAG, 14.30 UHR
STUTTGART, CHEZ SEVERIN.

»Das ist noch nicht alles«, fuhr Rudi Rehberg fort. Er zog einen Personalausweis aus der linken Gesäßtasche seiner dunklen Hose, die Bundfalten hatte, wie mit einem Lineal gezogen. Mit fahrigen Bewegungen blätterte Malthaner das Dokument auf. Mehr zu sich selbst sagte er: »Dietmar Hochdorf«.

»Ja, Dietmar Hochdorf«, echote Rehberg. »Ich glaube, ich habe einige Fragen an dich.«

»Und ich befürchte, dass ich dir die Antworten schuldig bleiben muss.«

Langsam hatte Malthaner sich wieder einigermaßen in der Gewalt, obwohl er noch immer zitterte. Hier war ein Mord geschehen, ein grauenhafter Mord. Und durch seine Verabredung mit dem Opfer war es ein Mord geworden, der ihn ganz persönlich etwas anging. Hier war der Mantel des professionellen Interesses kein Schutz mehr vor persönlicher Betroffenheit, vor Gefühlen. Er musste sich mit diesem bestialischen Mord auf eine ganz andere Art auseinandersetzen, als er das in anderen Fällen getan hatte. Das hier war mehr als ein Dreispalter. Hier lag sein Problem nicht darin, eine gute Überschrift zu finden und der Polizei Details aus der Nase zu ziehen, die für seine Leser interessant waren.

»Schieß mal los.« Rehberg räusperte sich. »Entschuldigung, das ist angesichts dessen, was wir hier sehen, zu schnoddrig formuliert. Also, sag mir, was hast du mit Dietmar Hochdorf zu schaffen? Wenn ich mich recht erinnere, seid ihr nie besonders dicke Freunde gewesen. Ich habe damals auch nie einen besonderen Draht zu ihm gehabt. Wenn ich mich nicht täusche, war er aus unserer Klasse doch derjenige, von dem ich immer am wenigsten gewusst habe. Irgendwann war er plötzlich verschwunden. Du hast mir in all den Jahren auch nie erzählt, dass ihr Kontakt habt.«

»Haben ...«, Malthaner räusperte sich, »... Ich meine, hatten wir auch nicht. Ich habe in den letzten zwanzig Jahren ebenso viel oder so wenig mit Dietmar zu tun gehabt wie du.«

Noch immer lag die Leiche auf dem grauen Steinboden im Parkhaus, dessen Zufahrt gesperrt war. Immer wieder drängten sich Neugierige heran, die hier ihre Autos geparkt hatten und unweigerlich auf das vermeintliche Spektakel aufmerksam wurden. Urlauber unterschieden sich in ihrer Neugier fürs Morbide und ihrer Sensationslüsternheit nicht von den Geschäftsleuten. Streifenwagen und Notarztfahrzeuge standen kreuz und quer auf dem Parkdeck, etwa zwanzig Personen liefen herum, gestikulierten wild oder gingen ruhig ihrer Arbeit nach. Polizeialltag für die einen, Sensation für die anderen. Die Polizei hatte alle Hände voll zu tun, für einen einigermaßen geordneten Abfluss der geparkten Fahrzeuge zu sorgen.

Rehberg und Malthaner beobachteten die Szenerie mit versteinerten Gesichtern. »Du musst mir schon erklären, in welchem Verhältnis unser gemeinsamer Klassenkamerad Dietmar Hochdorf zu dir stand.«

»In gar keinem, wenn ich es dir doch sage. Gestern Abend ruft er mich an und fragt, ob wir uns heute treffen könnten. Glaub mir, als ich seinen Namen gehört habe, wusste ich in der ersten Sekunde gar nichts damit anzufangen. Vermutlich habe ich ihn seit der Abi-Feier vor zwanzig Jahren nicht mehr gesehen.«

»Dann dieses traurige Wiedersehen«, sagte Rehberg leise wie zu sich selbst und blickte wieder auf seine Schuhspitzen, die selbst unter der schummrigen Parkhausbeleuchtung glänzten. In diesem Licht sah der Hauptkommissar ein wenig verhärmt aus. Ohne die Frage Malthaners abzuwarten, erklärte Rehberg die Situation. »Gegen drei heute Nachmittag meldet man uns, dass in diesem Parkhaus eine bös zugerichtete Leiche liege. Ein Geschäftsreisender, der eben mit dem Flieger aus Berlin angekommen war, will sein Auto abholen und stolpert dabei über die unschönen Reste von Dietmar Hochdorf. Wir schicken über Funk zwei Streifen hin, die gerade in der Gegend sind. Die Flughafenpolizei ist ebenfalls schon da, als wir eintreffen. Die Kollegen haben sich umgehört, aber niemand hat etwas Ungewöhnliches gesehen. Das ist alles. Was weißt du über Dietmar?«

»Nicht mehr als du.« Malthaner blickte mit Abscheu auf das hinüber, was sich rund um die Leiche abspielte. »Er sagte mir am Telefon, dass er sich lange im Ausland rumgetrieben habe, seit zwei Jahren wieder in Albstadt lebt und bei der *Albkasse* arbeite. Er besuchte wohl so eine Art Seminar in Stuttgart.«

»Woher hat er gewusst, das du hier lebst?«

»Hansi hat es ihm gesagt, mit dem hat er sich wohl ab und zu getroffen.«

»Unser Hansi, Hansi Schneider?«

»Genau der.«

»Den habe ich auch schon lange nicht mehr gesehen«, sinnierte Rehberg. »Das wird sich dann möglicherweise bald ändern, vielleicht weiß er etwas über Dietmar. Hat Dietmar dir erzählt, warum er sich nach zwanzig Jahren wieder mit dir treffen wollte?«

»Nee. Er meinte nur, er wolle seine alten Kontakte wiederbeleben. Wenn ich ihn richtig verstanden habe, hatte er in Albstadt nicht sehr viele Bekannte. Geht dir doch ähnlich, seit du so lange von zuhause weg bist.«

»Das stimmt wohl.« Rehberg kratzte sich mit dem Zeigefinger am Nasenrücken.

»Was passiert mit der Leiche von Dietmar?«

»Kommt in die Pathologie nach Tübingen. In einem solchen Fall ist eine Obduktion Routine. Vielleicht finden wir dabei was raus. Hast du die Verwundungen an den Armen gesehen? Verbrennungen oder Verätzungen, würde ich auf den ersten Blick sagen. Weißt du, ob er verheiratet war oder ob seine Eltern noch leben?«

»Keine Ahnung.«

»Einen Ring trug er jedenfalls nicht. Dann machen wir uns mal auf die Suche nach den Hinterbliebenen.« Murmelnd fügte er hinzu: »Du weißt gar nicht, wie ich das hasse.«

Malthaner schluckte. Ihm war noch immer kotzübel.

Rehberg schien seine Gedanken zu ahnen und versuchte flapsig zu sein: »Ich hoffe, ich habe dir nicht den Abend versaut, Jörg.«

»Doch, das hast du. Und zwar gründlich.«

»Mir geht's auch nicht viel anders. Das ist kein gewöhnlicher Mord für uns beide, was?« Er zwinkerte Malthaner zu, aber die Lockerheit war pure Fassade. Malthaner wusste es, und Rehberg wusste, dass Malthaner es wusste.

»Übrigens, ich will morgen für ein paar Tage nach Albstadt fahren«, informierte Malthaner den Beamten. »Wenn ich mich also für dich umhören soll, sag es mir.«

»Besuchst du deine Mutter?«, fragte Rehberg.

Malthaner senkte die Stimme. »Ja, es geht ihr nicht besonders. Wann warst du eigentlich zuletzt in Albstadt?«

Wie ein ertappter Bub, der bei einem Streich erwischt wird, zuckte Rehberg zusammen. Er blickte auf den Boden. »Das ist ziemlich lange her. Zum 75. Geburtstag von meinem Vater war ich da. Im Februar.« Das Thema war Rehberg sichtbar unangenehm, er wollte dem Gespräch eine Wendung geben. »Du bist übrigens die erste Spur bei diesem Mord, das ist dir doch klar? Die Sache ist für dich also nicht ausgestanden. Schließlich war er mit dir verabredet.«

»Schon gut. Ich muss raus aus diesem Parkhaus.« Malthaner blickte noch einmal hinüber zu der Stelle, wo die Leiche von Dietmar Hochdorf lag, die jetzt wenigstens mit einer Plane zugedeckt war. Als er sich abwandte, rief ihm Rehberg noch einmal zu: »Kannst du dich noch an Dietmars Spitznamen erinnern?«

»Einstein.«

»Einstein. Genau. Das war es.«

Zitternd fuhr Malthaner nach Hause, nicht in der Lage, sich auf den Verkehr zu konzentrieren. Vor einer Stunde hatte er geglaubt, große Probleme zu haben. Doch die hatten sich in dieser letzten Stunde potenziert. Ein Mord an einem Schulfreund, der vor zwanzig Jahren aus seinem Leben verschwunden war und ein paar Stunden vor seinem Tod aus dem Nichts wieder auftauchte. Vor welche Aufgaben wollte ihn das Schicksal stellen?

Um den Kopf einigermaßen frei zu bekommen, holte er sein Mountainbike aus dem Keller. Er trat verbissen in die Pedale, doch er fühlte sich kaputt und ausgepumpt, so als hätten die Ereignisse des Nachmittags die ganze Energie aus seinem Körper gesogen. Selten hatte ihn das Biken so angestrengt. Er konnte seinen Rhythmus nicht finden. Seine Gedanken kreisten immer wieder um den scheußlichen Tod Dietmar Hochdorfs.

Wie er befürchtet hatte, schlief er in dieser Nacht kaum. Es war ein schweißnasser Schlaf, aus dem er immer wieder hochschreckte. Daran konnte auch der dreiviertel Liter Trollinger nichts ändern, den er gestern Abend noch getrunken, nein, in sich hineingestürzt hatte. Alpträume,

Herzrasen, Panikattacken machten ihm die Nacht zur Höllenqual. Immer wieder die Frage nach dem Warum. Und immer wieder das Bild des toten und verstümmelten Dietmar Hochdorf. Er hatte abends noch überlegt, ob er einige seiner wenigen guten Bekannten in Albstadt anrufen sollte, um ihnen vom bitteren Ende Einsteins zu berichten, doch wer hatte schon Kontakt zu ihm? Hansi Schneider wollte er abends nicht mehr mit der Schrekkensnachricht behelligen. So ging er nach Mitternacht zu Bett, nachdem er noch versucht hatte, Rehberg zuhause zu erreichen. Doch der war nicht da. »Polizeistammtisch« hatte seine Frau Cordula gesagt, mit der er seit acht Jahren verheiratet war; es klang nicht freundlich.

Malthaner meldete den Kollegen der *Landeszeitung* nichts von dem, was im Parkhaus beim Flughafen passiert war. Sie würden es morgen im Polizeibericht haben, wenn es ihnen nicht vorher jemand steckte. Wenn sie Glück hatten, bekamen es die Fritzen vom Radio auch nicht vor ihnen mit. Sollte sich doch sonst wer um die Geschichte kümmern, denn für ihn war es keine Story. Für ihn war es ein Ereignis, das ihm fast das Herz zuschnürte.

Wehe, wenn das Fachblatt für große Buchstaben und Volkszorn zuerst dahinterkäme.

Er war froh, als die Nacht um war. Zum ersten Mal seit seiner Kindheit hatte er wieder Angst vor der Dunkelheit verspürt. Gerädert stand er um halb sieben auf, Stunden früher als üblich, duschte abwechselnd warm und kalt. Gedämpft hörte er den pulsierenden Verkehr draußen. Es war noch zu früh, um Rehberg im Büro anzurufen. Bei der Zeitung war erst recht noch keiner da. Dort würden die ersten Kollegen nicht vor neun, halb zehn eintreffen. Malthaner holte die *Landeszeitung* aus dem Briefkasten und blätterte sie lustlos durch. Hauser hatte keine Geschichte über die EWS im Blatt, also war entweder nichts dran an seinen Vermutungen oder er hatte noch keine wasserdichte Story. Kein Wort von Dietmar Hochdorf. Es kam also noch vor, dass sich ein Mord nicht innerhalb weniger Stunden bis in die Zeitungsstuben herumsprach. Oft passierte das nicht mehr.

Kurz vor halb acht rief er Rehberg an und berichtete ihm von seiner halb durchwachten Nacht. Der Hauptkommissar klang auch nicht allzu glücklich. Er deutete nur an, dass der Polizeistammtisch am Vorabend ziemlich lange gedauert hatte.

»Gibt es schon Erkenntnisse über Dietmar?«

»So schnell schießen die Preußen nicht. Wir fangen gerade mit den Ermittlungen an. Und die werden sich zwangsweise erstmal auf den Mann, der ihn gefunden hat konzentrieren. Und auf dich wegen des Zettels, den Dietmar dabei hatte.«

»Das hast du gestern schon gesagt. Ich bin ja nur froh, dass ich dich seit meiner Kindheit kenne, sonst würdet ihr noch auf dumme Gedanken kommen.«

»Dir ist klar, dass ich in diesem Fall unsere Freundschaft hinten anstellen muss?« Eine Frage. »Ich werde überprüfen müssen, wo du gestern am frühen Nachmittag warst. Reine Routine. Aber es muss sein. Nimm's mir nicht übel.«

»Schon gut. Ich war im Büro, das bestätigen dir ein halbes dutzend Leute. Anschließend habe ich im *Chez Severin* eine Stunde auf Dietmar gewartet. Auch dafür werden sich Zeugen auftreiben lassen. Der Kellner zum Beispiel, so ein langer, stiller Typ. Außerdem haben wir das gestern doch schon durchgekaut.«

»Jetzt bist du also doch sauer.«

»Blödsinn, Mann.« So ganz überzeugend klang es nicht, dachte Malthaner.

Um zehn hatte er den Saab gepackt. Seine grüne Reisetasche hatte er mit ein paar Klamotten vollgestopft, Jeans, T-Shirts, zwei Paar Schuhe und Radklamotten. Er montierte den Fahrradträger aufs Dach und zurrte das Centurion-Bike fest. Wenn er tatsächlich ein paar Tage auf der Alb blieb, könnte er bestimmt das eine oder andere Mal mit dem Bike durch die Wälder seiner Heimat fahren. Er liebte es, auf den Hügeln rund um Albstadt zu biken. Seit einem Jahr hatte er das Fahrrad bei jedem seiner Heimatbesuche mitgenommen, sogar im Winter.

Nachdem alles im Auto verstaut war, sah er sich nochmal in der Wohnung um. Fast eine Viertelstunde brachte er damit zu. Die Kaffeemaschine war ausgeschaltet, die Pflanzen hatten genügend Wasser. Er blickte im Vorbeigehen durch die offene Schlafzimmertür auf das breite Doppelbett, das er mit niemandem mehr geteilt hatte, seit Britta ausgezogen war. Erinnerungen.

Er hatte das Gefühl, er ginge für immer, als er schließlich die Wohnungstür hinter sich ins Schloss zog. Hier hatte er seine Wurzeln tief in die Erde zu treiben versucht, aber die Wurzeln waren spröde. Es brauchte nicht viel, sie herauszureißen. Seine wirklichen Wurzeln lagen woanders.

Er stand vor dem Haus, blickte an der grauen Fassade hinauf. Würde er das hier vermissen, wenn er einige Tage weg war? Nein.

Keine zwanzig Minuten später war er oben auf den Fildern. Er hielt sich zwangsläufig an das Tempolimit von 120 Stundenkilometern, das auf diesem Abschnitt der Bundesstraße 27 vorgegeben war. Schnelleres Vorwärtskommen verhinderte der starke Verkehr. Einerseits hatte er Beklemmungen vor dem, was ihn zuhause erwarten würde, andererseits spürte er eine belebende Vorfreude auf die Alb, auf die Heimat. Schon hier oben, zwischen Filderstadt und Tübingen schien ihm das Licht viel reiner und ehrlicher. Obwohl er nicht entspannen konnte, war ihm, als lockerten sich seine Muskeln. Er hatte sich die alte Ray-Ban-Sonnenbrille auf die Nase geschoben, die er seit vielen Jahren besaß.

Endlich zeigte ein Schild das Ende der Tempobegrenzung auf der vierspurigen Bundesstraße an. Er gab dem Saab die Sporen. Die Tachonadel kletterte schnell auf fast 200. Malthaner genoss es, trotz des Fahrrads auf dem Dach schnell über die Straße zu brettern. Es war Monate her, dass er zuletzt so schnell gefahren war, er fühlte eine Art Befreiung in sich. Die schlaflose Nacht war in diesem Moment vergessen. Die Kopfschmerzen, die ihn seit dem Aufstehen geplagt hatten, waren vergangen. Kurz nach neun fuhr er am Ortsschild von Tübingen vorbei, wo er in den üblichen Stau geriet. Ein Schild wies auf eine Ausstellung in der Kunsthalle hin, die unter Kulturfreunden bundesweit einen guten Namen hatte.

Die nächsten fünfzehn Minuten ging es langsam Richtung Süden. Hier wurde die Bundesstraße zur Kriechspur, sie war dem gigantischen Verkehrsaufkommen längst nicht mehr gewachsen. Der vierspurige Ausbau der Bundesstraße in diesem Bereich, den sich vor allem viele Pendler aus den strukturschwachen südwürttembergischen Landstrichen seit vielen Jahren wünschten, war in weiter Ferne.

Die Ausläufer der ersten Albberge kamen in Sicht. Nähe und Weite zugleich.

Bis Bodelshausen schlichen die Autos hinter Lastwagen-Karawanen dahin, dann wurde die Bundesstraße wieder vierspurig und die Autofahrer ließen ihren Pferden freien Lauf. Auch Malthaner beschleunigte seine schwere Karosse in rekordverdächtigem Tempo. Heute fühlte er sich auf der Überholspur am wohlsten. Er raste der Heimat entgegen, hatte dabei noch ein Auge für die immer weiter ansteigenden Bergformationen linker Hand. Die Alb – das steinerne Rückgrat Baden-Württembergs – ein Bild, das ihm als Journalist sehr gut gefiel.

Ein eindrucksvolles Panorama sanft an die Berge geschmiegter Wiesen und baumbestandener Weißjura-Klippen. Malerisch und schroff in einem.

Vor Hechingen bog Malthaner von der Bundesstraße 27 ab auf die B 32 und fuhr in Richtung Killertal, vor sich die größer werdende Silhouette der Burg Hohenzollern, die majestätisch auf ihrem alles überragenden Bergkegel thronte, Preußens Stammsitz in Schwaben, eine Touristenattraktion, wie keine zweite in der Region. Von hier an stieg die vielbefahrene Straße spürbar an, führte durch mehrere Dörfer, wand sich immer weiter auf über 800 Meter Höhe hinauf. Weitere zwanzig Minuten noch und er war zuhause.

Albstadt – Zentrum der Südwestalb. Knapp 50.000 Einwohner. Umgeben von Bergen drückten sich die Häuser an die Hänge. Außerhalb der Stadt die typischen Wacholderheiden, Wiesen- und Ackerflächen, die von Bergen und Wäldchen begrenzt wurden. Er meinte, den Duft der Heimat atmen zu können, als er am Ortsschild vorbeirollte.

Der Moloch Verkehr hatte auch dieses Städtchen fest in seinem Griff. Nur langsam ging es vorwärts, an jeder roten Ampel stauten sich die Autos. Er musste die Stadt der Länge nach durchqueren. In der Stadtmitte herrschte fast schon pulsierendes Leben, Menschen auf den Gehsteigen. Alles sah aus wie immer. Vertraut.

Malthaner fuhr an den Fassaden der Einzelhandelsgeschäfte vorbei, die sich aneinanderreihten wie die Perlen einer Kette. Ganz am Ende dieser Kette, wie nicht dazugehörig, ein großes Kaufhaus, ein Betonwürfel, dessen Äußeres nicht einladend wirkte. Der größte Konsumtempel in der Innenstadt: Lebensmittel, Kleidung, Heimtextilien, Reisen. An das Kaufhaus schloss sich die architektonisch nicht weniger misslungene Zentrale der *Albkasse* an. Nach heutigen Maßstäben zwar nicht gerade protzig, aber auch nicht das, was man besonders attraktiv nennen würde. Der Arbeitsplatz von Dietmar Hochdorf. Malthaner spürte einen Stich in der Magengegend.

Auf dem Gehsteig machte er Bernhard Dünk aus, dessen Eltern seit Jahrzehnten Nachbarn seiner Mutter waren.

Noch einen Kilometer fuhr er auf der Ludwigstraße, der Hauptstraße, dann bog er nach rechts in das Wohngebiet ein, in dem seine Mutter lebte. Die Häuser hier waren allesamt in den Sechzigern entstanden, als die Leute die Früchte des Wirtschaftswunders ernten und viele sich den Traum vom kleinen Eigenheim erfüllen konnten. Seine Eltern hatten sich das Haus vom Mund abgespart, Schulden zu machen war damals verpönt; man leistete sich nur, was man auch bezahlen konnte. An Urlaub und anderen Luxus hatte diese Generation nicht gedacht. Noch einmal bog er rechts ab, hundert Meter noch und er parkte vor dem Häuschen in der Blumenstraße. Ein Einfamilienhaus so wie alle andern auch, die sich hier in ihrer uniformen Gleichmäßigkeit aneinandergruppierten, zweistöckig, mit einem kleinen Balkon und einem Garten mit kurzgeschorener Rasenfläche, der genau in das Raster schwäbischer Biederkeit passte. Eine Thuja-Hecke um das ganze Grundstück herum, auch sie akkurat geschnitten. Dieses Bild steriler Idylle wurde nur durch ein Büschel Unkraut gestört, das sich frech und ungezähmt unter der Hecke durcharbeitete und dem sauber gefegten Bürgersteig entgegenwuchs.

Als er auf die Haustür zuging, seine Reisetasche in der Hand, öffnete seine Mutter. Sie hatte bestimmt schon hinter dem Fenster gestanden und den Saab kommen sehen. Ihr Blick verriet Freude, was ihn etwas entspannte. Sie war noch schlanker geworden, seit er sie das letzte Mal besucht hatte. Dünn sogar. Die Falten in ihrem bleichen Gesicht schienen noch tiefer geworden zu sein. Sie trug eine dunkelblaue Schürze, die sie seit ewigen Zeiten besaß. »Hallo Jörg, schön, dass du hier bist.«

»Ja«, antwortete er nur.

»Komm rein, hier draußen ist es viel zu heiß.« Sie ging vor ihm her ins Haus, ihr Schritt hatte etwas Schleppendes. Sie führte ihn in die Küche und ließ sich schwer atmend in einen Stuhl am Küchentisch fallen. Auf dem Herd standen Töpfe und Pfannen. Teller, Besteck daneben. Offenbar hatte sie schon das Mittagessen vorbereitet, was zu erwarten gewesen war. »Erzähle deiner alten Mutter, was es Neues gibt.«

»Och, es läuft alles so wie immer.« Schon wieder verfiel er in diese wortkarge Einsilbigkeit, mit der er seiner Mutter häufig begegnete. »Aber sage mir, wie es dir geht. Was ist mit deinem Rücken?«

»Geprellt, sagt der Arzt. Möglich, dass etwas zurückbleibt. Wenn nur diese ständigen Schmerzen nicht wären. Ich nehme starke Medikamente, aber die helfen auch nicht immer.«

»Vielleicht solltest du mal zu einem anderen Arzt, zu einem Spezialisten gehen.«

»Das bringt doch auch nichts.« Sie fixierte ihn mit ihrem Blick, bis ihm unbehaglich wurde und er sich dem Kühlschrank zuwandte, aus dem er eine Flasche Mineralwasser holte. Mit gierigen Schlucken trank er aus der Flasche.

Die Stimme seiner Mutter klang heute energischer als gestern am Telefon. »In Stuttgart ist es bestimmt noch wärmer als hier.«

»Da hast du recht. Es ist kaum auszuhalten.«

Sie zeigte mit dem Finger in Richtung des Fensters, vor dem der Saab stand, auf dessen Dach das Mountainbike montiert war. »Zum Radfahren ist es viel zu heiß.« Tatsächlich energisch.

»Jetzt packe erst mal deine Sachen aus, Jörg. Ich habe dein Bett heute frisch überzogen. Trotz meiner Rückenschmerzen.« Witterte er einen Vorwurf, oder war das Einbildung?

Er überging ihre Bemerkung und wechselte das Thema. »Sag mal, erinnerst du dich an einen Burschen namens Dietmar Hochdorf, der damals mit mir auf dem Gymnasium war?«

»Dietmar Hochdorf?« Sie dachte nach. »Mir ist, als würde mir der Name etwas sagen, aber ganz sicher bin ich mir nicht. Warum?«

Er erzählte ihr in knapper Form, was passiert war, ließ Details aber aus. Seine Schilderung setzte ihr dennoch zu, wie er am Zucken in ihrem Gesicht erkennen konnte. Hätte er doch den Mund gehalten.

Sie unterhielten sich noch eine Weile, dann kam die Frage, die er befürchtet hatte: »Hast du mal wieder was von Britta gehört?«

»Nein, das ist vorbei.« Es sollte locker klingen, so als würde ihn die Erinnerung nicht berühren, was sie aber tat. Er konnte seine Mutter nicht täuschen, das spürte er.

»Dann hole ich mal das Fahrrad rein, es ist schließlich mein wertvollster Besitz«, sagte er, um der unangenehmen Situation zu entkommen. Eine Flucht.

Später, als sie bei Braten, Spätzle und Salat zusammensaßen, erzählte sie ihm das Neueste aus Albstadt. Dinge, die ihn nur am Rande interessierten. Sie sprach von Bekannten, von Nachbarn, von Veränderungen in der Stadt. Ein Straßenbauprojekt erregte die Gemüter, und gegen die große Müllanlage oben im Gewann Stierberg regte sich immer heftigerer Widerstand. Naturschützer hatten vor Monaten mobil gemacht und schienen es zu schaffen, die öffentliche Meinung hinter sich zu bringen. Komisch, als die Anlage vor 15 oder 20 Jahren gebaut worden war, schien niemand etwas dagegen gehabt zu haben. Schließlich war sie weit weg. So weit, dass man sie von keinem Wohnhaus in der ganzen Stadt sehen konnte. Das verhinderte ein breiter Waldgürtel.

»Kannst du mich nachher zum Arzt fahren?«

»Natürlich. Hast du einen Termin?«

»Ja, um 15.30 Uhr. Ich bin seit meinem Sturz fast jeden Tag beim Arzt. Er gibt mir Spritzen.«

»Bist du bisher selbst hingefahren?«

»Wo denkst du hin.« Plötzlich war die Energie und Kraft wieder aus ihrer Stimme gewichen. »Mit dem Rükken kann ich mich nicht ans Steuer setzen, außerdem dürfte ich nach dem Spritzen sowieso nicht Auto fahren. Einige Male hat mich Regina gefahren, einmal auch Bernhard Dünk, sonst bin ich immer zu Fuß gegangen.«

Er glaubte, falsch gehört zu haben. Seine Mutter war schon seit mindestens zwanzig Jahren bei Dr. Sprenkler in Behandlung, dessen Praxis in der Stadtmitte lag, vom Haus seiner Mutter stramme 30 Minuten Fußweg entfernt. »Zu Fuß? Bis zur Praxis von Dr. Sprenkler? Mit deinem Rücken?«

»Mir blieb ja nichts andres übrig.« Sie stöhnte leicht. Er bekam Mitleid und fragte sich, was das Alter eines Tages aus ihm machen würde. Noch vor wenigen Jahren war sie topfit gewesen, weit von ihrem jetzigen Zustand entfernt.

Er machte es sich nach dem Essen in seinem alten Zimmer bequem. Hier hatte sich seit zwei Jahrzehnten nichts verändert, abgesehen davon, dass er bei einem seiner Besuche vor einigen Jahren die Wände neu gestrichen hatte. In diesem Zimmer war die Zeit Ende der siebziger Jahre stehen geblieben. Es war eine Höhle, die ihm immer wieder für kurze Zeit Zuflucht gewährte vor der Welt da draußen. Malthaner lümmelte sich auf sein altes Bett, von dem er einst die Beine abgesägt hatte, nachdem er in der Bravo gelesen hatte, dass ein Popsänger das ebenfalls so gehandhabt hatte.

Er starrte zur Decke, in der seit dem schweren Erdbeben von 1978 ein Riss verlief. Wie oft hatte er hier gelegen und nachgedacht. Er ließ den Blick schweifen, an der Wand hing noch immer ein Foto, auf dem er mit seinen Kumpels von früher zu sehen war. Rehberg war abgebildet, der einzige in dieser Runde aus seiner Abitursklasse, Kurt der EDV-Freak, mit dem Malthaner noch immer losen Kontakt hatte, Jürgen, der seit vielen Jahren in München lebte, und Rainer. Der wohnte mit seiner Frau und den beiden Söhnen draußen am Waldrand. Bei den wenigen Gelegenheiten, bei denen er Rainer in den letzten Jahren gesehen hatte, machte der immer den Eindruck, der glücklichste und ausgeglichenste von den alten Freunden zu sein. Die typische Familie aus der Fernsehwerbung, Eigenheim-Idylle, das Leben im Griff. Rainer arbeitete als Elektriker bei der Hartmann GmbH, bei der jeder zehnte erwerbstätige Albstädter angestellt war.

Malthaner studierte das Bild genauer. Es war in einer Pizzeria aufgenommen worden, die es seit langem nicht mehr gab. Im Hintergrund leuchtete das Thekenschild der Alb-Bräu, die ebenfalls längst Geschichte war. Sie hatten eine gute Zeit in den frühen Achtzigern, als sie sich regelmäßig im Trentino getroffen hatten. Damals hatten sie die Stürme des Lebens noch vor sich. Er nahm sich vor, in den kommenden Tagen bei Rainer und Kurt anzurufen, vielleicht konnten sie sich treffen, der guten alten Zeiten wegen. Malthaner seufzte und schloss die Augen.

Dietmar Hochdorf kam ihm in den Sinn. Dietmar, der grausam Niedergemetzelte. Wieder tauchten die Bilder aus dem Flughafen-Parkhaus vor ihm auf. Bilder von diesem leblosen Körper ohne Gesicht, den nackten Füßen in weißen Turnschuhen und der Geschäftigkeit von Polizeibeamten und Rettungsdienstlern.

»Gehen wir?« Die Stimme seiner Mutter kam von weit her. Aber sie stand doch vor ihm ...? Er war tatsächlich eingeschlafen. Seine Mutter stand neben dem Bett, angezogen, die Handtasche unter den rechten Arm geklemmt. Sie war ausgehfertig und sie drängte ihn. »Komm schon, es ist höchste Zeit.«

Halbgötter in Weiß warten nicht.

Er versuchte, die Müdigkeit abzuschütteln, kam aber nicht recht auf Touren. Jetzt merkte er, wie sehr er schwitzte.

Sie fuhren in die Stadtmitte zur Praxis von Dr. Sprenkler, vor der natürlich kein Parkplatz frei war. Die Praxis nahm das obere Stockwerk eines vierstöckigen Bürohauses ein, das direkt neben dem ebenfalls vierstöckigen Gebäude des Alb-Blattes lag. Malthaner kurvte zum Parkhaus in der Nähe. Solange seine Mutter bei Dr. Sprenkler war, wollte er durch die Innenstadt bummeln. Meistens traf er bei seinen gelegentlichen Spaziergängen durch Albstadt jemanden, den er von früher kannte. Wenn diese Gespräche auf der Straße auch selten ergiebig und anregend waren, gehörten sie zu einem Abstecher in der Heimatstadt einfach dazu. Eine dreiviertel Stunde dauere ihr Aufenthalt in der Praxis mindestens, sagte seine Mutter. Sie vereinbarten, dass er sie in fünfundvierzig Minuten dort abholen würde. Sollte sie wider Erwarten früher fertig sein, würde sie beim Auto auf ihn warten.

Gleich gegenüber dem Parkhaus hatte ein neuer Juwelier aufgemacht, der vierte oder fünfte in der Innenstadt. Ansonsten entdeckte er keine Veränderungen. Malthaner bummelte die Front der Schaufenster ab und war in Gesellschaft meist hastender Passanten. Nichts war in diesem Moment hektischer Geschäftigkeit davon zu spüren, dass die Region immer noch eine wirtschaftliche Krise durchmachte. Mehr als die meisten anderen im Land war sie in den schwierigen zurückliegenden Jahren gebeutelt worden. Vor allem in der einst blühenden Textilindustrie hatten bis Mitte der 90er Jahre Tausende ihre Jobs verloren. Ein Kahlschlag, der viele Familien in Existenzängste gestürzt hatte und viele junge Leute schweren Herzens aus ihrer Heimatregion wegziehen ließ.

Beim Blick in die bunt dekorierten Schaufenster verflüchtigten sich seine trüben Gedanken wieder. Im Weitergehen schnappte er Gesprächsfetzen auf, gesprochen mit diesem für jeden Stuttgarter ungeschliffen klingenden kernigen Dialekt, den Malthaner als so viel ehrlicher und ungekünstelter empfand als die Sprache der Großstadt. Hier waren die Menschen noch näher bei ihren Wurzeln, stolz auf ihre Herkunft, moralisch in einem guten Sinn, bildete er sich ein. Geradeheraus und mit Rückgrat, so empfand er den Menschenschlag seiner Heimat. Als starrköpfig galten sie den Menschen drunten im Neckartal, dessen Bewohner sich gegenüber »denen von der Alb runter« nicht selten überlegen fühlten. Eine irrige Annahme, der die Älbler eine selbstbewusste Gelassenheit entgegensetzten, die sich aus dem Wissen um die eigene Identität speiste.

Die Jahre in der Fremde hatten Malthaner den Blick für diese Dinge geschärft.

Er schlenderte weiter, blickte mehrfach in Gesichter, die er zu kennen schien. Manche kannte er tatsächlich und wusste ihnen auch Namen zuzuordnen. Maier, der Spielwarenhändler, rauschte auf dem Gehsteig an ihm vorbei. Herbert Ganter, sein ehemaliger Physik-Lehrer kam ihm entgegen, beachtete ihn aber nicht. Grau war er geworden und rundlich. Generationen von Gymnasiasten hatte er durch die Schule gebracht. Kinder und Jugendliche, die sich zu Erwachsenen gewandelt hatten und aus seinem Blickfeld verschwunden waren. Wie sollte er da einen durchschnittlichen Schüler wie Malthaner nach all den Jahren wiedererkennen? Beim Reisebüro Schuler stand die Tür offen, im Vorbeigehen erhaschte er einen Blick auf Sabine Dombrowski, die schon vor fünfzehn Jahren hier gearbeitet hatte und eine Zeit lang mit seinem Kumpel Rainer befreundet gewesen war. Sie hatte sich erstaunlich wenig verändert seit jener Zeit, das war ihm schon häufiger aufgefallen, wenn er sie in Albstadt gesehen hatte. Es schien ihr gut zu tun, dass sie noch immer nicht verheiratet war, wie sie ihm einmal bei einer Plauderei lachend gesagt hatte. Zweimal sei sie schon drauf und dran gewesen, vor den Traualtar zu treten, überlegte es sich aber jedesmal wieder anders. Eine kluge Entscheidung, soweit er das beurteilen konnte.

Malthaner bummelte auf der gegenüberliegenden Straßenseite in die Richtung zurück, aus der er gekommen war. Albstadt war wie immer. Das beruhigte ihn.

Wie aus heiterem Himmel stand sie plötzlich vor ihm. Brigitte. Seine erste große Liebe, feuchter Traum seiner Jugend. Sie war auf dem Albstädter Gymnasium eine Klasse unter ihm gewesen und hatte eine Clique um sich gehabt, von denen er einige recht gut kannte, was eines Tages dazu führte, dass er sie nicht länger aus der Ferne anhimmeln musste. Sie war die Tochter des damals angesehensten Arztes der Stadt. Ein selbstbewusstes und bildhübsches Mädchen, hinter dem alle Jungs aus dem Gymnasium her waren und, wie man sich unter ihnen erzählte, auch mindestens die Hälfte des männlichen Lehrkörpers. Brigitte mit den langen, dunkelblonden Haaren und den blauen Augen. Zu einer jungen Bardot hatte ihr eigentlich nur der Schmollmund gefehlt. Wie alle anderen auch, hatte er sie mit einem Kribbeln im Bauch beobachtet, wie sie die Schulkorridore entlang ging, sich mit ihren Freundinnen unterhielt. Sein besonderes Interesse für sie war seinen Klassenkameraden nicht entgangen und sorgte regelmäßig für spätpubertäre Bemerkungen. Sie hatte eine absolut unbefangene Art, redete mit ihm vom ersten Augenblick an wie mit allen anderen in ihrer Clique. Er war ziemlich durcheinander, als sie bei einer Party mit dem üblichen Flaschen drehen mit ihm zu knutschen begann. Ein wunderbares Gefühl wollüstiger Unschuld.

Sie begannen bald, die Clique zu meiden. Nach einem Monat mit Spaziergängen, Kino und Cola in Schülerkneipen hatte sie ihn eines Nachmittags zu sich nach Hause eingeladen. Ihr Vater war in der Praxis beschäftigt gewesen und die beiden Geschwister waren mit ihrer Mutter zu Besuch bei der Oma. Sie hatten sich in ihrem Jungmädchen-Zimmer eingeschlossen, in dem die Bay City Rollers als Starschnitt an der Wand hingen. Zwischen ihrer wilden Knutscherei sprachen sie über die Leute, die sie kannten, Figuren aus der Schule und dem Freundeskreis. Ein kluges Mädchen, diese bezaubernde Arzttochter. An diesem feuchten Nachmittag tranken sie billigen Rotwein aus einer Literflasche, sie kuschelten sich aneinander, knutschten und fummelten. Aber keiner von beiden wollte weiter als bis zu diesem Punkt gehen, sie waren nicht vorbereitet auf das, was als nächstes kommen würde. Sie zogen sich gegenseitig aus und es passierte.

Sie waren anschließend noch ein paar Monate zusammen gegangen, bis sie sich ohne großes Drama trennten, wie man es in diesem Alter tut. Er hatte sie danach immer noch fast täglich in der Schule gesehen, kannte auch die Burschen, mit denen sie danach ging, aber es schmerzte ihn nicht, zumal er bald eine neue Freundin hatte, Simone aus der Parallelklasse. Im Lauf der Jahre hatten er und Brigitte sich völlig aus den Augen verloren.

Und jetzt stand sie ihm gegenüber, so unerwartet wie ein Gewitter im Winter. Brigitte. Es gefiel ihm, was er sah. Sie war eine reife Frau, hatte aber noch immer diese anziehende Ausstrahlung. Um ihre Augen hatten sich kaum sichtbare Fältchen gebildet, die sie nur interessanter machten. Die Haare waren dunkler und kürzer. Sie trug eine modische graue Hose, darüber ein blaues T-Shirt ohne Aufdruck. Eine dünne, goldene Halskette, sonst keinen Schmuck. Vor allem: keinen Ring. Täuschte er sich, oder schlug sein Herz schneller?

Er wusste nicht, wer überraschter war: sie oder er. Beide sahen sie sich sekundenlang an, bis sie schließlich lachte und das Wort ergriff. »Jörg, ich habe dich kaum erkannt. Aber du bist es, ganz zweifellos.«

»Zweifellos. Wie geht es dir?«

»Ganz gut soweit. Aber was machst du hier, mal wieder auf Heimatbesuch, nehme ich an. Du lebst doch in Stuttgart?«

Woher sie das wusste? Es schmeichelte ihm. »Meine Mutter ist in schlechter Verfassung«, sagte er. »Ich will versuchen, etwas von dem gut zu machen, was ich als Sohn bisher versäumt habe.«

»Jörg Malthaner. Schön, dich nach all den Jahren wiederzusehen. Siehst gut aus.« Sie sagte es ihm ohne eine Spur von Verlegenheit im Gesicht. Unbefangen wie damals. Ihre blauen Augen fixierten ihn, nagelten ihn förmlich fest.

»Danke. Du kannst dich aber auch nicht darüber beklagen, dass die Jahre böse mit dir umgesprungen sind.«

Ihr Lachen wurde lauter. »Ist das Deine Art, mir ein Kompliment zu machen?«

»Ist es. Wie sieht es mit dir aus, bist du auch mal wieder in der alten Heimat, oder wohnst du etwa hier?«

»In der Tat. Ich lebe wieder in Albstadt. Ich habe die Praxis von Dad übernommen.« Dad. Sie nannte ihn noch immer Dad. Wie damals. »Die Jahre in der Fremde haben mir bewusst gemacht, wie schön es hier ist und wie sehr ich hier verwurzelt bin.«

»Komisch. Genau dieser Gedanke ist mir heute auch schon im Kopf herumgespukt«, sagte er nachdenklich. »Wie geht es Deinem Vater?«

»Gut. Sehr gut sogar. Er genießt den Ruhestand.«

Malthaner erinnerte sich an Brigittes Geschwister. »Was machen Regina und Christoph so?«

»Gina lebt in München. Sie war auf der Schauspielschule und hofft noch immer, Karriere zu machen. Vielleicht klappt es ja sogar noch. Sie ist ab und zu in der Werbung und hat eine kleine Rolle in einer täglichen Seifenoper. Christoph ist Fahrlehrer und hat vor kurzem die Fahrschule vom alten Rothke übernommen.«

Der alte Rothke. Fahrlehrer-Urgestein. Fast alle Freunde von früher haben bei ihm den Führerschein gemacht, so wie Malthaner selbst. »An solchen Dingen sieht man, wie die Zeit vergeht«, sagte er, weil ihm nichts Besseres einfiel. Sie ließ ihn nicht hängen: »Wie alt bist du jetzt, 37?«

»Danke, du hast mir ein Jahr geschenkt, ich bin 38.«

»Hast dich wirklich gut gehalten.« Sagte es fröhlich und herausfordernd. Er senkte kurz den Blick, dann wagte er den Vorstoß: »Wollen wir uns die Tage mal abends treffen, und über die alten Zeiten plaudern?«

Sie antwortete sofort. »Gerne. Wie wär's morgen Abend zum Essen im Brückenhaus? Eine Verabredung, genau wie in alten Zeiten.« Ganz bestimmt machte sein Herz jetzt einen Sprung. »Morgen Abend. Ich freue mich.«

Gut gelaunt holte er seine Mutter beim Arzt ab. Sie hatte eine Leidensmiene aufgelegt, von der er nicht so recht wusste, ob sie ihm galt, sozusagen als Anstoß für das schlechte Gewissen, oder ob sie Ausdruck ihres tatsächlichen Schmerzes war. Wehleidigkeit hatte man ihr noch nie vorwerfen können. »Was sagt Dr. Sprenkler?«, wollte er wissen.

»Dasselbe wie immer«, antwortete sie müde, »er müsse mir weiterhin Spritzen geben, und in ein, zwei Wochen werde man weitersehen.«

An diesem Abend setzte er sich auf das Fahrrad. Er trieb das Centurion No Pogo mit den gestählten Beinen des besessenen Mountainbikers die Straße hinauf zum Stierberg, auf dem er in seiner Kindheit jeden Baum und jedes Grasbüschel kannte. Hier hatten sie Indianer gespielt, herumgetollt, Lager gebaut. Eine glückliche Kindheit in einer eindimensionalen, behüteten Welt fernab der Probleme, die Erwachsene haben. Er fühlte sich wohl im Sattel, auf dem Fahrrad konnte er sich entspannen und den Kopf frei bekommen. Für Malthaner gab es keinen besseren Stressabbau. Noch vor zwei Jahren hätte er sich nicht vorstellen können, diese steil ansteigende Straße mit dem Fahrrad zu bewältigen, doch inzwischen war sie für ihn eine kleine Aufwärmübung zur Einstimmung auf eine längere Tour. Der Weg führte vorbei an Einfamilienhäusern links und rechts der Straße. Als er dreizehn oder vierzehn Jahre alt war, gab es hier keine Häuser, sondern Wiesen.

Die Bebauung fraß sich immer weiter den Hang hinauf und reichte jetzt schon bis zum Waldrand. Er ließ die Häuser hinter sich, nahm die letzte Kurve der gut ausgebauten Straße, auf der ihm in den letzten zehn Minuten ganze zwei Autos entgegengekommen waren, und trat rhythmisch weitere 200 Meter die Straße hinauf bis zum schön angelegten Wanderparkplatz. Ein dutzend Autos verlor sich hier, Fahrzeuge von Albstädtern, die nach einem langen Tag bei einem Spaziergang die herrliche Natur hier oben genießen wollten. Er steuerte ohne Pause weiter auf einen schmalen Feldweg zu, der links vom Parkplatz abging, auch dieser Weg noch immer leicht ansteigend bis auf die Höhe. Rechts und links Wacholderheiden, die nur durch ständige Beweidung offen gehalten wurden. Würden hier in den Sommermonaten nicht Schäfer ihre Herden weiden lassen, würde diese typische Vegetationsform der wasserarmen Albhochfläche überwachsen. So konnten die Wacholderbüsche zahlreichen anderen Pflanzen Schutz bieten. Malthaner machte viele Silberdisteln aus, Symbol der Alb wie die großen Schafherden, die man hier im Sommer zu dutzenden sehen konnte.

Er fuhr ein hohes Tempo, erschreckte zwei Fußgänger, denen er sich fast lautlos von hinten genähert hatte, als er an ihnen vorbeirauschte. Malthaner atmete tief ein, er konnte ihn fast schmecken, den Geruch seiner Heimat. Die Shimano-XT-Schaltung arbeitete zuverlässig wie immer, er konnte die Gänge sauber und weich durchschalten, da gab es kein Haken und Klemmen. Ein anderer Biker kam ihm entgegen, rief ihm einen keuchenden Gruß zu. Malthaner konnte bei dem Tempo nicht erkennen, was für ein Rad der Mann fuhr, erkannte aber eine Doppelbrückengabel. Außerdem bildete er sich ein, dass der Biker einen anerkennenden Blick auf sein Pogo warf; eine Reaktion, die ihm nicht unangenehm war.

Er kam in die Nähe der Müllanlage, die hier seit fünfzehn Jahren die Natur verschandelte, und die, wie ihm seine Mutter heute Mittag gesagt hatte, zum Streitobjekt geworden war. Malthaner hatte nie verstanden, dass sich seinerzeit keine nennenswerte Protestwelle gegen den Bau dieser Anlage inmitten einer fantastischen Landschaft formiert hatte. Für ihn und viele Albstädter war das schlicht eine nie mehr gutzumachende Sünde.

Immerhin hatte man die breite Zufahrtstraße zur Müllanlage nicht vom Wanderparkplatz aus gebaut, sondern führte sie von der anderen Richtung her aus dem Tal herauf. Er wollte nicht darüber nachdenken, wieviel Wald dafür hatte weichen müssen, um hier – im Herzen des Waldes über Albstadt – dieses Müllmonster zu errichten.

Weitläufig führte ein hoher Zaun um die ganze Anlage. Mitten in dem Gelände ragten zwei Betonschornsteine der Verbrennungsanlage in den Himmel wie mahnende Monumente. Daneben zwei rechteckige, fensterlose Gebäude. Eine Reihe von Müllwagen standen davor. Ein Bild aus den Zeiten der Industrialisierung, das Malthaner vor langer Zeit in einem Geschichtsbuch gesehen hatte, nahm in seinem Kopf Konturen an: schuftende Arbeiter, die vor einem rauchenden Schornstein standen und etwas mit großen Löffeln in runde Bottiche schütteten. Ein Abfallberg türmte sich in der nordöstlichen Ecke des Areals auf. Hier wurde Abfall verwertet, aber auch verbrannt. Alles in allem widerte dieser Anblick Malthaner an und erfüllte ihn gleichzeitig mit großer Traurigkeit. Was sollte aus einer Welt werden, in der die Müllindustrie eine gefährliche, stinkende, eiternde Wunde inmitten eines einst wunderschönen Waldgeländes reißen durfte, ohne dass sich jemand dagegen wehrte?

Mit einem Gefühl der Leere in sich wendete er das Pogo und fuhr zurück in die Richtung, aus der er gekommen war. Etwa einen halben Kilometer vor dem Wanderparkplatz bog er links auf ein geschottertes Sträßchen ein. Energisch nahm er den Weg in Angriff, direkt hinein in den Wald. Mit jeder Radumdrehung ließ er die Müllanlage ein Stück weiter hinter sich. Er versuchte, seine Wut in Energie umzuwandeln und machte Tempo.

Links und rechts rasten Tannen und Farnbüsche an ihm vorbei. Er konzentriere sich auf das Fahren, in diesem Moment war für nichts anderes mehr Platz in seinem Kopf. Eins mit dem Bike. Geschwindigkeitsrausch. Der Flash im Kopf. Unter den Reifen knirschten Kies, Äste und Blätter. Kleine Steine spritzten auf. Malthaner verlagerte das Gewicht auf die vorderen Enden seines Lenkers, als es abschüssig wurde. Downhill. Er verlangsamte sein Tempo kaum. Die Federgabel machte sich bezahlt, die Judy dämpfte so perfekt wie das in diesem Gelände nur möglich war, und die hintere Dämpfung passte sich perfekt an. Mit einem dosierten Zug am rechten Bremshebel nahm er geringfügig Tempo weg, ohne wesentlich langsamer zu werden. Eine tolle Abfahrt jetzt, er raste den Waldweg hinab, tief über den Lenker gebeugt. Ein dicker Ast tauchte in seinem Blickfeld auf, quer über den Weg. Jetzt kam es auf Speed an. Malthaner ließ den Bremshebel los, ganz auf den Moment konzentriert, wo er das Bike hochreißen und den Ast überspringen wollte. Auf den Moment des Absprungs kam es an, das wusste er, in der Luft würde er seine Position nicht mehr ändern können. Anspannung. Jetzt! Er zog das Rad ruckartig vorne hoch, ohne es zu verreißen, verlagerte sein Gewicht beim Absprung gerade noch rechtzeitig nach hinten. Durchstrecken. Der Körperschwerpunkt muss hinter dem Tretlager liegen, das Bike soll nach der Flugphase zuerst auf dem Hinterrad landen, sonst droht Sturzgefahr. Theorie. Aber sie war Malthaner in Fleisch und Blut übergegangen. Er ließ den dicken Ast unter sich, überflog ihn, schlug der Schwerkraft ein Schnippchen. Geschafft. Er jauchzte. Ein perfekter Sprung bei hohem Tempo. Ein geiles Gefühl.

Beglückt fuhr er weiter durch den Wald, spürte das Adrenalin. Ein Moment, für den das Leben lohnte. Heftig atmend nahm Malthaner Tempo weg, indem er vorsichtig an beiden Bremshebeln zog. Das Pogo rollte jetzt ruhiger den Weg hinab, noch immer hielt er den Lenker fest umklammert. Immer wieder atmete er tief ein, atmete den Geruch und Geschmack des Waldes. Tannenduft, Geruch nach Waldboden und Moos. Jetzt kam er aus dem Wald heraus und machte sich auf den Anblick gefasst, der ihn an dieser Stelle immer wieder gefangen nahm. Links und rechts öffnete sich der Wald. Vor ihm breitete sich eine tiefgrüne Wiese aus, das Bett von Silberdisteln, Arnika, Gelbem Enzian und vielem mehr, was die Natur hervorbrachte. Eduard Mörike fiel ihm ein, der von diesem Teil der Alb als einem »Meer von Landschaft« gesprochen hatte.

Malthaner hielt an. Ergriffen blickte er auf die sanft abfallende Wiese vor sich, auf vereinzelte Obstbäume. In der Ferne erhoben sich rundum die für die Alb typischen sanft geschwungenen, waldbestandenen Berge und Hügel. Eine Augenweide. Malthaner besoff sich an diesem Anblick.

Etwa 100 Meter unterhalb von sich sah er einen Bauern, der mit dem Traktor über ein kleines Feld mit lehmhaltigem Boden und vielen Steinen fuhr. Es gab nur noch wenige Vollerwerbslandwirte in dieser Gegend. Die natürliche Schönheit der Landschaft verbarg für den flüchtigen Beobachter das harte Brot der Landwirte. Allen Unkenrufen zum Trotz hielt sich die Landwirtschaft aber noch immer. Malthaner hatte sich in die Wiese gesetzt, das Bike neben sich gelegt. Er wollte sich nicht von diesem Anblick losreißen. Hier waren seine wirklichen Wurzeln. Er legte sich ins Gras, blickte in den Himmel, an dem in weniger als drei Stunden die Sterne aufziehen würden.

Zehn Minuten später saß er wieder im Sattel des Pogo. Trotz der heraufziehenden Abendwolken wollte er unbedingt noch zehn, zwölf Kilometer machen. Er fuhr los, zwei Minuten später rollte er an dem Traktor vorbei, winkte dem Fahrer zu, der zurücklachte und freundlich seinen Cordhut schwenkte.

Sie saßen sich im Brückenhaus gegenüber. Eine Bedienung mit halblangen dunklen Haaren, die weder besonders hübsch noch ausgesprochen abstoßend war, wartete auf ihre Bestellung. Sie hatten sich beide für eine Fischplatte entschieden, Malthaner bestellte zwei Mineralwasser und einen trockenen Weißen dazu.

Seit vielen Jahren war er nicht mehr im Brückenhaus gewesen. Früher war seine Familie immer dann zum Essen hierher gekommen, wenn Verwandte zu Besuch waren. Seit dieser Zeit hatte sich in dem Restaurant wenig geändert, schien ihm. Noch immer war das Lokal leidlich gemütlich, aber eine Spur zu groß, um wirklich eine intime Atmosphäre bieten zu können. Etwa die Hälfte der Tische waren besetzt. Pärchen, zwei Familien und einige Geschäftsleute speisten hier.

Das erste Glas Weißwein trank Malthaner etwas zu schnell, er fühlte eine beruhigende Wärme in sich hochsteigen, spürte zugleich, dass seine Haut einen deutlichen Rotstich angenommen hatte. Vielleicht war es auch die Nähe von Brigitte, an die er in den letzten Jahren nicht gerade häufig gedacht hatte, die ihm zusetzte. Sie hatte sich geschminkt, zurückhaltend, aber genug, um fantastisch auszusehen. Ein dumpfes, aber angenehmes Wummern machte sich in seinem Innern breit. Sie trug ein einfaches helles Sommerkleid, das weit genug ausgeschnitten war, um die Ansätze ihrer wohlgeformten Brüste preiszugeben. Um den Hals hatte sie die dünne goldene Kette, die ihm schon gestern bei ihrem unverhofften Wiedersehen aufgefallen war.

Für den heutigen Abend hatte er sich etwas mehr in Schale geworfen, als das bei ihm üblich war. Ausnahmsweise hatte er keine Jeans an, sondern trug eine leichte schwarze Sommerhose und ein dezent graues, kurzärmeliges Hemd. Er hatte vor diesem Rendezvous zuhause lange in den Spiegel geschaut, viel länger als seit Monaten. Was er sah, hatte ihm nicht nur gut gefallen. Sicher, da war noch immer das jungenhafte Gesicht, das den Frauen eine Zeit lang so gut gefallen hatte. Auch seine dichten Haare ließen ihn zufrieden sein. Ganz im Gegensatz dazu standen aber die dunklen Stellen unter seinen Augen. Er sah zwar noch nicht aus wie Horst Tappert, bei genauer Betrachtung waren aber einige Runzeln und ein feines Netz von Äderchen nicht zu übersehen.

Sie hob ihr Glas und sah ihm in die Augen. »Auf die Heimkehr«, lachte sie.

»Auf die Heimkehr.« Er stieß mit seinem Glas gegen ihres. »Und auf die Heimat.« Er beobachtete, wie sie einen kleinen Schluck nahm.

»Wie ist es dir in all den Jahren ergangen?«, wollte er wissen.

»Na ja, ich habe den einen oder anderen Sturm überstehen müssen. Aber ich will mich nicht beklagen. Unterm Strich hab' ich Glück gehabt.«

»Kann ich wohl auch behaupten«, sagte er leise und blickte in die Flamme der kleinen roten Kerze auf ihrem Tisch, die die Kellnerin angezündet hatte, als sie die Speisekarte brachte.

Brigitte atmete lange aus. »Du bist nicht verheiratet?«, fragte sie ihn. Er schüttelte den Kopf. Sie blickte ihm wieder in die Augen. »Ich war' s«, sagte sie. »Drei Jahre, dann war es auch schon wieder vorbei.« Er erwiderte nichts, und sie fuhr fort. »Als ich meinen Arzt im Praktikum abgeleistet habe, hab' ich ihn kennengelernt. Er war Chirurg in der Uniklinik in Tübingen, gutaussehend, wirklich charmant, außerdem ein ausgezeichneter Arzt. Sein Gift hat auf mich gewirkt, ich war damals mit meinen 26 Jahren eben doch ein ziemliches Hühnchen. Erst später habe ich seinen wirklichen Charakter kennen gelernt. Seinen öligen Charme hat er bei allem versprüht, was Titten hat.« Sie grinste Malthaner an. »Entschuldige den Ausdruck.«

»Manchmal muss eine bildhafte Sprache sein. Glaub mir, das weiß niemand besser als ich.«

»Erzähl doch mal was aus deinem Leben. Muss doch aufregend sein als Journalist.«

»Das glauben alle Außenstehenden. Aber der Job ist irgendwann genauso Routine wie jeder andere auch. Außerdem ist es kein Wunder, dass so viele Journalisten Zyniker sind. Ich glaube nicht, dass ich wieder zur Zeitung ginge, wenn ich heute nochmal die Wahl hätte.«

Sie blickte in ihr Glas. »So gehen Träume verloren, wenn man im Schnellzugtempo auf die Midlife-Crisis zusteuert.«

Die Bedienung brachte ihnen die Fischteller. Sahen sehr gut aus.

Während sie aßen, erzählten sie beide weiter. Malthaner berichtete von seiner Arbeit, erwähnte kurz, dass sich Britta vor einiger Zeit von ihm getrennt hatte. Brigitte hatte vor etwas über zwei Jahren die Praxis von ihrem Vater übernommen. Nach der Scheidung hatte sie wieder ihren Mädchennamen angenommen, Schick. War auch für das Geschäft besser, denn die Praxis ihres Vaters hatte einen ausgezeichneten Ruf in Albstadt und weit darüber hinaus gehabt. Dr. Brigitte Schick. Klang nicht schlecht.

Sie erzählte, dass ihr Vater im Ruhestand nicht so ganz von seinem Beruf – und seiner Berufung – lassen wollte. Er forschte ein bisschen, hobbymäßig. Einige langjährige Patienten stellten sich zur Verfügung.

Die Fischplatte schmeckte ausgezeichnet. Als sie mit dem Essen fertig waren, fragte er sie: »Kanntest du Dietmar Hochdorf?«

Sie dachte nach, so angestrengt, dass sich eine kleine Falte zwischen ihren Augenbrauen bildete. Malthaner fand die Falte süß.

»Dietmar Hochdorf? Nein, sagt mir nichts«, antwortete sie auf seine Frage. »Warum?«

Er erzählte es ihr. Brigitte starrte wie blind in ihr Glas, nachdem er geendet hatte.

Er versuchte, es wieder gut zu machen. »Entschuldige, ich wollte dir damit nicht den Abend verderben. Es war unüberlegt von mir.«

»Nein, Jörg. Das Leben ist so. Es ändert sich nichts, wenn wir die Augen verschließen. Mein Beruf bringt es mit sich, dass ich mich immer wieder mit dem Tod auseinandersetzen muss.« Wie selbstverständlich legte sie ihre Hand in seine.

Sie wechselten das Thema, sprachen über Unverfängliches über Leute, die sie früher gekannt hatten.

Malthaner bestellte schließlich die Rechnung, bestand darauf zu bezahlen. Als sie das Brückenhaus verließen, hakte sie sich bei ihm unter. Völlig unbefangen. So wie vor zwanzig Jahren. Als sie noch jung waren.

Sie standen auf dem Restaurant-Parkplatz. Die nächste Minute würde entscheidend werden, das wusste Malthaner; entscheidend nicht nur, was den weiteren Verlauf dieses Abends anging. Beide waren sie mit dem eigenen Auto zum Brückenhaus gekommen. Ein bisschen fühlte er sich wie ein unbeholfener Junge, er wollte sich jetzt noch nicht von ihr trennen, fürchtete aber, dass sie es falsch auffassen könnte, wenn er ihr das sagte.

Sie schien ähnlich zu empfinden und nahm die Initiative an sich. »Wollen wir noch ein bisschen in der Stadt bummeln?«, fragte sie ihn.

»Gerne.« Er antwortete schneller als er wollte. Sie lachte ihn entwaffnend an. »Lass uns bei meiner Praxis parken, von dort können wir wunderbar laufen.«

Sie fuhren mit beiden Autos in die Innenstadt. Vor dem Gebäude, in dem Brigitte ihre Praxis hatte, gab es freie Parkplätze. Er parkte den Saab direkt hinter ihrem Mazda.

Langsam schlenderten sie durch die Straßen, schauten in Schaufenster, schweigend zunächst. Dann brach es aus ihm heraus. Malthaner erzählte und erzählte, er hörte sich selbst unentwegt weiterquasseln, wollte sich gar nicht mehr bremsen. Er quatschte sich die Seele aus dem Leib und sie hörte zu. Hörte einfach nur zu, ohne ihn zu unterbrechen. Als sie am Gebäude des Alb-Blattes vorbeikamen, fasste sie ihn bei der Hand. Wie eines der verliebten Paare, die ihnen an diesem wunderschönen Sommerabend auf dem Gehweg begegneten, bummelten sie dahin, Hand in Hand. Plötzlich war ihm sein ganzes Gerede peinlich. Albern kam er sich vor. Seit einigen Tagen war Malthaner ziemlich aus dem Gleichgewicht, und jetzt drohte es ihn völlig umzuhauen. In seinen Gedärmen rumorte es.

Sie waren auf der Höhe des Reisebüros, in dem er gestern Nachmittag Sabine Dombrowski gesehen hatte, und taten so, als studierten sie interessiert die Angebote. Mit der Lufthansa nach Vancouver, 1299 Mark; Dominikanische Republik 1350 Mark, all inclusive; Mallorca, eine Woche im Drei-Sterne-Hotel 555 Mark und so weiter. Er sog den Duft ihres Parfums ein und wagte den Angriff, legte den Arm um ihre Taille. Brigitte wich nicht zurück. Sie schmiegte sich enger an ihn. Keiner von beiden sprach etwas, als sie weitergingen, jeder mit seinen Gedanken beschäftigt, und doch kreisten sie nur um den jeweils anderen. Sie ahnten, dass ihnen eine Entscheidung bevorstand.

Wieder war sie es, die den Anfang machte. »Kommst du noch mit zu mir?«, fragte sie im Weitergehen.

»Ich weiß nicht, ob das gut wäre.«

»Für mich schon, Jörg«, sagte sie, »Du wirst es nicht glauben, aber ich fühle mich abends oft einsam. Und ich wäre glücklich, wenn du mir noch ein bisschen Gesellschaft leisten würdest. Nur das.« Er schmiegte seinen Kopf an ihren, hauchte einen Kuss in ihr Haar.

Sie hatten sich auf den Rückweg gemacht. In Malthaners Bauch war die Sache längst entschieden, während sein Hirn ihm vorgaukelte, er habe noch die Option auf eine andere Wahl. Natürlich wollte er noch mit zu ihr, wollte in diesem Augenblick nichts anderes. Ohne es zu merken, hatten sie beide den Schritt beschleunigt. »Auf einen Kaffee komme ich noch mit«, lachte er.

»Schön.«

Sie waren wieder vor der Praxis angelangt, wo ihre Autos standen. Mit beiden Wagen fuhren sie zu Brigittes Wohnung.

Sie hatte eine Eigentumswohnung oben am Stierberg, ganz in der Nähe der Straße, auf der er gestern mit dem Fahrrad gefahren war. Wohnung war zu wenig gesagt. Es war ein fantastisches Penthouse. Durch die riesige Glasfläche, die eine ganze Wand ihres Wohnzimmers einnahm, sah man die Lichter Albstadts unter sich glänzen. Nicht ohne Stolz führte sie ihn durch diesen Traum aus »Schöner Wohnen.« Viel Glas und Marmor, moderne Kunst an den Wänden. Geschmackssicher und alles andere als billig eingerichtet. Keine Spur von vergänglichem Ikea-Charme. Ein riesiges Wohnzimmer, eine komplett ausgestattete Küche, ein Arbeitszimmer, in dem sich Bücher in und neben Regalen stapelten, und ein Schlafzimmer mit einem Doppelbett, das er offensichtlich aufmerksamer in Augenschein nahm, als er wollte. Sie grinste ihn fröhlich an.

»Wer ist dein Innenarchitekt?«, scherzte er, zurück im Wohnzimmer, auf dem weiß überzogenen Sofa sitzend.

»Das bin ich selbst.« Sie lachte und fühlte sich zu einer Erklärung verpflichtet. »Dad hat mir ein bisschen unter die Arme gegriffen. Sozusagen als Vorschuss auf seine Praxis. Schon während meine Scheidung lief, hatte ich mich entschlossen, sein Angebot auf Übernahme der Praxis anzunehmen. Das war sicher richtig so. Heute hat man als junger Arzt kaum noch eine Chance, sich selbstständig zu machen, und als Frau hat man es sowieso doppelt schwer.«

Ein kokettes Lachen. »Dad war froh, dass die verlorene Tochter wieder in Albstadt sesshaft werden wollte, und hat alles getan, um mir meine Entscheidung zu erleichtern. Er ist eben ein feiner Kerl, der alte Herr.«

»Das ist er«, bestätigte Malthaner, noch immer sichtlich beeindruckt von dieser Luxushöhle.

»Weißt du«, fuhr sie fort, »ich mache mir nicht viel aus Wohlstand, aber man gewöhnt sich dran. Ich spare eben woanders. Schau dir doch nur mal mein Auto an.«

»Der Mazda ist wirklich kein Statusobjekt mit hohem Neidfaktor«, pflichtete er ihr bei.

»Bin gleich zurück«, sagte sie und entschwand. »Ich setze den versprochenen Kaffee auf. Willst du ihn mit Zukker und Milch?«, rief sie aus der Küche.

»Schwarz«, informierte er sie.

Nach wenigen Minuten war sie wieder da, mit zwei Tassen schwarzen Kaffees. Sie tranken und redeten.

Er nahm sie sanft in die Arme und sie küssten sich, verhalten erst, dann wild. Ihre Hände gingen auf Erkundungsreise. Ein Sturm schwoll in seinem Inneren an. Jener Nachmittag vor 21 oder 22 Jahren fiel ihm ein, doch das hier war etwas anderes. Eine erwachsene Art der Liebe. Er zog ihr helles Kleid aus, streifte ihren Slip ab, während sie sein Hemd aufknöpfte. Das Schlafzimmer war viel zu weit weg, es würde hier in diesem Wohnzimmer passieren. Sie hatten den Punkt überschritten, ab dem es kein Zurück mehr gab.

»Schläfst du?« Ihr Kopf lag auf seiner Brust. Sein Arm locker quer über ihrem Bauch.

»Nein«, kam es von ihm zurück.

»Woran denkst du?«, fragte Brigitte ihn, seine Brustwarzen küssend.

»Ich frage mich, ob es Bestimmung gibt oder so was in der Art.«

»Manchmal könnte man es meinen.«

»Und was meinst du?«

»Ich weiß es nicht. Wer hat schon eine Ahnung von den Launen des Schicksals.« Sie atmete tief und gleichmäßig. Er kraulte mit der linken Hand leicht ihren Nacken, schaute zu dem riesigen Fenster rüber, sah draußen die Lichter der schlafenden Stadt.

Er fühlte sich glücklich, spürte aber auch eine Regung seiner Seele, die er als Gewissensbisse identifizierte. Leise sagte er: »Du musst morgen früh wieder in der Praxis sein. Ich glaube, ich sollte jetzt gehen.«

»Gehörst du zu der Sorte Männer, die sich hinterher am liebsten aus dem Staub machen?«

»Nein«, sagt er. »Aber deine Patienten haben ein Anrecht auf eine halbwegs ausgeschlafene Frau Doktor.«

»Und die Frau Doktor hat ein Anrecht auf Privatleben.« Sie hob den Kopf, ihr Gesicht vor seinem, schaute ihn mit einem tiefen Blick aus ihren blauen Augen an und küsste ihn. »Außerdem ist morgen Samstag. Da habe ich keine Patienten.«

Spät in der Nacht war er ins Haus seiner Mutter zurückgekehrt. Ein 38jähriger Mann, der sich in sein Zimmer schlich wie ein Pennäler. Er wollte seine Mutter nicht aufwecken, aber natürlich lag sie wach. Ein Hüsteln drang durch ihre Schlafzimmertür, von dem er nicht wusste, ob es nur für ihn gedacht war.

Auch er konnte nicht schlafen, nachdem er in sein altes Bett gekrochen war. Zu aufgewühlt war er von dem, was er an diesem Abend erlebt hatte. Bis zum gestrigen Nachmittag war Brigitte fast aus seinem Gedächtnis verschwunden gewesen, eine vage Erinnerung nur, und jetzt war sie auf eine unverhoffte Art zurück in sein Leben getreten, an die er nie gedacht hatte. *Wer hat schon eine Ahnung von den Launen des Schicksals*?

Wie wahr! Das Ganze schien ihm verrückt, wie ein Traum. Aber es war die Realität. Eigentlich hätte er sich in diesem Augenblick glücklich fühlen müssen. Wahrscheinlich waren alle Männer scharf auf Brigitte, sie sah einfach zu gut aus. Ausgerechnet er war der Auserwählte. Jubiliere, Jörg! Aber da war noch dieses seit einigen Tagen präsente Gefühl der Sorge um seine Mutter, das sich mit den anderen Empfindungen in seinem Innern einen stetigen Kampf lieferte. Noch nie war ihm so bewusst geworden, dass sie nicht ewig leben würde und den allergrößten Teil ihrer Zeit hinter sich hatte. Diese Erkenntnis versetzte ihn in Panik, ebenso wie die immer wieder aufflackernden Bilder von der Leiche Dietmar Hochdorfs. Seine Vergangenheit und die Gegenwart, sein Leben in Albstadt und in Stuttgart, sie verschmolzen in diesen Tagen.

Seine Mutter war längst vor ihm aufgestanden, rumorte im Haus herum. Als er schließlich in die Küche kam, lockte ihn ein sättigendes Frühstück. Seit er vor langer Zeit zuhause ausgezogen war, machte sich seine Mutter Sorgen, ob er auch genügend zu Essen bekam. Zum Ausgleich für den von ihr vermuteten Mangel an ernsthafter Nahrung mästete sie ihn bei jedem Besuch. Ihre Rückenschmerzen schienen ihr diesen Ehrgeiz nicht genommen zu haben.

Während er am Küchentisch aß, blätterte er das *Alb-Blatt* durch. Qualitativ kein Vergleich zu der *Landeszeitung*, aber das Lokalblatt konnte sich einigermaßen sehen lassen. Er fand wenig Aufregendes im Lokalen und blätterte weiter. Wie elektrisiert starrte er plötzlich im Annoncenteil auf die Todesanzeigen. Dietmars Todesanzeige. Unter der Anzeige stand nur ein Name: Karl Hochdorf. Am kommenden Dienstag war die Beerdigung auf dem Albstädter Friedhof.

Dann war die Obduktion, von der Rehberg im Flughafen-Parkhaus gesprochen hatte, außergewöhnlich rasch erfolgt. Die Leiche musste unmittelbar darauf freigegeben worden sein.

Malthaner zwang sich, sein Brötchen zu Ende zu essen.

Er musste unbedingt mit ein paar Leuten telefonieren. Mit Rudi zum Beispiel. Und mit Hansi Schneider. Zuallererst aber mit Brigitte.

Sie sei glücklich, sagte Brigitte ihm am Telefon.

»Ja, das bin ich auch«, entgegnete er, um hinzuzufügen: »In gewisser Weise jedenfalls.«

Sie wusste, wie er es meinte. Schließlich hatte er ihr in der vergangenen Nacht vieles erzählt, mehr von sich preisgegeben, als er sich hätte vorstellen können. Er gab ihr einen Intensivkurs über sein Leben. Sie hörte zu, sprach viel weniger als er. Brigitte hatte verstanden, dass er jemanden brauchte, mit dem er reden konnte. Viel zu lange waren viel zu viele Dinge unausgesprochen geblieben.

Sie verabredeten sich für den Abend. Malthaner wollte gegen sieben zu ihr kommen.

Rüdiger Rehberg war zuhause zu erreichen. Er bestätigte, dass die Obduktion schnell über die Bühne gegangen war. Viel war nicht herausgekommen, vor allem, dass die Tatwaffe viermal auf den Kopf von Dietmar abgefeuert worden war. 38er Projektile, vermutlich aus einer Waffe, die es zu hunderttausenden gibt. In den Kopf geschossen. Und noch einmal. Und noch einmal. Und noch einmal. Vierfacher Tod. Rudi ahnte Malthaners Gedanken und sagte, ohne gefragt zu werden: »Das kann ein ausgerasteter, eifersüchtiger Ehemann gewesen sein oder ein Profikiller oder ein Sadist oder wer-weiß-ich. Wir sind weit davon entfernt, so etwas wie eine Spur zu haben. Die Verletzungen an Dietmars Armen waren Verätzungen, keine Verbrennungen. Woher auch immer.«

Malthaner berichtete von der Todesanzeige im *Albblatt*. Rehberg war nicht überrascht, sondern wusste es bereits. »Karl Hochdorf, einziger lebender Verwandter, sein Großvater. Dietmars Eltern kamen bei einem Verkehrsunfall ums Leben, als er noch ein Kind war. Geschwister hat er keine.« Malthaner hörte, wie Rehberg die Luft einsog, bevor er weiterredete. »Der alte Mann tut mir leid, ist hoch in den Achtzigern, hat vor einigen Jahren seine Frau verloren und jetzt auch noch Dietmar, der ihm wie ein Sohn war. Hat er mir zumindest am Telefon gesagt. Einstein hatte übrigens eine Wohnung in der Sigmaringer Straße.« Die Straße kannte jeder in Albstadt, sie lag im Osten der

Stadt. Malthaner fiel ein, dass er Dietmars Telefonnummer nicht im Telefonbuch fand, als er sie nachgeschlagen hatte. Das wollte aber nichts heißen, er selbst hatte sich schon überlegt, seine Eintragung im Stuttgarter Telefonbuch streichen zu lassen.

Viel, so Rehberg, hatte ihm Opa Hochdorf nicht sagen können. Kannte keine Freunde von Dietmar, von einer früheren Freundin wusste er zu berichten. Rehberg fuhr fort: »Wir arbeiten mit den Kollegen von der Kriminalaußenstelle in Albstadt zusammen. Scheinen ganz kompetente Leute zu sein. Ich kenne den Leiter der Außenstelle persönlich, Klaus Konz. Das sollte die Sache leichter machen.« Er legte eine kleine Pause ein, in die hinein Malthaner nichts zu sagen wusste. »Ach ja, Jörg, ich werde am Dienstag selbst nach Albstadt kommen. Dann kann ich das mit einem Besuch bei meinen Eltern verbinden.« Sie sprachen noch zwei Minuten weiter, dann verabschiedeten sie sich. Malthaner gab Rudi einen Gruß an Cordula auf.

Als nächstes rief Malthaner bei Hansi Schneider an. Der war ziemlich von der Rolle. Dietmars Tod ging ihm an die Nieren. Hansi erzählte, wie Dietmar vor einiger Zeit plötzlich Kontakt zu ihm gesucht hatte. Einstein hatte sich nach dem Abi offenbar zu einem bunten Vogel gemausert, wie Hansi aus seinen Erzählungen berichtete. Er hatte zu studieren begonnen, nach einigen Semestern alles hingeschmissen und reiste später ein Jahr lang um die Welt. Südamerika, Asien, Afrika. Später ging er zur Bundeswehr, wo er sich zum Einzelkämpfer ausbilden ließ. Danach schloss er eine Banklehre an, tauchte dann wieder ab.

Über diesen Abschnitt seines Lebens habe er immer nur vage Andeutungen gemacht, sagte Hansi, der aus diesen spärlichen Informationen geschlossen hatte, Dietmar könnte Fremdenlegionär oder Söldner gewesen sein. Malthaner kapierte gar nichts mehr.

Später am Vormittag ging er für seine Mutter zum Einkaufen. Sie hatte ihm eine lange Liste in die Hand gedrückt mit der Bemerkung, dass sie all die schweren Sachen sonst immer selbst schleppen müsse, weil sie schließlich das ganze Jahr über ganz auf sich alleine gestellt sei.

Sie verstand es, ihm ein schlechtes Gewissen zu machen. Er fluchte in sich hinein.

Nachdem er die Einkäufe aus dem Saab gehievt und im Keller und in der Küche verstaut hatte, zog er die Radlerhose und ein dünnes Trikot an. Trotz der Hitze wollte er eine Tour machen, um den Kopf frei zu bekommen. Auf Drängen seiner Mutter aß er erst zu Mittag und ließ sich über die Gefahren sportlicher Betätigung bei sommerlicher Hitze belehren. Mühsam riss er sich zusammen, ließ ihre Litanei über sich ergehen. Schließlich stoppte er ihre Erzählungen von Hitzschlag, Herz- und Kreislaufproblemen auf andere Art. Sie selbst stocherte nur in ihrem Essen herum, quälte leidend einige Bissen in sich hinein und legte die Gabel schließlich weg, als er so beiläufig wie möglich sagte: »Ich bin heute Nacht übrigens nicht da.«

»Das ist typisch, da lässt du dich endlich mal wieder blicken und dann verschwindest du gleich wieder. Was aus mir wird, ist dir doch völlig egal.« Er kannte das, konnte die Sätze im Geiste Wort für Wort formen, während sie sie sprach. Malthaner hatte endgültig genug. Er sprang auf, ließ sie sitzen und stapfte in den Keller. Jetzt war es für ihn noch viel wichtiger als vor wenigen Minuten, das Pogo durch den Wald zu peitschen. Raus hier.

Er trat seine Wut in die Pedale. Raste in die Stadtmitte, das Essen lag schwer im Magen. Den Radweg entlang der Straße ließ er Radweg sein und nahm die Fahrbahn. Ein Passat-Fahrer hupte im Überholen und deutete mit der rechten Hand fuchtelnd auf den Radweg. Malthaner drohte ihm mit der Faust und rief ihm ein lautes »Bierarsch« zu.

Er durchquerte die Innenstadt, schreckte dabei nicht vor gefährlichen Manövern zwischen parkenden und fahrenden Autos zurück. Mehr als einmal musste die Magura-Bremse kräftig zubeißen. Immer in hohen Gängen tretend nahm er auf Nebenstraßen Kurs in Richtung Norden, aus der Stadt heraus. Die Lärmwoge verebbte. Jetzt ging es den Berg hinauf, die Straße wurde schmaler. Die letzten Häuser noch und dann war er mit einem Mal umgeben von Feldern, Wiesen und Wäldern. Schwäbische Alb pur. Wiesen in einem satten Grün, durchzogen von Glockenblumen, Klee und Margeriten. Gelbe, weiße und blaue Farbtupfer auf dem kräftigen grünen Bett. Dazu ein hellblauer Himmel. Aus ihrem Farbkasten hatte die Natur sich kräftig bedient. Stachelige kleine Sträucher mit kleinen Früchten daran sorgten für Braun und Rot. Bienen und Hummeln taten sich am Wegesrand gütlich. Die Hitze machte ihm ebenso zu schaffen wie sein hohes Tempo. Schon oft hatte er festgestellt, dass sich ein schlechter Tag im Büro unmittelbar auf seine Leistung auf dem Rad niederschlug. Heute war es ähnlich. Die Wallungen in seinem Innern lieferten sich einen Kampf mit ständig wechselnden Offensiven. Dachte er an Brigitte, verspürte er dieses verloren geglaubte Gefühl des Verliebtseins. Dachte er an seine Mutter, behielten Wut und Sorge zugleich die Oberhand; ihre Ausbrüche hatten immer häufiger etwas geradezu Selbstzerstörerisches an sich. Dann dachte er an den ermordeten Einstein, er dachte an die bevorstehende Beerdigung, an Rehberg, an Hansi Schneider.

Schwer keuchend schleppte er sich den Berg hinauf. Schweiß lief ihm von der Stirn und brannte in den Augen. Hin und wieder kam ihm ein Auto entgegen oder überholte ihn. Zwei Motorräder mit Reutlinger Kennzeichen preschten in halsbrecherischem Tempo an ihm vorbei. Die Fahrer hatten keinen Blick für die Wunder der Natur um sie herum, sie rochen und schmeckten nicht diese ehrliche Landschaft, herb und lieblich zugleich. Ein Vogel, der in der Nähe seine Lust über diesen Sommertag hinausgeträllert hatte – eine Lerche? – war vestummt, als das Inferno der röhrenden Maschinen über sie hereingebrochen war. Jetzt sang er wieder. Der Vogel hatte das Fegefeuer überstanden.

Ohne sein Tempo bei diesem Aufstieg zu verringern, nahm Malthaner die linke Hand von seinem Lenker und wischte mit dem Handrücken den Schweiß aus den Augen. Am Horizont zerschnitt der Kondensstreifen eines Fliegers das gleichmäßige Blau.

Malthaner weigerte sich, langsamer zu werden. Trotz des Anstiegs trat er verbissen in die Pedale, ging sogar kurz aus dem Sattel, um Tempo zu machen. Vermutlich hielten ihn die Wanderer für verrückt, die lustvoll übers

Gras der Wiese linkerhand marschierten. Es machte ihm nichts aus. Er flog den Berg hinauf, einer hellen Fülle von Licht entgegen, gefangen von seinen Gedanken, aber auch behütet von der erhabenen Gelassenheit der unergründlichen Alblandschaft. Getrieben und beschützt.

Das altehrwürdige Albvereinshaus oben auf dem Berg kam näher. Kleine, in der Sonne glitzernde bunte Flecken drumherum, die sich bald als parkende Autos erweisen würden. Hier kamen sie an schönen Wochenenden zu tausenden aus dem Neckartal herauf, saßen eine Stunde oder länger in ihren Blechkisten, fielen über die Spazierwege her, ohne diese Landschaft lesen zu können. Später dann setzten sie sich wieder in die Kisten und fuhren nach Hause.

Als er den Berg erklommen hatte und am Albvereinshaus angekommen war, sah er an den Autokennzeichen, dass es war wie an jedem schönen Sommerwochenende. Neben heimischen Nummernschildern machte er Tübinger, Stuttgarter, Esslinger, Böblinger, Ludwigsburger und Waiblinger Nummerntafeln aus. Wieder einmal fragte Malthaner sich, warum die Stadtverwaltung oder auch der Landkreis nicht endlich in eine vernünftige touristische Vermarktung der Region einstieg.

Er verschnaufte nur kurz, gab dem Pogo dann wieder die Sporen und jagte es über ein Wiesengelände, dem Anblick entgegen, der ihn gleich erwarten würde: der Blick auf die Burg Hohenzollern, ein atemberaubender Blick, dem sich keiner entziehen konnte, der ihn je erleben durfte. »Die Krone aller Burgen in Schwaben« hatten sie Historiker getauft. Zollernherrlichkeit, von hunderttausenden von Besuchern im Jahr bestaunt. Unantastbar thronte sie auf ihrem Bergkegel, stellte ihre mächtigen Türme stolz in das Himmelsblau. Malthaner konnte nicht genug bekommen von diesem Anblick, wie immer, seit Jahrzehnten. Vor Jahren hatte er für die *Landeszeitung* eine schöne Geschichte über den Burgverwalter geschrieben. Die Überschrift hatte gelautet: *Der schönste Arbeitsplatz im Land.* Hundertmal in seinem Leben hatte Malthaner die mächtige Burg ehrfürchtig angeblickt. Drunten im tiefen Tal lagen die Dörfer, hingestreut wie die Krümel auf einem Kuchenboden. Stuttgart war in der Ferne zu ahnen, und doch so weit weg.

Nach einer vierstündigen Tour kam er müde, aber innerlich ausgeglichen nach Hause. Alle Versuche, seiner Mutter aus dem Weg zu gehen, waren zum Scheitern verurteilt. Sie blickte ihn aus rotgeränderten Augen an, sagte aber nichts. Stummer Vorwurf. Er duschte, packte ein paar Sachen zusammen, vergaß nicht die beiden Rotweinflaschen, die er am Vormittag gekauft hatte, und machte sich auf den Weg zu Brigitte, deren Mazda nirgends zu sehen war. Bestimmt stand er in der Garage, denn zu einer solchen Wohnung gehörte eine Garage, ganz bestimmt.

Auf sein Klingeln öffnete sie. Noch an der Türe küssten sie sich leidenschaftlich. Sie roch nach Limone. Brigitte trug ein weites weißes T-Shirt und eine knappe, kurze Jeans, die einen Hintern betonte, auf den manche Zwanzigjährige stolz gewesen wäre. Malthaner pfiff anerkennend durch die Zähne und erntete dafür ein freundliches »Chauvi«. Es klang herausfordernd.

Der Blick durch die große Glasfront im Wohnzimmer war auch bei Tageslicht sensationell. Es dauerte nicht lange und sie wühlten sich durch die Laken. Diesmal hatten sie es tatsächlich bis ins Bett geschafft. Ein Bett, das Brigitte nach ihrer Scheidung gekauft hatte, wie sie ihm erzählte. Ihr damaliges Ehebett hatte sie genauso wenig ertragen wollen, wie ihren Ex-Mann. Jetzt war es an Brigitte, ihre Geschichte zu erzählen, so wie er es nachts zuvor getan hatte. In den letzten beiden Tagen hatten sie ein unsichtbares Band zwischen sich geknüpft.

Malthaner hoffte inständig, dass dieses Band halten und mit der Zeit noch fester würde. Brigitte erzählte ihm an diesem späten Nachmittag alles und noch mehr, so sein Eindruck. Mal plapperte sie fröhlich wie ein aufgedrehter Teenager, um im nächsten Moment in tiefe Nachdenklichkeit zu verfallen. Stunden rasten so vorbei wie Minuten. »Ich glaube, ich liebe dich«, sagte er unvermittelt, ohne Verlegenheit.

»Dass ich diesen Satz so schnell von dir hören würde, hätte ich nicht gedacht«, antwortete sie ernst. »Der letzte, der mir gesagt hat, er liebe mich, war eine Woche später verschwunden. Damals habe ich mir fest vorgenommen, mich von keinem Kerl mehr verarschen zu lassen. Und bis jetzt hat das auch immer ganz gut geklappt.«

»Es ist mir ernst, Brigitte.«

Sie drehte den Kopf leicht von ihm weg. »Enttäuschungen will ich nicht mehr erleben, dazu bin ich zu alt, deshalb habe ich auch Bindungsangst entwickelt. Ich bin nicht so selbstbewusst, wie es vielleicht erscheinen mag. Lass mir etwas Zeit, ja?« Zärtlich klang es und auch ein wenig traurig.

»Wirklich Brigitte, ich sage so etwas nicht einfach so daher. Du bedeutest mir viel, das wurde mir letzte Nacht sehr, sehr klar.«

Sie lächelte. »Jetzt bin ich bestimmt rot geworden.«

»Nur ein bisschen«, lächelte er zurück. »Aber auch mit leicht gerötetem Gesicht finde ich dich wahnsinnig attraktiv.«

»Charmeur.« Sie lachte. »Oder sollte ich besser *Schleimer* sagen?«

Er brachte seine Lippen dicht vor ihre. »Sag zu mir, was immer du willst, aber lass uns nie mehr aus diesem Bett aufstehen.«

Sie liebten sich. Im dunkeln erst und dann bei gedimmtem Licht. Zwischendurch machten sie den Rotwein auf, den sie aus langstieligen Gläsern tranken. Und liebten sich wieder. Sie hatten ihren Rhythmus gefunden. Zum erstenmal seit Tagen fühlte Malthaner sich richtig wohl, so als wäre er aus einem Alptraum erwacht und hätte den Tod Einsteins nur geträumt. Hier und jetzt konnten ihm böse Gedanken nichts anhaben, er war in diesem Moment so glücklich wie er nur glücklich sein konnte. Entspannung bemächtigte sich seiner, er spürte eine wohlige Woge in sich hochsteigen.

Später in der Nacht.

»Jörg?«, sagte sie sanft.

»Mmmh?«

»Ich muss dir etwas sagen.« Ihre Stimme zitterte leicht.

Vorahnung bei ihm. Sein Herz galoppierte.

»Ich habe es geahnt. Wie heißt er?«

»Lass den Quatsch. Es gibt keinen anderen.«

»Also?«

»He, du siehst aus wie von der Tarantel gestochen. Es ist nichts, was mit uns zu tun hat.«

Er atmete tief. »Was dann?«

»Du hast mich gestern nach Dietmar Hochdorf gefragt. Und ich habe dir gesagt, ich kenne ihn nicht. Das ist auch richtig, und ich hatte die Sache schon wieder verdrängt, fünf Minuten nachdem du mir im Brückenhaus davon berichtet hast.« Sie machte eine kleine Pause, in der sie sich mit dem rechten Daumen über die Stirn strich. »Als ich heute Morgen über unser gestriges Treffen nachgedacht habe, ist mir der Name Hochdorf wieder eingefallen und irgendwas hat in meinem Hinterkopf geklingelt. Später dann plötzlich wusste ich den Namen einem Gesicht und der dazugehörigen Geschichte zuzuordnen. Karl Hochdorf, ein früherer Patient meines Vaters.«

Wieder schwieg sie einige Sekunden. »Ich habe Dad heute früh angerufen, und er hat mir bestätigt, dass Karl Hochdorf der Großvater von Deinem Schulfreund Dietmar ist. Dad hat den alten Hochdorf jahrzehntelang behandelt. Mit der Zeit bekommt man von seinen Patienten so einiges mit. Er hat Dad wohl immer wieder von seinem Enkel erzählt, zumindest so häufig, dass es sich bei ihm eingeprägt hat.« Brigitte strich sich die Haare aus dem Gesicht. Sie sah Malthaner in die Augen. »Ich glaube, ich dehne meine Schweigepflicht nicht allzusehr, wenn ich dir sage, dass der alte Hochdorf noch immer regelmäßig zu Dad kommt.«

Malthaner schaute irritiert wie ein Hund, dem man einen Knochen vors Maul hält, um ihn gleich darauf wieder wegzunehmen.

»Ich habe dir doch von Dads Pensionärshobby, seinen Forschungen, erzählt.«

»Du hast da nur etwas angedeutet, was mir in jenem Moment nicht besonders wichtig vorgekommen ist. Schließlich war ich von dir zu betört.«

Sie küsste sein Haar. »Es ist so: Dad hat vor vielen Jahren eine ungewöhnliche Zunahme von Hautausschlägen,

Brechreiz, Durchfall, Stirnhöhlenvereiterungen bei einer ganzen Anzahl von Patienten festgestellt. Irgendwann fiel ihm diese Häufung auf und er befasste sich bewusst damit, machte Untersuchungen und Vergleichsgruppen, verglich die Krankheitsbilder, fertigte schließlich Statistiken an und verbiss sich regelrecht in diese Fälle.«

Malthaner war gespannt, worauf Brigittes Erzählung hinauslaufen würde.

»Eines Tages glaubte er, eine Art Muster entdeckt zu haben. Betroffen waren vor allem Leute aus der Weststadt. Die Häufung von diesen Fällen begann Mitte der achtziger Jahre. Im Lauf der Zeit hat Dad auch eine ungewöhnliche Häufung von Krebserkrankungen und Multipler Sklerose festgestellt, wieder vor allem bei Leuten aus dem Westen draußen. Er konnte sich zunächst keinen Reim drauf machen. Er hat sich auch mit Kollegen unterhalten. Denen war das alles wohl gar nicht aufgefallen, bis Dad sie sozusagen mit der Nasenspitze drauf gestoßen hatte. Zwei Kollegen gaben schließlich zu, dass er Recht hatte. Auch sie verfolgten die Sache daraufhin viel interessierter. Gemeinsam wandten sie sich an die Kassenärztliche Vereinigung, die die ganzen Abrechnungen bekommt. Denen hätte etwas auffallen müssen, tat es aber nicht. Und so ließ man die Sache schließlich auf sich beruhen.«

Mit ihren Fingern strich sie durch Malthaners Brusthaar, als sie weitersprach. »Natürlich konnte Dad nichts unternehmen, aber für sich persönlich hat er damals die These aufgestellt, dass die Zunahme der Erkrankungen mit dem Bau der Müllanlage oben auf dem Berg zu tun hat. Du weißt, die ist nur durch einen dünnen Waldgürtel von der Bebauung in der Weststadt getrennt, gerade genug, dass die Anwohner die Anwesenheit der Müllverbrennung noch verdrängen können, wenn sie in ihren hypothekenfinanzierten Eigenheimen sitzen.«

»Du sagst Verbrennung?«

»Ja, es wird Müll verbrannt und recycelt, was immer darunter zu verstehen ist. Als man die Müllfabrik gebaut hat, gab es keinerlei große Proteste dagegen. Das wäre heute vermutlich anders. Der Bund für Umwelt- und Naturschutz fordert zwar seit Jahren Aufklärung darüber, was in der Anlage alles passiert, aber das ist ein Kampf gegen Windmühlen.«

Malthaner blickte Brigitte nachdenklich an. »Es muss doch eine Instanz geben, die das Ganze kontrolliert?«

Brigitte lächelte nachsichtig. »Als die Anlage gebaut wurde, hat sich anscheinend kein Mensch dafür interessiert. Keine Bürgerinitiative, einfach niemand. Die Anlage schien als gottgegebene Selbstverständlichkeit akzeptiert worden zu sein. Auch im Gemeinderat und im Kreistag haben bei der Abstimmung alle die Hände gehoben, Bedenken gab es nicht. Schließlich versprachen der Investor und der Betreiber, ein guter Gewerbesteuerzahler zu werden und Arbeitsplätze zu schaffen. Damals steckte die Textilindustrie hier schon in einer ersten großen Krise und das Totschlagargument von neuen Arbeitsplätzen – das übrigens gelogen war – wurde nur zu gerne geglaubt.«

Sie hatte sich in Rage geredet. Ihre Wangen leuchteten rot. »Erst in den letzten Monaten hat der BUND seine Aktionen gebündelt und macht jetzt massiv Front gegen die Anlage. Die Umweltschützer haben so wie alle anderen auch jahrelang den Schlaf der Gerechten geschlafen und wachen erst jetzt so langsam auf.«

»Du hast den Investor erwähnt. Wer ist das?«

»Die allseits geschätzte EWS, Energie- und Wärme Stuttgart GmbH, diese Umweltfrevler aus Deinem Wohnort. Sie haben die Müllfabrik in den Wald gebaut, so wie sie im ganzen Land solche Monster gebaut haben. Betrieben wird die Anlage seit Beginn von der Thermotec, einer privaten GmbH, die sich von niemandem in die Karten schauen lässt. Herr über den ganzen Müll dort oben ist ein gewisser Manfred Beilsteiner. Der Name müsste dir etwas sagen.« Neugierig blickte sie ihn an.

»Beilsteiner? Der frühere Kommandant vom Bundeswehr-Stützpunkt drüben in Meßstetten?«

»Genau der, hochdekoriert aus der Bundeswehr aus- und in das Müllmanagement eingestiegen.«

In Malthaners Kopf schwirrte es. Dann forschte Brigittes Vater, Dr. Schick, also noch immer nach Beweisen für seine Theorie. Und Brigitte hatte sich in den letzten Jahren durchaus mit den Vorgängen um die Müllanlage vertraut gemacht. Er wollte Hauser bei der *Landeszeitung* anrufen und nach dem Fortgang seiner EWS-Story fragen. Überhaupt sollte er jeden Tag die *Landeszeitung* am Kiosk kaufen, schoss es ihm durch den Kopf. Und dann der Name Beilsteiner. Den kannte hier in der Gegend jedes Kind, ebenso wie den Bundeswehrstützpunkt in Meßstetten, wenige Kilometer von Albstadt entfernt auf einem anderen Albhügel. Früher wurde von dort die gesamte Luftüberwachung im süddeutschen Raum durchgeführt. Wer aus Albstadt stammte und nicht – wie Malthaner –

den Wehrdienst verweigert hatte, war während seiner Bundeswehrzeit mit großer Wahrscheinlichkeit mindestens einige Monate dort stationiert.

»Was hat der alte Hochdorf damit zu tun?«, wollte Malthaner wissen.

»Nun, er ist einer von den Patienten, bei denen damals alles mit regelmäßigem Unwohlsein, Erbrechen und so weiter begann. Wie gesagt, er war jahrzehntelang Patient meines Vaters und hat sich später für seine Forschungen zur Verfügung gestellt.« Wieder eine Pause. »Der alte Mann wird vom Knochenkrebs langsam aufgefressen. Das ist die ganze traurige Wahrheit. Er kämpft tapfer, sagt Dad, aber er wird den ungleichen Kampf verlieren.«

Sie standen spät auf und frühstückten im Wohnzimmer mit dem Blick über die sonntäglich ruhig daliegende Stadt, gegenüber das Panorama der Berge, die jeder baulichen Expansion natürliche Grenzen setzten und die in früheren Zeiten für die Bewohner des Tals das Ende des Horizonts bedeutet haben mussten.

Brigitte kam mit dem Vorschlag, als er sich die zweite Tasse Kaffee eingoss. »Eigentlich bin ich sonntags meistens ein paar Stunden in der Praxis, erledige Bürokram und so. Aber heute ist ein viel zu schöner Tag für so was. Du hast mir so viel von Deiner Radfahrerei erzählt, dass ich Lust bekommen habe, auch mal wieder zu radeln. Aber ich möchte irgendwo hin, wo es nicht so bergig ist. Wie wäre es mit dem Donautal?«

Das Donautal. Eine halbe Autostunde entfernt, ein Fahrradweg, der sich immer am Flüsschen entlangzog. Malthaner stimmte zu, wenngleich er Horden von Fußgängern und Fahrradfahrern befürchtete. Aber Brigitte hätte an diesem Tag alles vorschlagen können, und er hätte zugestimmt, nur um mit ihr zusammensein zu können.

Sie montierten Brigittes Trekking-Bike auf den Dachständer, fuhren zu seiner Mutter, wo er sein Fahrrad aus dem Keller holte. Natürlich fragte sie ihn, was er vorhabe. Sie benahm sich, als würde sie sich an die gestrige Szene überhaupt nicht mehr erinnern. Schwer atmend griff sie sich an den Rücken. »Heute sind meine Schmerzen wieder ganz schlimm.«

»Das tut mir leid. Du solltest vielleicht doch den Arzt wechseln, Mutter. Lass uns morgen darüber reden. Ich fahre mit Bekannten ins Donautal, heute Abend bin ich zurück.«

»Bekannte? Gehört die Frau im Auto auch dazu?«

Also hatte sie zum Fenster hinausgesehen, als er vorgefahren war. Das hätte er sich denken können.

»Ja, sie gehört auch dazu«, sagte er knapp, wohl wissend, dass das ihre Neugierde noch steigern müsste. So schnell wie möglich zurrte er das Pogo auf dem Dach des Saab fest.

Es herrschte kein starker Verkehr, wie er das an einem so schönen Sonntag erwartet hätte. Viele Leute waren wohl schon im Urlaub oder wollten bei dieser Hitze ihre kühlen Wohnungen nicht verlassen. In 25 Minuten hatten sie es bis Beuron geschafft, dessen barocke Klosteranlage an diesem Sonntag nur wenige Ausflügler anzog. Malthaner, der sich sonst überhaupt nicht für Kirchen interessierte, musste zugeben, dass die im 11. Jahrhundert gegründete

Anlage eine schwer zu beschreibende Faszination auf ihn ausübte, seit er denken konnte. Hier war er früher oft mit seinen Eltern hergekommen, als Vater noch lebte. Die Geschichte des Klosters hatte sich ihm schon früh eingeprägt: Die Augustiner hatten hier ein Chorherrenstift errichtet. Mitte des 19. Jahrhunderts waren die Benediktiner aufgezogen und widmeten sich der Kunst und Wissenschaft. Sie gründeten damals auch eine Kunstschule.

Malthaner erinnerte sich an eine Reportage über einen schwäbischen Filmemacher, die er vor einigen Jahren geschrieben hatte. Der war für eine Dokumentation über das heutige Klosterleben monatelang zu den Mönchen gezogen und hatte mit ihnen gelebt. Für diese Konsequenz bewunderte Malthaner ihn noch immer.

Mit den Rädern fuhren sie donauabwärts. Schloss Werenwag fing den Blick ein, steil über der Donau auf Felsen thronend, Relikt aus einer anderen Zeit, jährlich von zehntausenden von Touristen auf Film gebannt. Zu bewachen gab es hier zu keiner Epoche etwas, doch die Felsvorsprünge erschienen den Bauherren wohl als zu verlockende Bauplätze.

Sie passierten das Dorf Hausen. Ein kleiner Campingplatz auf der anderen Seite der Donau schien voll belegt zu sein.

In Thiergarten kamen sie an einem Gebäude vorbei, das als eine der kleinsten Basiliken der Welt gilt. Ein Schild an dem weiß getünchten Kirchlein klärte darüber auf. 121 Quadratmeter nur misst der Innenraum der dreischiffigen Basilika. Auf dem Schild stand auch, dass sie aus dem 11. Jahrhundert stammt und 1989 mit beträchtlichem Aufwand renoviert worden war. Erfreulich wenige Fußgänger und Radfahrer kreuzten ihren Weg, der über weite Strecken baumbestanden war und Schutz vor der drükkenden Hitze gewährte.

Brigitte hielt gut mit, sie hatte eine tolle Kondition, wie er ihr bewundernd sagte. Klar, er musste sich bremsen, und fast schien es, als müsse das Pogo seine Kraft bändigen. Ihm drängte sich der Vergleich mit einem muskulösen Hund auf, der unbedingt von der Leine wollte.

Über Gutenstein radelten sie weiter durch das wildromantische Tal. Laiz kam in Sicht und dann auch schon Sigmaringen. Hier machten sie Rast, aßen Eis und bummelten durch die schön sanierte Innenstadt.

Der Rückweg wurde etwas beschwerlicher, ging es doch permanent leicht bergauf. Sie unterhielten sich dennoch die ganze Zeit, während sie nebeneinander fuhren. Er küsste sie einmal während der Fahrt, was fast zu einem Sturz geführt hätte.

Zurück in Beuron. Die Räder wieder auf den Saab montiert und nach Albstadt gefahren.

Ein Sonntagsausflug, wie Malthaner ihn schon lange nicht mehr erlebt hatte.

In der Nacht zum Montag übernachtete er wieder in seinem alten Kinderzimmer. Bevor er ins Bett ging, schaute er einmal mehr das Foto an der Wand an. Rudi, Kurt, Rainer, Jürgen und er im »Trentino«. Ein Bild aus einer anderen Zeit. Damals hatten sie noch große Pläne mit dem Leben gehabt, die Welt wollten sie kennen lernen, niemals heiraten und sich noch mit 80 oder 90 Jahren am Stammtisch treffen. Jung waren sie damals, frei und voller Neugierde auf das, was kommen würde. Sie alle hatten einige ihrer Träume inzwischen gelebt und viele andere beerdigt. Es versetzte Malthaner einen Stich, als er sich eingestehen musste, dass er nicht mehr auf das Privileg der Jugend bauen konnte, er war der Midlife-Crisis näher als je zuvor und spürte ihre ersten Angriffe immer häufiger.

Träume und Alpträume zerschnitten die Nacht in kurze Einheiten. Er träumte von einer Müllanlage, in der er in schwarzem Ruß versank, dann plötzlich rettete ihn Brigitte. Er fuhr bei einem Radrennen mit, litt bergauf, bis ihm Brigitte vom Straßenrand zuwinkte und ihn anschob, immer schneller schob, bis ins Ziel. Immer wieder wachte er auf, schwitzend. Nachts herrschte in diesem Wohngebiet wenig Verkehr, doch schon vor sechs Uhr morgens schwoll der Straßenlärm an. Nicht nur die Leute, die hier wohnten, fuhren an ihrem Haus vorbei; viele andere benutzten das Wohngebiet als schnellen Durchfahrtsweg in die Stadtmitte und in das Industriegebiet am anderen Ende Albstadts. Malthaner wunderte sich, wie seine Mutter diesen Lärm Tag für Tag ertragen konnte. Gewöhnte man sich tatsächlich daran, so sehr, dass man ihn gar nicht mehr wahrnahm? So sehr er auch nachdachte, er konnte sich von früher nicht an diese nervtötende Geräuschkulisse erinnern. Er lag wach, drehte sich im Bett hin und her, döste ein, wachte wieder auf.

Eine seltsame Atmosphäre lastete über der Küche, als er frühstückte. Seine Mutter war schon wieder lange vor ihm aufgestanden, hatte ihm das Frühstück bereitet und hantierte mit dem Staubsauger. Pflichterfüllung einer schwäbischen Hausfrau, egal wie es schmerzen mochte. Er musste ihr nicht in das verkniffene Gesicht schauen, allein ihre gekrümmte Haltung verriet die Rückenschmerzen. Fast schien es aber so, als laste dazu noch sämtliches Unrecht der Welt auf diesem früher stockgeraden Rücken, den die Jahre gebeugt hatten.

»Mutter«, versuchte er es in eine Pause hinein, in der sie den Stecker des alten Vorwerk-Saugers in eine Steckdose am anderen Ende des Zimmers steckte. »So kann das mit deinem Rücken nicht mehr lange weitergehen. Du solltest einen Spezialisten aufzusuchen.«

»Fang nicht wieder davon an, Jörg«, sagte sie tonlos. »Ich habe es dir schonmal gesagt, das bringt doch alles nichts. Ich bin eben alt geworden, da muss man mit so was leben oder sich einen Strick nehmen.«

Diese Starrköpfigkeit kannte er seit langem an ihr, doch schien sie immer schlimmer zu werden. »Erinnerst du dich an den alten Dr. Schick?«

Ihre Antwort erwischte ihn auf dem falschen Fuß. »Jeder, der seit über 60 Jahren in dieser Stadt wohnt, kennt Dr. Schick. Und ich kenne übrigens auch seine Tochter, die blonde Frau, die gestern in Deinem Auto gesessen hat.« Dann hatte sie also sehr genau durch ihr Küchenfenster gesehen. Sie nutzte seine Sprachlosigkeit und redete weiter. »Das Mädchen hat sich gut gehalten, sieht fast noch so aus wie damals, als ihr in der Schule zusammen gewesen seid.« Dass sie sich daran erinnern konnte! Ihm blieb wenig Zeit für eine wohlüberlegte Erwiderung. »Warst du vorletzte Nacht bei ihr?«, fragte sie. Ein Achtklässler, der beim Abschreiben erwischt wird, musste sich fühlen wie er.

Er drückte sich um eine Antwort, aber das sagte seiner Mutter genug. Er versuchte es noch einmal: »Lass dich doch mal von Brigitte untersuchen. Vielleicht kann sie dir besser helfen als dein Arzt.«

»Brigitte. Genau, Brigitte. Seit gestern habe ich mir überlegt, wie sie mit Vornamen heißt. In meinem Alter vergisst man das manchmal.« Durchdringend sah sie ihn an. »Ich hoffe, du weißt, was du tust.«

Er polterte mehr als er wollte. »Verdammt nochmal, ich bin erwachsen, und zwar schon seit langer Zeit. Nimm das doch endlich mal zur Kenntnis.«

Sie schwieg in Verlegenheit. Er verließ die Küche. Die Tür fiel lauter ins Schloss als nötig gewesen wäre.

Malthaner hatte sich mit dem *Alb-Blatt* in den Garten verzogen. Eine kleine Meldung erregte seine Aufmerksamkeit. Da kündigte die BUND-Ortsgruppe für diesen Abend eine Protestkundgebung bei der Müllanlage auf dem Stierberg an. Bevor er entscheiden konnte, ob er daran teilnehmen wollte, hörte er hinter sich die Stimme seiner Mutter: »Kannst du mich heute Mittag zum Arzt fahren?« Sie sprach sanft und freundlich. Ein Friedensangebot.

Hauser nahm nach dem zweiten Klingeln ab.

»Jörg hier, Morgen Kollege.«

Hauser brummte ein unsauberes »Hallo« in den Hörer. Malthaner sah die Szenerie vor sich: Hauser, mit hochgekrämpelten Ärmeln in einem nicht mehr ganz modischen Hemd an seinem Schreibtisch, der unter Papierstapeln ächzte; nebenan in voller Kriegsbemalung die nach Dalí duftende Gisela, neben der Bert Weinmann, der vielleicht einen Kater verbergen musste, noch farbloser wirkte als sonst; leicht abseits in irgendeine Arbeit vertieft Marco Schmierer. Genau so würde es im Büro zu dieser Stunde aussehen.

»Ich muss noch ein paar Tage bleiben, und ich wollte, dass du es Kaiser sagst.«

»Bin ich deine Amme?« Hauser schien nicht besonders gut gelaunt zu sein, kriegte aber gleich wieder die Kurve: »Wie geht es deiner Mutter?«

»So lala. Kann ich selbst nicht so genau beurteilen.«

»Und du bist sicher, dass du nicht irgendein Alb-Häschen vögelst und deshalb noch einige freie Tage brauchst?« Malthaner dachte sich seinen Teil.

»Sag mal, was ist bei der EWS-Sache eigentlich rübergekommen?«, fragte er stattdessen.

»Tja, nicht viel Konkretes. Ich habe nichts rausgekriegt, und Bert auch nicht. Weder die Barsinghausen noch der Schubert, die ja im Gemeinderat die ganze Sache losgetreten haben, wollen sich der Presse gegenüber äußern. Ich habe allerdings einige Vermutungen, nachdem ich ein bisschen recherchiert habe.« Hauser machte eine Pause, während der er in den Hörer schnaufte. Jetzt wollte er gebeten werden. Von sich aus würde er nicht weitersprechen, also tat Malthaner ihm den Gefallen und fragte. »Und? In welche Richtung laufen deine Vermutungen?«

»Vor knapp zwei Jahren wurde bei der EWS fast die komplette Führungsriege ausgetauscht, wie du dich vielleicht erinnerst. Das Unternehmen hatte bis dahin den Ruf, wie eine Behörde zu arbeiten, mit verkrusteten Strukturen, nicht gerade innovationsfreundlich und geradezu leistungshemmend.«

»Deine Ansicht über Behörden sind mir vertraut.«

Hauser tat so, als hätte er den Einwurf nicht wahrgenommen. »Mit Blick auf den Euro-Markt haben Aufsichtsräte, Politiker und die an der EWS beteiligten Industriefirmen damals mit eisernem Besen gekehrt und eine Umstrukturierung durchgesetzt. Jetzt sitzt bei der EWS die Yuppie-Generation am Drücker, du weißt schon: Sanierer und Kostensenker. Menschlich degenerierte Arschlöcher, die aber nach den in der Industrie geltenden Maßstäben sehr erfolgreich arbeiten. Die werfen nicht nur kalt lächelnd ein paar hundert Mitarbeiter raus, sondern haben auch richtig erfolgversprechende Ideen. Eine davon ist es, überall, in jeder Region, eigene, kleinere Müllanlagen zu bauen. Dazu haben sie eine neue Gesellschaft gegründet, die EWSAB, die Energie- und Wärme Stuttgart Anlagen Bau. Die Nadelstreifenträger haben nämlich errechnet, dass damit viel, viel Geld zu machen ist. Kannst du mir folgen?«

»Ich glaube schon: Die wollen also das Land mit diesen Anlagen überziehen und an jeder richtig gute Kohle verdienen.«

»Mmh«, brummte Hauser zustimmend.

»Aber das ist doch umweltpolitischer Wahnsinn.«

»Kommt auf die Sichtweise an. Die Herrschaften argumentieren, dass die zu verwertende Müllmenge dadurch insgesamt nicht größer wird, dass aber beim Bau neuer

Anlagen viele Arbeitsplätze entstehen. Sie verkaufen das Ganze sogar als Umweltwohltat. In einem Punkt kann man ihnen nicht mal widersprechen: denn der Mülltourismus hätte ein Ende. Bisher karren Tag für Tag tausende von Lastern mit Abfall durch die Republik. Würde der Müll dort entsorgt, wo er anfällt, wäre das nicht mehr nötig.«

»Das ist doch eine Milchmädchenrechnung.«

»Sagst du. Aber die sogenannten Entscheidungsträger in der Politik lassen sich von der EWS gerne überzeugen. Und auch die Städte und Gemeinden sehen in kleinen Anlagen einen lukrativen Aspekt. Sie könnten der EWSAB nämlich Grundstücke zu absoluten Höchstpreisen verkaufen. So wären sie einerseits brachliegende Flächen los, und würden auf der anderen Seite viel Geld für ihren nächsten Haushalt einnehmen. Wenn man einem Bürgermeister dann noch erzählt, dass durch Bau und Betrieb einer solchen Anlage in seinem Ort neue Arbeitsplätze entstehen, setzt bei manchem das logische Denken ganz automatisch aus.«

»Irgendwie kommt mir das alles sehr bekannt vor«, Malthaner murmelte mehr zu sich selbst.

»Was meinst du damit?«, wollte Hauser wissen. Malthaner gab ihm eine Kurzfassung der Geschichte der Albstadter Müllanlage, wie er sie am Wochenende von Brigitte gehört hatte.

Sie plauderten noch kurz, bevor sie sich verabschiedeten.

Als nächstes rief Malthaner Rudi Rehberg an. Der wollte am späten Nachmittag nach Albstadt kommen. Sie verabredeten sich für 22 Uhr im *Village*, einer gemütlichen Kneipe mit viel Holz.

Am frühen Nachmittag brachte er seine Mutter zu Dr. Sprenkler. Während sie im Wartezimmer saß, bummelte er durch die Stadt, kaufte ein paar Kleinigkeiten ein, darunter die *Landeszeitung*. Er machte einen Abstecher zu Brigittes Praxis, wo er an der Rezeption eine junge Arzthelferin mit Engelszungen überreden konnte, Frau Doktor von seiner Anwesenheit zu berichten. Zwei Minuten später stand Brigitte vor ihm. Sie trug keinen weißen Kittel, wie er erwartet hatte. Sie unterhielten sich kurz, er berichtete von seiner abendlichen Verabredung mit Rudi. Mit einem flüchtigen Kuss auf die Wange verabschiedete sie sich von ihm. Malthaner grinste, die junge Arzthelferin würde heute sicher ihren beiden Kolleginnen vom neuen Freund der Chefin berichten.

Gegen 15 Uhr saß er auf dem Pogo. Er hatte sich eine große Strecke vorgenommen, 60 Kilometer über den Heuberg, einen Teil davon auf Asphalt. Im Verlauf der Tour würde er auch am Bundeswehr-Stützpunkt in Meßstetten vorbeikommen, der noch immer Sperrgebiet war.

An der Bundesstraße entlang fuhr er auf einem kleinen asphaltierten Weg bis Straßberg. Er rollte zügig durch den kleinen Ort. Hier hatte er als 16- oder 17-jähriger eine Freundin gehabt. Keine wichtige Geschichte, eine Teenagerliebelei, wie er sie in diesem Alter zu dutzenden kennen gelernt hatte. Weiter führte die Straße in das Kaff Kaiseringen, wo ein kräftezehrender Aufstieg begann. Die Straße wand sich in Serpentinen den Berg hinauf. Auf halbem Weg kam ihm ein Rennradfahrer entgegen, der trotz seines hohen Tempos lässig den linken Arm zu Gruß hob. Keine Frage, mit einem Rennrad war man hier auf der richtigen Piste.

Malthaner rann der Schweiß in die Augen, kein Lüftchen wehte. Im Wiegetritt kämpfte er sich bergauf. Rechts war der Rest eines einst hoffnungsvoll begonnen Projektes zu bedauern: ein Industriepark hatte hier vor zehn Jahren etabliert werden sollen. Heute standen die wenigen Hallen und Gebäude weitgehend leer. Von den damals erhofften mehreren hundert Arbeitsplätzen redete niemand mehr. Stille lastete über dem Gelände wie über einer ausgestorbenen Goldgräberstadt. Zehn Minuten später hatte er Frohnstetten erreicht, ein Dorf, das auf ihn schon immer einen todgeweihten Eindruck gemacht hatte. Gegen die Dörfer hier oben war Albstadt eine pulsierende Metropole. Von hier an ging es einigermaßen eben weiter bis Stetten. Die kleine Gemeinde hatte bis vor wenigen Jahren ganz gut von den Franzosen gelebt, die hier ein riesiges Militärgelände hatten. Doch mit dem Abzug der Streitkräfte verfielen nicht nur deren abstoßend graue Gebäudekomplexe. Trotzdem war die Vergangenheit als Truppenübungsplatz und Militärcamp noch immer allgegenwärtig.

Als Malthaner durch den Ort geradelt war und sich wieder auf freiem Gelände befand, begann rechterhand die militärische Sperrzone. »Lebensgefahr« warnten Schilder in regelmäßigem Abstand. Ein hoher Zaun zog sich kilometerlang durch Wiesen, Äcker, am Waldrand entlang. Unwillkürlich fühlte Malthaner sich an die Müllanlage in Albstadt erinnert, die sich ebenfalls mit einem hohen Zaun vor neugierigen Besuchern zu schützen suchte.

Er blickte auf die Uhr. Wenn er nach der Radtour noch gemütlich duschen und etwas essen wollte, bevor er sich zur Demo aufmachte, durfte er in seinem Tempo nicht nachlassen.

Ab und zu fuhr ein Auto auf dem Sträßchen, doch ansonsten lagen Felder, Wiesen und vereinzelt hingestreute Bauernhöfe still da, fast wie in Agonie. Die Jungen zogen von hier oben fort, nach Albstadt oder Sigmaringen, und die Alten hatten sich eingerichtet. Ein Bauer mit einem museumsreifen roten Traktor stand am Straßenrand und hantierte am linken Vorderrad. Er erwiderte Malthaners Gruß knapp, ohne das futuristisch anmutende Pogo eines besonderen Blickes zu würdigen; der Mann hatte andere Probleme als jemand, der an einem Montag Nachmittag zu seinem Vergnügen Fahrrad fahren konnte. In dieser Gegend gab es noch eine ganze Reihe von Vollerwerbslandwirten, doch wurden es immer weniger. Viele hatten schon einen zweiten Broterwerb in *der Stadt*, womit sie Albstadt meinten. Wenn sich hier ein Bauer zur Ruhe setzte, war es längst nicht mehr selbstverständlich, dass der Sohn den Hof übernahm, so wie in früheren Generationen. Die Zeiten änderten sich ohne Rücksicht auf Alb-Bauern.

In gleichmäßigem Tritt trieb Malthaner das Bike voran. Was für eine Lust, den Fahrtwind zu spüren, das Gefühl der Bewegung! Auf einer Landkarte hätte er jetzt sehen können, dass er Luftlinie nur wenige Kilometer vom Donautal entfernt war, wo er gestern mit Brigitte radelte. Doch selbst mit dem Auto würde man von seinem Standort 40 Minuten unterwegs sein, um dorthin zu gelangen.

Malthaner fühlte sich gut, weder die Steigungen noch die Hitze konnten ihm etwas anhaben, das Pogo lief wie ein Schweizer Uhrwerk und seine Beine schienen einen endlosen Vorrat an Kraft zu beherbergen.

Nicht nur die Franzosen hatten nach dem Krieg den Vorteil dieser dünn besiedelten, weiten Flächen für ihre Truppenübungsplätze schätzen gelernt. Auch die Bundeswehr hatte sich später eingenistet. Immer wieder kam Malthaner an den Schildern mit der Aufschrift »Lebensgefahr« vorbei, hin und wieder plakativ um ein Totenkopfsymbol ergänzt. Ihm war, als müssten jeden Augenblick Panzer aus dem Dickicht brechen. Hätte es hier nicht das große Sperrgebiet gegeben, hinter den Zäunen hätte sich ein fantastisches Bike-Revier verborgen. So radelte er in einem großen Bogen bis nach Meßstetten. Vorbei an Glashütte, Hartheim, Heinstetten fuhr er immer auf der normalen Straße. Nach Heinstetten bog er in einen Feldweg ein, der zunächst noch asphaltiert war, sich dann aber nach etwa einem Kilometer schlagartig zu einer Schotterpiste mit großen Steinen verwandelte. Jetzt war das Pogo in seinem Element. Malthaner trat hohe Übersetzungen, seine Beine arbeiteten mechanisch präzise. Das Rad wirbelte Staub auf, Steine spritzten unter den Pneus weg. Noch fünf Minuten und er tauchte in den Wald ein, der Weg jetzt kaum noch zu erkennen, bewachsen, der Natur überlassen. Kühle umfing ihn, er atmete tief den Duft des Waldes. Das einzig Störende waren die Armeen von Stechmükken, die sich ebenfalls in den Schutz des Waldes zurückgezogen hatten. An Zecken wollte er erst gar nicht denken.

Im weiteren Verlauf wurde die Strecke abschüssig, grobes Geröll verlangte hohe Konzentration. Momente, in denen es nur noch ihn, das Bike und diesen schwierig zu fahrenden Weg gab. Er legte das Gewicht nach hinten, die Federung ging tief in die Knie, die Reifen versuchten, sich in den steinigen Untergrund einzugraben. Malthaner kniff die Lippen zusammen, ohne es zu merken, und raste in halsbrecherischem Tempo den Pfad hinunter, Schwung holend für den Anstieg, in den der Weg unten in einer Senke wieder übergehen würde.

Bergan blieb er im Rhythmus, vorbei an einem runden Wald kamen die ersten Häuser von Meßstetten in Sicht, dem größten Ort hier oberhalb von Albstadt. Knapp 10 000 Einwohner gab es hier, eine kleine Textilindustrie mit den üblichen Problemen und einen Bundeswehr-Stützpunkt von einstmals riesigen Ausmaßen. Die Meßstettener hatten von Anfang an mit der Bundeswehr gelebt, schließlich hatten Handel und Gastronomie davon profitiert. In Meßstetten musste er ein Stück auf der vielbefahrenen Hauptstraße zurücklegen, bevor er links in ein Wohngebiet einbog, das den Charme des Wiederaufbaus atmete. Es war so etwas wie ein eigener kleiner Stadtteil, der hier entstanden war. Zwei- bis dreistöckige Mehrfamilienhäuser, die billig wirkten und tatsächlich auch waren. Der Ausdruck »Mietskaserne« traf selten den Nagel so auf den Kopf wie hier. Die uniformen Wohnanlagen waren vor allem für Bundeswehr-Angehörige gebaut worden, heute lebten neben den verbliebenen Soldaten vor allem sozial Schwächere hier. Malthaner glaubte, muffigen Kohlgeruch wahrzunehmen, wie er in solchen Häusern immer und für alle Zeiten präsent zu sein schien. Männer aller Altersklassen in Feinripp lugten aus Fenstern, auf der Straße spielten Kinder. Ein rostiges altes Klapprad lag halb auf dem Gehweg, halb auf der Fahrbahn. Zwei junge Türken hämmerten an einem Manta herum. Eine seltsame Ansammlung von Realität gewordenen Klischees.

In diesem Moment war Malthaner auf eine nicht genau fassbare Art dankbar dafür, in kleinbürgerlicher Geborgenheit aufgewachsen zu sein.

Er beeilte sich, die Wohnanlagen hinter sich zu lassen, nahm Kurs auf den Waldrand. Auf einem Feldweg ging es in den Forst hinein, zunächst wieder bergab. Meßstetten lag noch einmal 200 Höhenmeter höher als Albstadt und hatte nicht zu Unrecht den Ruf, im Winter einer der kältesten Orte im Südwesten überhaupt zu sein. Heute war davon aber nichts zu spüren. Malthaner war durchgeschwitzt, mehr von den Temperaturen als von der Anstrengung. Er trieb das Pogo voran. Kein Mensch begegnete ihm auf den nächsten beiden Kilometern, bis er schließlich oberhalb von Albstadt am Skilift aus dem Wald kam. Kurz hielt er an, sog den Blick der friedlich daliegenden Stadt in sich auf, bevor er weiterfuhr. Eine Viertelstunde später war er zu Hause. Er duschte, obwohl er in einer halben Stunde mit dem Rad zur Demo fahren wollte. Aber dieser kleine Abstecher auf den Stierberg würde ihn nicht mehr ins Schwitzen bringen.

Wenn die Protestler nicht umweltfreundlich zu Fuss, oder – wie er – mit dem Fahrrad unterwegs waren, dann konnte es mit dem breiten Widerstand gegen die Müllanlage nicht weit her sein, sinnierte Malthaner, als er am Stierberg-Wanderparkplatz vorbeiradelte. Nur zehn Autos zählte er, und die konnten genauso gut von Spaziergängern stammen. Er radelte an den Wacholderbüschen vorbei zur Müllanlage. Tatsächlich sah er im Näherkommen eine Gruppe Leute mit Fahrrad. Etwa 40 Personen standen vor dem riesigen Zaun, der seinen Zweck erfüllte und die Meute vom Gelände fernhielt. Einige hatten Transparente dabei. »Müllverbrennung ist ein Verbrechen an unseren Kindern« las er, und »Mit Altlasten zurück in die Zukunft.« Die Anlage selbst lag täuschend friedlich da, wo sich früher eine große, grüne Wiese ausbreitete. Die Arbeiter hatten offensichtlich schon Feierabend gemacht, und wegen der Demo würde keiner der Mitarbeiter auf seinen freien Abend verzichten wollen. Malthaner fragte sich, ob Beilsteiner vielleicht irgendwo da drin war. Das, was er vom Gelände einsehen konnte, verriet nichts darüber.

Der offizielle Teil der Protestveranstaltung schien bereits begonnen zu haben. Die Menge hatte sich im Halbkreis um einen BUND-Aktivisten in einer kurzen grauen Stoffhose mit einem blauen Hemd versammelt. Dickes, dunkelblondes Haar stand widerspenstig von einem auffallend kleinen Kopf ab und schien einen stetigen und erfolgreichen Kampf gegen jeden Kamm zu führen. Der Mann sprach ruhig, wurde aber dennoch von allen verstanden und erntete beiläufiges Kopfnicken.

»... erst einmal genehmigt, dann hat sie eine sichere rechtliche Position«, waren die ersten Worte, die Malthaner hörte, als er sich der kleinen Versammlung anschloss, das

Centurion am Lenker neben sich haltend. Der Umweltschützer schien etwa in Malthaners Alter zu sein. Nach dem Halbsatz, den Malthaner eben aufgeschnappt hatte, machte er eine kleine Pause, um die Worte wirken zu lassen, so wie ein Lehrer es tut, wenn seine Schüler ihm ausnahmsweise einmal an den Lippen kleben. »Aber«, fuhr der Mann mit den wirren Haaren fort, »die Anforderungen an eine Müllverbrennungsanlage steigen in dem Maße, in dem sich die Technik weiterentwickelt. Das sollten endlich auch die EWS und die Thermotec zur Kenntnis nehmen.« Beim letzten Satz hatte sich seine Stimme deutlich gehoben, ein rhetorischer Trick, der funktionierte. Applaus. »Man kann nicht neue Erkenntnisse über Schadstoffe und ihre fürchterlichen Wirkungen einfach ignorieren, wie diese Herrschaften es tun.« Er richtete den Zeigefinger drohend in Richtung der Schornsteine im Hintergrund. »Wir fordern im Namen der Bevölkerung Albstadts, die Missstände unverzüglich abzustellen. Hier wird mit der Gesundheit von Bürgerinnen und Bürgern gespielt, leichtfertig, ja, kriminell. So geht es nicht weiter, Herr Beilsteiner.« Jetzt war Bewegung in die Gruppe gekommen, der Beifall wurde lauter.

»Die Emissionen gas- und staubförmiger Stoffe, die hier Jahr für Jahr tonnenschwere Fracht bringen, gefährden unsere Gesundheit und die unserer Kinder. Sie beeinträchtigen unsere Atemluft und belasten Gewässer, Pflanzen, Tiere und über die Nahrungskette auch uns Menschen.« Allgemeines Klatschen. »Das Kohlendioxid, das hier entsteht«, wieder zeigte er auf die hässliche Anlage, die in krassem optischem Widerspruch zu den umgebenden Wäldern stand, »beschleunigt den Treibhauseffekt. Doch das alles ist den Herrschaften egal, die mit der Müllanlage den großen Reibach machen. Die EWS und die Thermotec kassieren ab, und wir atmen den puren Dreck.« Jetzt hatte er sich in Rage geredet, doch das brachte ihm nur noch stärkeren Beifall ein. Er sprach weiter. »Meine Damen und Herren, wissen Sie eigentlich, dass diese Anlage einigen Herrschaften das ganz große Geld beschert? Und der Geschäftsführer schiebt ein Jahresgehalt ein wie ein Spitzenmanager eines großen produzierenden Betriebs.« Mit dieser Bemerkung erntete der Sprecher Raunen. »Das heißt, die Bevölkerung musste nicht nur mit ihren Steuern für den Bau dieser skandalösen Anlage geradestehen, sondern wird noch ein weiteres Mal abkassiert. Die Bevölkerung von Albstadt hat viele Fragen, und sie hat ein Recht auf Antworten. Nicht nur die Betreiber dieser Anlage sind uns diese Antworten schuldig, auch unsere Kommunalpolitiker. Wieso haben sie zugelassen, dass auf diesem karstigen Boden eine gefährliche Müllanlage gebaut werden konnte?«

Während der BUNDler weiterredete, blickte Malthaner in die Runde. Ein bunt gemischtes Völkchen hatte sich zum Protest versammelt. Wenn sie repräsentativ für den neuen Widerstand gegenüber der Anlage standen, dann schienen alle Bevölkerungsschichten vom alternativ-bewegten Jugendlichen bis zum älteren Ehepaar plötzliche Zweifel an der Müllverbrennungstechnik zu plagen.

Der Redner kam jetzt immer mehr in Fahrt, Malthaner schnappte Begriffe wie »Hexachlorbenzol« auf, mit denen er wenig bis gar nichts anzufangen wusste. »... theoretisch maximal erreichbarer Wirkungsgrad ...« Malthaner fiel ein junger Bursche auf, der jetzt Fotos machte. Vorhin stand er vorne in der Menge und hatte sich etwas notiert. Ein Kollege vom *Alb-Blatt*? Ein Volontär möglicherweise. Vielleicht auch nur ein freier Mitarbeiter, denn wohlbestallte Redakteure hatten selten Lust, abends noch Termine wahrzunehmen, wie Malthaner nur zu gut wusste. Auf den Artikel morgen war er gespannt und fragte sich, wie er selbst wohl über diese kleine Demo vor dem hohen Zaun der Albstadter Müllanlage berichten würde. Es fiel Malthaner auf, dass der Wirrhaarige bisher nur über die Gefahren der Müllverbrennung geredet hatte. Von der Müllverwertung, die hier nach allem, was Malthaner wusste, auch betrieben wurde, hatte er noch kein Wort gesagt. »... haben lange geschwiegen, müssten uns jetzt umso lauter zu Wort melden ...«

Der junge Reporter kaute auf einem Kaugummi herum und fotografierte und fotografierte. Offensichtlich gab es beim *Alb-Blatt* keine Anweisung, sparsam mit Filmmaterial umzugehen, so wie Malthaner sie damals in seiner Zeit als Volontär beim *Tagblatt* zu hören bekommen hatte. Der Junge machte sich weiß Gott Mühe, er wechselte ständig seinen Standort, versuchte, unterschiedlichste Perspektiven zu wählen. Malthaner wünschte ihm, dass der Aufwand nicht umsonst war und irgendein vorgesetzter Redakteur das langweiligste aller Bilder aussuchte. Wie hatte Malthaner damals die Doppelbelastung Schreiben und Fotografieren gehasst! Musste ein Reporter beides möglichst gleichzeitig tun, litt zumindest eine von beiden Sachen darunter, das hatte er am eigenen Leib erfahren.

Der BUND-Mann bombardierte die Zuhörer mit Zahlen, von denen der junge Reporter sich nicht die Mühe machte, sie mitzuschreiben. Wahrscheinlich hatte er den Anschluss ebenso verloren wie Malthaner und der Großteil der Herumstehenden. »Grenzwert ...«, hörte Malthaner, ...«Dioxintoxitätsäquivalent ...«, »... Nachweisgrenze«, »... Kanzerogenes Risiko ...« Er zweifelte, ob so ein Massenprotest gegen die Anlage zu mobilisieren war. Auch wenn er spontan Sympathien für die Sache der Demonstranten aufbrachte, war ihm hier manches zu theoretisch, was womöglich von seiner aus Schulzeiten stammenden tiefen Abneigung gegen alles herrühren konnte, was mit Chemie oder Physik zu tun hatte.

Die Leute liebten einfache Wahrheiten, das war ihm in seinem Beruf schon vor vielen Jahren klar geworden.

Inzwischen diskutierten die Umstehenden unter sich, der BUND-Mann sprach – jetzt wieder sehr ruhig – mit einer kleinen Gruppe. Malthaner schob sich mit dem Pogo näher an den Mann heran, der sachlich und überzeugend auf drei junge Frauen einredete, Kindergärtnerinnen, wie Malthaner schnell mitbekam. Die Frauen erzählten, dass viele Kinder im Weststadt-Kindergarten an Allergien litten, zwei sogar an Pseudo-Krupp. Der junge Reporter lauschte und schielte bewundernd auf das Mountainbike. Auf Malthaner machte der Junge einen cleveren Eindruck. Die Kindergärtnerinnen verabschiedeten sich, das war für Malthaner die Chance. Schnell reichte er dem BUND-Mann die Hand und stellte sich vor. Der junge Reporter schaute verblüfft, als er seinen Namen hörte. »Hansjörg Bitzer«, stellte der Umweltschützer sich seinerseits vor,

»Hansjörg in einem Wort ohne Bindestrich.« Wenn er lachte, so wie in diesem Moment, wirkte Hansjörg ohne Bindestrich sehr sympathisch. Aus der Nähe kam er Malthaner größer vor. »Sagen Sie«, fragte er, »die Anlage steht seit fast zwanzig Jahren. Warum protestieren Sie erst jetzt dagegen?«

»Tja«, Bitzer blickte kurz zu Boden, bevor er Malthaner direkt in die Augen sah, »wie ich vorhin schon sagte: Wir alle haben viel zu lange geschwiegen. Wir haben zu lange die Augen geschlossen und wir haben zu lange den Politikern vertraut. Wir waren der irrigen Annahme, dass sie nur Gutes für die Stadt wollten. Hier hat uns die Zeit eines Besseren belehrt. Leider, leider.«

»Warum dann jetzt plötzlich der Widerstand?«

»Lieber zu spät als nie. Wenn sie aus Albstadt sind, dann wissen Sie, dass es bis vor kurzem hier zwar eine BUND-Ortsgruppe gab, die aber in der Öffentlichkeit kaum in Erscheinung getreten ist. Das hat sich vor einigen Monaten geändert, jetzt sind engagierte junge Leute im Vorstand, und wir wollen etwas bewegen. Und diese Skandal-Anlage da scheint uns ein sehr wichtiges Objekt für gerechtfertigten Protest.« Wie vorhin schon zeigte er durch den Zaun.

Malthaner erwiderte: »Ich bin nicht so ganz auf dem Laufenden, was die neuesten Entwicklungen in Albstadt angeht, ich bin nur für ein paar Tage auf Heimatbesuch hier.« Der Reporter musterte ihn unverhohlen neugierig.

Hansjörg Bitzer fuhr fort. »Es ist wirklich unglaublich, eigentlich müssten alle Albstädter auf die Barrikaden gehen. Nicht nur, dass diese Dreckschleuder hier uns alle krank macht. Bedenken Sie doch einmal, was es bedeutet, in unserem erdbebenträchtigen Gebiet eine solche Anlage zu bauen. Dazu noch auf dem karstigen Untergrund. Die Schwäbische Alb ist das größte Karstgebiet Europas. Das ist Wahnsinn. Der Zahn der Zeit nagt an der Alb, aber wir verdrängen das. Denken Sie doch nur daran, wie 1983 ein Teil des Albtraufes bei Mössingen auf einen Schlag zu Tal donnerte. Stellen Sie sich so etwas hier vor, mit der Müllverbrennungsanlage darauf.«

»Müllverbrennung, sagen Sie. Ich dachte, hier wird auch Müll verwertet.«

»Natürlich wird er das. Aber das ist nur ein Feigenblatt. Die Herrschaften da hinten sind daran interessiert, möglichst viel Müll zu verbrennen, das bringt das große Geld. Die Industrie liefert an und zahlt für die Verbrennung. So einfach ist das. Im übrigen wissen wir natürlich, dass jedes Verfahren zur Abfallbehandlung die Umwelt belastet, also auch die Wiederverwertung. Deshalb fordern wir – unabhängig von dieser skandalösen Albstädter Anlage – eine völlige Neuorientierung in der Abfallwirtschaft. Wir wollen eine Verwertung auf hohem Niveau, eine flächendeckende Bioabfall-Kompostierung. Insgesamt wird bei uns noch viel zu viel Wegwerfware produziert. Die Produktionsmengen und der Gehalt an Schadstoffen müssen drastisch gesenkt werden.« Hansjörg ohne Bindestrich dozierte. »Nur so hat dieser Planet überhaupt noch eine Zukunft.«

Die Menge zerstreute sich jetzt schnell. Einige der Demonstranten verabschiedeten sich persönlich von Bitzer, schüttelten ihm die Hand.

Malthaner fragte: »Was wollen Sie eigentlich erreichen: Dass dieses Müllmonster da drüben geschlossen wird?«

Bitzer lachte. »Das wäre zu schön. Aber so weltfremd sind wir nicht. Wir sind nur ein paar Umweltbewegte, die gegen das große Geld stehen. Da können Sie sich leicht ausrechnen, wie weit wir kommen. Nein, was wir möchten, ist zunächst, in der Bevölkerung ein Bewusstsein für die Gefahren der Müllverbrennung allgemein und dieser Anlage speziell zu schaffen. Und dann wollen wir unsere sogenannten Volksvertreter dazu zwingen, den Brüdern da drüben endlich auf die Finger zu schauen. Aber das wird wohl nur dann funktionieren, wenn wir einen breiten Widerstand hier in der Region mobilisieren können.«

Der Reporter hatte noch immer nichts gesagt, hörte aber weiter aufmerksam zu. Malthaner kaute auf der Unterlippe, fragte Bitzer schließlich: »Gibt es Untersuchungen über die tatsächlichen Gesundheitsgefährdungen, die von dieser Anlage ausgehen?«

»Nein«, sagte Bitzer. »Die müsste irgendwer finanzieren, doch daran hat niemand ein Interesse, der das Geld dafür hätte. Aber eines unserer Mitglieder ist Arzt, und er untersucht solche Fälle.«

»Dr. Schick«, sagte Malthaner.

»Hm. Stimmt. Sie sind wohl öfter auf Heimatbesuch, scheint mir.«

»Ich kenne Dr. Schick von früher.«

Bitzer blickte auf das Mountainbike. »Also, wo wir gerade bei Umweltfreveleien sind ...«

Malthaner grinste verlegen. »Ansichtssache, oder? Ich bleibe damit ja auf den Wegen. Meistens jedenfalls.«

»Ja, ja. Um Ausreden ist keiner verlegen, wenn es darum geht, sein eigenes Tun zu rechtfertigen. Aber das liegt wohl in unserer Natur. Ich selbst wandere zum Beispiel sehr gerne, obwohl ich mir bewusst bin, dass ich der Natur damit mehr schade als nutze, egal wie vorsichtig ich sein will.« Bitzer lachte, »... ich muss jetzt los ...«

Hansjörg Bitzer verabschiedete sich und schloss sich einem Grüppchen an, das eben im Begriff war, los zu marschieren.

Nur Malthaner und der junge Reporter, der so schweigend das Gespräch verfolgt hatte, standen noch vor dem mächtigen Zaun.

»Sie sind also der berühmte Jörg Malthaner.« Der Bursche streckte ihm die Hand entgegen. »Volker Vogt vom *Alb-Blatt.*«

»Sie kennen mich?«, fragte Malthaner tumb.

»Klaro. Ihre journalistischen Heldentaten sind jedem Schreiberling in Albstadt bekannt. Sie geben uns die Illusion, es vielleicht eines Tages doch noch zur *Landeszeitun*g zu schaffen.« Er grinste frech einen begriffsstutzigen Malthaner an. »Im Ernst: Sie sind doch in der baden-württembergischen Journaille eine große Nummer.«

»Danke für die Blumen, aber mittelgroß reicht.«

»Wer einmal den Wächterpreis der Tagespresse gewonnen hat, ist eine große Nummer«, beharrte der junge Vogt.

»Da war auch Glück dabei.«

»War 'ne große Story über Kindesmissbrauch.«

»Eine Story, die mich persönlich sehr mitgenommen hat.«

»Lassen Sie mich raten: das muss vier Jahre her sein, stimmt's?«

»Stimmt. Sie erinnern sich gut.«

»Damals war ich gerade in meinem ersten Jahr als Volo beim *Alb-Blatt*. Deshalb erinnere ich mich so genau an den Zeitpunkt. Mein Redaktionsleiter hat das damals als Aufmacher auf die erste Lokalseite gestellt. Ein Albstädter gewinnt den angesehensten deutschen Journalistenpreis. Das gibt es ja auch nicht alle Tage.«

»Sie sind ja bestens informiert«, sagte Malthaner amüsiert.

»Das gehört zum Job.« Vogt grinste breit. Malthaner mochte den Burschen, der weiterredete: »Was treibt sie auf die Höhen der Alb? Heimweh?«

»So ähnlich. Ich habe einiges zu erledigen. Da interessiere ich mich natürlich auch für die aktuellen Entwicklungen.«

Volker Vogt schaute ihn schief an und wurde nachdenklich. »Ganz schöne Scheiße, die Sache mit dieser Anlage.«

»Wie meinen Sie das?«

»Na ja, die verpesten hier die Luft, jagen krankmachende Stoffe aus ihren beiden schönen Kaminen, und keinen kümmert's.«

»Vielleicht müsste die Lokalzeitung sich intensiver um die Sache kümmern«, wollte Malthaner Vogt aus der Reserve locken. Der sprang drauf an. »Kommen Sie, Herr Malthaner. Sie wissen doch genau, wie die Sache bei einer kleinen Lokalzeitung läuft: nur ja nichts Kritisches. Wie sagt mein Redaktionsleiter: Wir sind eine Heimatzeitung, da wollen die Leute heile Welt und nichts, was ihnen morgens schon beim Frühstück aufstößt.« Verächtlich presste Vogt einen Schwall Luft durch die halb geschlossenen Lippen. »Mein Redaktionsleiter nennt das *der positiven Kritik verpflichtet.* Lieber macht er die Jahreshauptversammlung vom Turnverein zum Aufmacher als einen gründlich recherchierten Bericht über Krebs erregende Abfallverbrennung.« Malthaners nachdenkliches Kopfnicken ermunterte Vogt, er fischte eine Visitenkarte aus der Hose und drückte sie ihm in die Hand. Darauf war neben der Büronummer auch die private Adresse von Vogt zu finden. »Falls bei der *Landeszeitung* mal was frei wird«, sagte er mit einer Spur von Verlegenheit in der Stimme.

»Ich bin nicht der Personalchef.«

»Vielleicht hören Sie ja mal was«, beharrte der junge Reporter.

»Dann denke ich natürlich sofort an Sie«, sagte Malthaner.

»Danke, das wäre prima.«

»Nichts zu danken. Machen Sie sich keine übertriebenen Hoffnungen.«

»Ohne Hoffnung hätte ich den Job längst an den Nagel gehängt und würde heute bei Daimler am Band stehen.« Vogt sah aus, als würde er das ernst meinen, was er eben gesagt hatte.

»Machen Sie mal halblang. Unser Beruf hat unterm Strich viel mehr Vor- als Nachteile.«

»Für einen freien Journalisten mit einem so festen Standbein, wie Sie es bei der *Landeszeitung* haben, bestimmt. Aber für einen kleinen Lokalredakteur, der seit seinem

Volontariat keinen anderen Laden als das *Alb-Blatt* gesehen hat, nicht.«

»Ich kenne das. Schließlich habe ich die ganze Knochenmühle auch mitgemacht. Sie haben Ihre Zukunft doch noch vor sich. Wie alt sind Sie eigentlich?«

»Fünfdundzwanzig.«

»Na also, da stehen Sie doch noch ganz am Anfang.«

»Ihr Wort in Gottes Ohren. Aber, wissen Sie, ich habe nicht studiert, und das ist in unserem Beruf doch schon ein großes Manko. Wenn ich mich heute irgendwo bewerbe, trete ich gegen 100 Konkurrenten an, von denen 70 ein abgeschlossenes Studium haben.«

Natürlich hatte er recht. Malthaner wollte diesem sympathisch-offenen Jungen dennoch Mut machen. »Na ja, es gibt noch immer Verleger, denen Lebenserfahrung wichtiger ist als irgendein Diplom.«

»Diese Sorte Verleger stirbt langsam aus.« Auch da hatte er recht. Vogt redete weiter: »Und so weit ist es mit der Lebenserfahrung auch nicht her.«

»Mit fünfundzwanzig Jahren hat man doch schon einige erlebt, auch in Albstadt«, versuchte Malthaner ihn aufzubauen. Jetzt lachte Vogt wieder. »Na ja, Abitur, Bundeswehr, ein paar Monate USA, das war es dann auch schon so ziemlich ...«

»Das ist doch schon eine ganze Menge. Waren Sie drüben in Meßstetten beim Bund?«

»Natürlich. Auch wenn die große Zeit der Luftüberwachung dort vorbei ist, schicken sie doch noch immer jeden hier aus der Gegend nach der Grundausbildung hin.« Vogt blickte auf die Uhr und wirkte plötzlich, als hätte er eine heiße Kartoffel angefasst. »Meine Güte, wir verplappern uns hier und ich müsste längst wieder in der Redaktion sein. Der Artikel muss schließlich noch ins Blatt.«

»Ich muss auch los«, entgegnete Malthaner, »nett, Sie kennen gelernt zu haben, Kollege.«

»Hat mich auch gefreut. Wie gesagt: Wenn bei Ihnen mal was frei wird, sagen Sie's mir.« Vogt fügte mit einem Blick auf das Pogo hinzu: »Echt geil, Ihr Bike.«

»Finde ich allerdings auch.«

Malthaner nahm nicht die Straße zurück, sondern schlug sich mit dem Rad in den Wald. Wenn der bindestrichlose Bitzer ihn so sehen könnte, würde er ihm vermutlich etwas über Umweltfrevel erzählen.

Kapitel VI

Das *Village* gab es seit fünfzehn, sechzehn Jahren. Erstaunlicherweise hatten auch mehrere Pächterwechsel der Atmosphäre auf Dauer nichts anhaben können. Gemütlichkeit war noch immer Trumpf, und die Kneipe konnte auf eine Legion von Stammgästen zählen, die ihr auch in schlechteren Zeiten die Treue gehalten hatte. Seit einiger Zeit betrieb Toni, ein rundlicher Mittvierziger, den Laden. Malthaner hatte das *Village* in den letzten Jahren fast bei jedem Heimatbesuch mindestens einmal aufgesucht. Es herrschte Leben, als er durch die Tür trat.

Rudi saß an der Theke, wo er mit einer hübschen blonden Bedienung flirtete. Der Hauptkommissar sah aus wie aus dem Ei gepellt. Er trug eine ockerfarbene Hose mit den unvermeidlichen Bügelfalten, blitzblank polierte schwarze Halbschuhe, die aussahen, als hätte er sie vor fünf Minuten in einem italienischen Nobelgeschäft gekauft, und eine schwarzes Poloshirt, das seine muskulöse Figur betonte. Gegenüber Rehberg kam sich Malthaner in seiner Jeans und dem alten Levis-T-Shirt fast schmuddelig vor. Vor sich hatte Rehberg ein halb leeres Glas oder ein halb volles Glas Pils stehen – je nach Ansicht. Noch bevor Malthaner etwas sagen konnte, orderte Rudi bei der höchstens fünfundzwanzigjährigen Bedienung zwei weitere Pils, eins für sich und eines für den Freund.

»Wie bekommt dir die Heimatluft?«, fragte Malthaner und gab ihm einen Klaps auf die Schulter.

»Bis jetzt noch ganz gut«, sagte Rehberg und fischte eine Zigarette aus der Marlboro-Schachtel, die er vor sich auf der Theke liegen hatte. »Und selbst? Wie läuft's zuhause?«

»Du kennst ja meine Mutter, sie war schon immer ein wenig schwierig, keine Ahnung, wie das weitergeht. Dann sind da noch ihre gesundheitlichen Probleme. Wie geht es deinen Eltern?«

»Ganz gut, sie klagen über die üblichen Beschwerden des Alters, aber sie haben ihre Hobbies und sind so weit zufrieden mit ihrem Leben.« Er inhalierte tief. »In Albstadt scheint sich nicht viel geändert zu haben«, sagte Rudi, »genau genommen hat sich hier seit zwanzig Jahren nicht viel geändert.«

»Sei doch froh, wenn es auf unserer verrückten Welt noch ein ruhiges Plätzchen gibt, wo du deinen Anker werfen kannst, wenn dir danach zumute ist.«

Rudi frotzelte: »Jög Malthaner, der Philosoph. Das war schon immer so.« Sie tranken aus ihren Gläsern, Rudi leerte seines mit einem kräftigen Schluck. »Soll ich mit dem Bestellen noch warten, bis du so weit bist?«, wollte er wissen.

»Junge, Junge, du legst ja ein ordentliches Tempo vor.«

»Heute scheint ein guter Tag zu sein, um sich zu besaufen. Wie oft sind wir hier schon zur Tür hinausgeschwankt?«

»Da erinnere ich mich an einige Male«, sagte Malthaner grinsend und gab der Bedienung mit der Hand das Zeichen, zwei neue Pils zu bringen. Es war das übliche Ritual, sie erinnerten sich an die alten Geschichten, tranken zwei weitere Pils. Rehberg bestellte zusätzlich für jeden von ihnen einen Whiskey; eine Marotte, die Malthaner seit langem an ihm kannte. Dann wollte Rehbger sich heute also tatsächlich besaufen. Das war bei Rudi schon früher so gewesen: wenn Suff, dann ordentlich. Sie plauderten, Malthaner spürte die wohlige Wirkung des Alkohols. Sein Gesicht glühte. Da war plötzlich wieder die alte Vertrautheit zwischen den Freunden.

Rehberg kippte den Whiskey in einem Zug. Für einen Außenstehenden würde er auch nach dem zehnten Bier und fünften Whiskey nicht betrunken wirken, nur wer ihn kannte, wusste die Anzeichen des Rausches an ihm zu deuten.

Aus ganz leicht geröteten Augen blickte Rudi ihn an. Als hätte er etwas auf dem Herzen, setzte er zu einem Satz an, verschluckte ihn aber gleich wieder. Eine irritierende Pause mischte sich in das Gespräch.

»Was wolltest du sagen?«, fragte Malthaner. Rudi drehte sein Bierglas zwischen Zeigefinger und Daumen.

»Weinst du deiner Britta eigentlich manchmal nach?«, antwortete er mit einer Gegenfrage.

»Nicht mehr so oft«, blieb Malthaner mit seiner Antwort unverbindlich. Dunkel ahnte er, worauf diese Einstimmung hinführen könnte – und tatsächlich brach es aus Rehberg heraus:

»Zwischen Cordula und mir funktioniert es nicht mehr besonders. Sie sagt es zwar nie so deutlich, aber sie hasst es, mit einem Bullen verheiratet zu sein, der nie da ist. Vor zwei, drei Jahren wollte sie noch Kinder, da wollte ich nicht. Inzwischen redet sie nicht mehr von Kindern. Sie zieht sich immer mehr von mir zurück. Und sie hasst es, in Stuttgart leben zu müssen. Manchmal glaube ich, es dauert nicht mehr lange, und ich bin ein weiterer Fall in der Statistik geschiedener Polizisten.«

Malthaner stellte sich Cordula vor, eine Frau von seltsam spröder Attraktivität. Ihr Mund war zu schmal für eine Schönheit, ihre Nase zu groß, die Augen standen zu weit auseinander. Und doch: alles zusammen machte sie ausgesprochen attraktiv. Sie wirkte auf Männer, auch auf ihn, musste Malthaner sich eingestehen. Zu seiner Zeit in Mannheim hatte Rudi Cordula kennen gelernt. Damals hatte sie bei einer großen Industrieanlagenfirma, an deren Namen Malthaner sich nicht erinnern konnte, als Sachbearbeiterin gearbeitet. Nach ihrem Umzug nach Stuttgart fand sie eine Stelle im Finanzministerium, wo sie seither tätig war. Wenn er recht darüber nachdachte, fand Malthaner, dass Cordula in den letzten Jahren tatsächlich ein wenig verhärmt wirkte. Die Züge um ihren schmalen Mund waren härter geworden, und von ihrer früheren Fröhlichkeit schien sie einiges verloren zu haben. Das war Malthaner noch nie so recht bewusst geworden, allerdings hatte er sich auch noch nie die Mühe gemacht, über Cordula nachzudenken. Für ihn war sie einfach Rudis Frau.

Malthaner wusste nicht so recht, was er sagen sollte. Rudi spülte mit Bier nach und machte ein Gesicht, als wäre ihm plötzlich bewusst geworden, wie bitter es schmeckt. »Was heule ich dir hier vor?«, sagte er, »Du hast mit Britta ja eine ähnliche Geschichte durchgemacht.«

»Immerhin waren wir nicht verheiratet.«

»Was ändert das?«, fragte Rudi und blickte auf den Boden seines Pilsglases, als lese er eine Grabinschrift. Er bestellte: zwei Pils, zwei Whiskey. Die Bestellung rief er lauter über den Tresen, als er es vor fünfzehn Minuten getan hatte.

»Lass uns von anderen Dingen reden«, wechselte Rudi das Thema. »Ich bin schon seit heute Morgen in Albstadt und habe auch schon gearbeitet. Erst habe ich Opa Hochdorf aufgesucht, er ist schwer krank. Der Tod von Dietmar wird ihm den Rest geben, wenn ich mich so salopp ausdrücken darf.«

»Knochenkrebs, ich weiß.«

Rudi fixierte Malthaner. Sein Blick war ein Fragezeichen. Ohne das »Woher?« abzuwarten, fuhr Malthaner fort: »Ich kenne seinen Arzt, genauer gesagt dessen Tochter. Sie ist ebenfalls Ärztin. Vielleicht erinnerst du dich an sie: Brigitte Schick. Ich war als junger Bursche mal kurz mit ihr zusammen.«

Das Fragezeichen blieb. So sehr Rehberg in seinem Gedächtnis nach dem Namen kramte, er schien ihm nichts zu sagen; er zuckte mit den Achseln. Malthaner deutete seine neue Beziehung zu Brigitte an, worauf Rudi die linke Augenbraue hob. »Du hast was mit dieser Brigitte?«

»Wenn du es so ausdrücken willst, ja.« Malthaner setzte den Hauptkommissar in knappen Zügen über die Forschungen von Brigittes Vater und den von ihm vermuteten Zusammenhängen mit der Müllanlage auf dem Stierberg ins Bild. Rehberg stieß einen leisen Pfiff aus. Alkohol hin oder her, er wirkte konzentriert auf Malthaners Geschichte. Die hübsche Blonde stellte lächelnd Whiskey und Pils auf die Theke. Diese beiden Quartalssäufer versprachen ein gutes Trinkgeld.

Rudi nahm wieder das Wort. »Heute Mittag habe ich mich mal in Einsteins Wohnung umgesehen. Schönes Appartement, muss ich sagen.« Sein Blick nagelte Malthaner fest, als er wie beiläufig in die Gesäßtasche griff. »Dabei habe ich unter anderem das gefunden.« Mit einer schwungvollen Geste, deren Theatralik möglicherweise dem Whiskey zuzuschreiben war, beförderte Rudi einige mehrfach zusammengefaltete Zeitungsausschnitte auf die Theke. »Du wirst staunen.«

Malthaner staunte tatsächlich. Das erste Blatt, das er auseinanderfaltete, war eine Kopie des Berichtes, mit dem die Albstädter Lokalzeitung seinerzeit die Leser darüber aufgeklärt hatte, dass der aus Albstadt stammende Journalist Jörg Malthaner den Wächterpreis der Tagespresse gewonnen hat. Ein weiteres Blatt, das er auseinanderfaltete, war wieder eine Kopie eines Artikels aus dem *Alb-Blatt.* Ein Zweispalter, in den ein altes Bild von Malthaner eingeblockt war: *Albstädter Journalist gewinnt mit 20.000 Mark dotierten Medienpreis.* Das war vor drei Jahren gewesen, als er in der *Landeszeitung* über den gefährlichen Weg von Schulkindern in Stuttgart geschrieben hatte. An einem Zebrastreifen hatte es in kurzer Zeit drei tragische Todesfälle gegeben. Jahrelang hatten Eltern dort eine Ampelanlage gefordert, ohne dass die Behörden reagiert hätten. Kaum war Malthaners groß aufgemachter Bericht erschienen, wurde eine Ampel installiert. Seither war es Malthaners Wissen nach dort nicht mehr zu einem Unfall gekommen. Der damalige Leiter der Lokalredaktion der *Landeszeitung,* der Vorgänger von Martin Kaiser, hatte den Artikel ohne Malthaners Wissen für den Medienpreis eingereicht.

Rehberg beobachtete den Jugendfreund, wie er die Artikel überflog, und wirkte dabei wieder völlig nüchtern. »Du hast dafür gesorgt, dass die Heimatstadt dich nicht vergisst.«

»Nicht ich. Die *Landeszeitung* verbreitet immer, wenn ihre Redaktion einen Preis gewinnt. Das kann dann auch dem *Alb-Blatt* nicht entgehen.« Er faltete das dritte Stück Papier auseinander, das Rudi aus der Tasche gezogen hatte, einen im vergangenen Jahr erschienenen Bericht aus dem *Alb-Blatt.* Es war ein Artikel darüber, dass der *inzwischen landesweit bekannte Redakteur Jörg Malthaner aus Albstadt wieder bei einem namhaften Journalistenwettbewerb erfolgreich war.* Mit einer Story über einen jungen Mann, den ein ärztlicher Kunstfehler in den Rollstuhl gebracht hatte, hatte Malthaner in einem Journalistenwettbewerb über soziale Themen einen zweiten Preis gewonnen und sich die gesamte Stuttgarter Ärzteschaft zu Feinden gemacht.

»Hast du eine Ahnung, warum ich das bei Dietmar Hochdorf finde?«, fragte Rehberg mit dem Pilsglas in der Hand.

»Keine Ahnung, absolut keine Ahnung.«

»Drei Artikel aus dem *Alb-Blatt*, die sich mit deiner beruflichen Karriere befassen. Gefunden in der Wohnung von Einstein, der umgebracht wird, nachdem er sich mit dir verabredet hat. Was soll das?«

Malthaner rutschte auf dem Barhocker herum, der plötzlich unbequem wurde. Er blickte hilflos umher. »Du bist der Bulle, also sage mir, was das zu bedeuten hat.«

»Weiß ich nicht. Aber das ist längst nicht die wichtigste offene Frage in dem ganzen Fall. Dietmar Hochdorf, unser Klassenkamerad, war ein ganz schön schillernder Paradiesvogel, weißt du das?«

»Nee. Du weißt doch, dass wir uns nach dem Abi aus den Augen verloren hatten. An Einstein habe ich in den letzten zwanzig Jahren nun wirklich nicht viel gedacht.«

Rehbergs Pilsglas war wieder leer. Malthaner hatte einige Mühe, dieses Tempo mitzugehen. Der Hauptkommissar wirkte überhaupt nicht mehr, als hätte er zu tief ins Glas geschaut. »Wir haben in dem ganzen Fall bisher keine Spur gehabt, das habe ich dir schon vor einigen Tagen gesagt. Also verfolgen wir das Leben von Dietmar Einstein Hochdorf rückwärts, und ich sage dir, es ist ein Puzzle, das verdammt schwer zusammenzusetzen ist. Eines ist sicher: Er hat in seinen 38 Jahren mehr erlebt als ein dutzend Durchschnitts-Albstädter in einem doppelt so langen Leben.«

»Manche leben einfach schneller«, bemerkte Malthaner und nippte am Whiskey. Das wohlige Gefühl, das der Alkohol ihm bescherte, bildete einen enormen Kontrast zu der wie unwirklich erscheinenden Situation. Hier saßen sie, zwei Albstädter aus Stuttgart, zusammen in einer Kneipe in ihrer Heimatstadt und sprachen über einen ehemaligen Mitschüler, der zwei Jahrzehnte von der Bildfläche verschwunden war und dann als Leiche wieder auftauchte.

»Ob Dietmar das *Village* wohl gefallen hätte?«

»Beim besten Willen: Ich weiß es nicht.« Jetzt leerte auch Malthaner sein Glas. Rudi hatte der Bedienung mit Augenkontakt eine neue Bestellung aufgegeben. In den letzten Minuten hatte sich das Lokal weiter gefüllt, doch

Malthaner schien das völlig unbedeutend. Er saß wie unter einer Glocke und fühlte sich in diesem Augenblick nicht als Bestandteil des Geschehens um sie herum. Ihm war, als wollte er Rehberg etwas fragen, er wusste aber nicht, was.

»Es ist so«, Rehberg fuhr fort, »Einstein hat eine Banklehre gemacht, war beim Bund in Meßstetten, hat dort auf vier Jahre aufgelegt und eine Einzelkämpferausbildung absolviert, war für die Bundeswehr zwei Jahre auf einem Nato-Luftwaffenstützpunkt auf Sardinien, verschwand später für einige Zeit in die USA, wo er vermutlich herumreiste und -gammelte, arbeitete später wieder eine Zeit lang bei der Bank und verschwand dann erneut: Südamerika, Asien. Und ich rede nicht von dreiwöchigen Urlauben, sondern von monatelangen Aufenthalten. Es ist leider sehr schwierig, Dietmars Werdegang nachzuvollziehen, weil wir auf die Hilfe der Behörden in diesen Ländern angewiesen sind. Ich frage mich, wie hat Einstein ein solches Leben finanziert?«

»Es gibt viele Aussteiger, die von der Hand in den Mund leben«, warf Malthaner ein.

Das Bier und der Whiskey kamen.

»Die Aussteiger werden in aller Regel nicht ermordet.«

»Und sind in aller Regel nicht mit mir im *Chez Severin* verabredet.«

»Ich werde dich leider auf die Liste der Verdächtigen ganz nach oben setzen müssen. Schließlich bist du vielleicht der Letzte, der mit einem lebenden Dietmar geredet hat. Und er hatte einen Zettel mit Deinem Namen dabei. Meine Kollegen haben mir schon sehr deutlich klar gemacht, dass sie dich heftiger in die Mangel nehmen würden, als ich das mache. Die Nummer mit unserer langen Freundschaft kommt ihnen ein bisschen komisch vor.«

»Dann zeige ich mich heut' Abend erkenntlich für deinen Großmut und übernehme die Latte hier.« Malthaner deutete auf die Gläser. Was wollte er Rudi nur fragen?

Sie stießen mit den Pils an und tranken. Malthaner rülpste.

Rehberg musste pinkeln. Als er von der Toilette zurückkam, redete er weiter, noch bevor er wieder auf dem Hocker Platz genommen hatte. »Morgen Vormittag spreche ich mit Dietmars Chef bei der *Alb-Kasse.* Vielleicht erfahre ich da irgendetwas.«

»Morgen früh?« Malthaner grinste. »Morgen früh liege ich im Bett und schwöre mir, nie mehr etwas zu trinken, wenn das hier so weiter geht. Ich bin schon jetzt ein wenig angeschlagen.«

»Sieht man.«

Die rechte Hand von Malthaner umschloss fest sein Whiskeyglas. »Prost«, sagte er lauter als notwendig. Es gab ein helles Geräusch, als sie die Gläser zusammenstießen. Wie es Rudi vorhin getan hatte, leerte auch Malthaner jetzt sein Glas in einem Zug. Sie bestellten neu. Diesmal nur Whiskey. Das Gesöff wurde mit jedem Glas besser.

»Eines fällt mir jetzt auf«, sagte Malthaner leicht undeutlich. »Einstein hat gesagt, er lebe seit zwei Jahren wieder in Albstadt. Richtig?«

»Richtig«, bestätigte Rudi, der keine Ahnung hatte, worauf Jörg hinaus wollte.

»Überleg doch mal: Zwei der Zeitungsausschnitte, die du mir eben gezeigt hast, sind älter als zwei Jahre. Also muss sie ihm irgendwer zurückgelegt haben.«

»Muss nicht sein. Vielleicht hat er sie ausgeschnitten, als er gerade mal wieder für kurze Zeit aus der großen, weiten Welt zurück war. Vielleicht ist er auch vor einer Woche zum *Alb-Blatt* marschiert und hat die Artikel aus deren Archiv.«

Malthaner, der selbst auf diese Erklärung hätte kommen können, brummte. »Hmmm. Kann natürlich auch sein.«

»Ja. Kann sein. Kann sein auch nicht. So ist alles an diesem Fall. Undurchsichtig.«

»Die Polizei tappt im Dunkeln«, hörte Malthaner sich selbst sagen. Er musste kichern. »Prost. Auf wen oder was trinken wir diesmal?«

»Auf die alte Heimat.«

»Auf die alte Heimat.«

Eine Stunde und mehrere Whiskeys später brachen sie auf.

Beide waren sie mit ihren Autos gekommen, und beide setzten sie sich ans Steuer. Ein Bulle und ein Journalist, die sturzbetrunken durch das nächtlich-ruhige Albstadt fuhren. Malthaner überlegte, ob er zu Brigitte fahren sollte, entschied aber, dass das keine gute Idee wäre. Brigitte würde es genauso sehen.

Ein stechender Schmerz in der linken Kopfhälfte.

Durst. Malthaner drehte sich auf die rechte Seite, der Schmerz im Schädel wurde schlimmer und schien sein

Hirn durchbohren zu wollen. Übelkeit stieg in ihm hoch. War er so besoffen gestern Abend? Geraucht hatte er nicht, wenn er sich recht erinnerte. Das war schon mal ein gutes Zeichen.

Endlich schlug er die Augen auf. Die Sonne flutete durch das Fenster. Entgegen sonstiger Angewohnheit hatte er in der Nacht den Rolladen nicht geschlossen. Hatte es einfach vergessen. Mühsam versuchte Malthaner, sich über seinen derzeitigen Zustand klar zu werden. Den pochenden Schmerz im Kopf würde er vermutlich noch ein paar Stunden ertragen müssen. Mehr Sorgen machte ihm der Magen-Darm-Trakt. So bedrohlich, dass er würde kotzen müssen, schien ihm sein Zustand aber nicht zu sein. Oder doch? Ächzend stemmte er sich vom Bett hoch und schwang die Beine auf den Boden. So blieb er eine Minute sitzen, horchte in sich hinein, beschloss schließlich, ganz aufzustehen. Er schwankte, ein Düsenjäger flog durch seinen Kopf.

Malthaner arbeitete sich bis zu dem alten Schreibtisch in seinem Zimmer, auf dem er die Armbanduhr vermutete. Zehn Uhr fünfzehn. Hätte schlimmer kommen können. Er ging ins Bad und duschte. Im Spiegel sah er einen alten Mann mit fahler Haut und Ringen unter den Augen, der ihn dämlich anglotzte.

Aus dem unteren Stockwerk klang die Stimme seiner Mutter, die offensichtlich mit jemandem telefonierte. Gerade, als Malthaner registriert hatte, dass es in dem Telefongespräch um ihn ging, rief seine Mutter von unten herauf. Das Telefongespräch war also für ihn. Mit nassen Haaren kämpfte er sich die wenigen Treppenstufen hinab. Seine Mutter hielt ihm den Hörer entgegen, sagte nichts, ließ aber ihren Blick Bände sprechen. Wahrscheinlich war er ziemlich laut gewesen, als er in der Nacht nach Hause gekommen war.

»Ja?«, krächzte er ins Telefon.

Am anderen Ende der Leitung war ein gut gelaunter Rüdiger Rehberg. »Schon aus den Federn?«

»Nein«, entgegnete Malthaner und setzte sich auf die unterste Treppenstufe, den Hörer in der Hand. »Warum schreist du so?«

»Ich schreie nicht, aber du scheinst kleinere Trinkgelage nicht mehr so gut zu überstehen. Muss wohl das Alter sein«, höhnte Rehberg.

»Sieben oder acht Bier und wer-weiß-wieviele Whiskey, wenn ich mich recht erinnere. Das hätte mich auch früher schon halbwegs umgebracht.«

Der Düsenjäger kam zurück.

»Ich habe zwar nicht mitgezählt, aber deine Rechnung könnte hinhauen. Wie dem auch sei: Komm in die Gänge. Du bist heute Mittag bei Einsteins Beerdigung, nehme ich an?« Ohne eine Antwort abzuwarten, redete er weiter. »Wer weiß, vielleicht ist der Mörder auch da. Halte ich zwar für unwahrscheinlich, aber mir sind schon die unglaublichsten Dinge untergekommen. Ich möchte, dass wir heute auf dem Friedhof so tun, als würden wir uns nicht kennen.«

»Jeder in dieser Stadt, der uns kennt, weiß, dass wir gemeinsam mit Dietmar Abitur gemacht haben. Wieso sollten wir uns jetzt plötzlich nicht mehr kennen?«

»Ich möchte das auf jeden Fall so durchziehen. Es könnte ja sein, dass der Mörder dich kennt, mich aber nicht. Allerdings gebe ich gerne zu, dass das alles sehr weit hergeholt ist.«

»Das kann man wohl sagen.« Malthaner stöhnte. »Ich werde jetzt erst einmal eine Aspirin frühstücken.«

»Guten Appetit.«

Sein Frühstück bestand aus Kaffee, Wasser und Aspirin. Anschließend machte er sich auf den Weg zur Albstädter Bücherei, wo er die Ausgaben der *Landeszeitung* der letzten Woche durchblättern wollte. Gestern fand er keine Zeile über den hässlichen Tod Dietmar Hochdorfs im Blatt. Hauser hatte er bei ihrem Telefonat nicht danach fragen wollen. Vor allem wollte er nicht ausdenken, wie Hauser reagieren würde, wenn er wüsste, dass Malthaner diese Story sozusagen direkt vor der Nase lag und er ihm nichts davon gesagt hatte.

In der Bücherei herrschte wenig Betrieb. Einige Schüler verloren sich in dem großen Gebäude. Für eine Stadt mit 50000 Einwohnern hatte Albstadt schon immer eine vorzügliche Bücherei gehabt. Er war schon einige Jahre nicht mehr hier gewesen, musste sich zu den aktuellen Zeitungen durchfragen. In den Ausgaben der *Landeszeitung* war keine Zeile über den grausamen Mord zu finden. Er blätterte auch die *Stadtnachrichten* durch, die hier ebenso wie zwei dutzend weiterer Tageszeitungen eingesehen werden konnten. Nichts. Das hatte er schon vermutet. Hätte Hauser etwas von der Sache mitbekommen, dann hätte er auch gewusst, dass das Opfer aus Albstadt stammte und ihn entsprechend gelöchert. Aber Hauser wusste ganz offensichtlich nichts von dem Geschehen im Flughafen-Parkhaus.

Jetzt fiel es Malthaner wieder ein. Das war die Frage, die er Rehberg gestern stellen wollte: wie die Stuttgarter Presse auf die Mordgeschichte reagiert hatte. In der alkoholgeschwängerten Atmosophäre hatte er es vergessen. Wie konnte er nur. Was für ein Armutszeugnis für einen Journalisten. Er vermutete, dass Rudi und seine Männer die Sache so lange wie möglich unter dem Teppich halten wollten. So etwas funktionierte nicht oft. Klar, die Polizei stand mit einem Mord da, zu dem sie gar nichts sagen konnte. Entsprechende Berichterstattung der Medien würde sie ganz schön unter Druck setzen. Da wollten Rudi und seine Vorgesetzten vermutlich warten, bis sie etwas in der Hand hatten, dass sie der schreibenden und sendenden Meute vorwerfen konnten. Heute würde er Rudi danach fragen. Ganz bestimmt würde er es nicht wieder vergessen.

Seine Begeisterung für gemütliche Kneipen hatte etwas gelitten, was aller Erfahrung nach aber eine vorübergehende Erscheinung bleiben würde.

Sein Kater fuhr mit, als er zum Friedhof fuhr. Nur wenige Trauergäste hatten sich auf dem Friedhof eingefunden. Etwa ein dutzend Frauen und Männer warteten vor der Aussegnungshalle. Etwas abseits stand Rehberg in einem dunklen Anzug. Auf der Nase hatte er eine dunkle Sonnenbrille. Ein gebeugter alter Mann fiel Malthaner auf, der Dietmars Großvater sein musste. Er ging mühsam, einen Stock in der linken Hand, rechts gestützt von einer Frau mittleren Alters. Die Krankheit hatte ihn gezeichnet, er war dünn, Haut wie Pergament spannte sich übervorstehenden Backenknochen, das dünne, weiße Haar war streng zurückgekämmt. Malthaner stellte sich vor, dass dieser Mann noch vor wenigen Jahren einen stattlichen Eindruck gemacht und eine natürliche Autorität ausgestrahlt haben mochte. Der alte Mann blickte Malthaner im Vorbeigehen scharf an, so wie er alle Umstehenden anschaute. Diese Augen vergaß man nicht, wenn sie einen angeblickt hatten, und sei es nur für Sekunden gewesen. Sie strahlten so etwas wie einen ungebrochenen Willen aus. Der Mann hatte einen schweren Gang vor sich. Er war todkrank, und doch ging ihm sein Enkel im Tod voraus.

Rehberg hielt Abstand, als sich die kleine Trauergemeinde gemessen in die Aussegnungshalle bewegte, ganz am Ende reihte sich Malthaner ein. Eine Hand legte sich auf seine Schulter. Hansi Schneider, leicht außer Atem, begrüßte ihn leise. Sah aus wie immer. Hansi war einer jener Typen, die sich im Lauf der Jahre äußerlich nicht veränderten. Nur die neue Brille fiel Malthaners geschultem Journalistenblick sofort auf. Hansi und Rehberg waren die beiden einzigen Menschen, die Malthaner hier kannte. Von den früheren Klassenkameraden keine Spur. »So schnell ist man vergessen«, murmelte Malthaner und erntete einen schrägen Blick von Hansi. »Was?«

»Nichts weiter. Ich habe mehr zu mir selbst geredet.«

Sie nahmen in den vorderen Stuhlreihen der kalten Halle Platz. Vorne stand ein geschmückter Sarg. Malthaner schluckte trocken. Ihm war unwohl, und das lag nicht nur an seinem Kater.

Er drehte leicht den Kopf. Rehberg hatte drei Reihen schräg hinter ihm Platz genommen. Die Sonnenbrille hielt er in den Händen. »Darfst du Rudi heute auch nicht kennen?«, fragte er Hansi leise krächzend.

»Ja, er hat mich angerufen. Klingt für mich zwar wie in einem zweitklassigen Film, aber er wird schon wissen, was er tut.«

Der evangelische Pfarrer war Malthaner dem Namen nach bekannt, er wirkte schon seit langem in Albstadt. Der Gottesmann hatte offenbar Schwierigkeiten, Dietmars kurze Lebensgeschichte einigermaßen lückenlos zu rekapitulieren. Von dem Tod, der ihn so plötzlich ereilt habe, war die Rede, von Gott, der schon wisse, was er tut, und von der Hoffnung auf ein besseres Dasein wo auch immer. Das Wort Mord vermied der Pfarrer. Ob er überhaupt so genau wusste, wie Dietmar dem irdischen Dasein entrissen wurde? Neues erfuhr Malthaner nicht über Dietmar Hochdorf.

Der Großvater von Dietmar hielt sich erstaunlich gut. Mit versteinertem Gesicht folgte er den Ausführungen des Pfarrers. Tränen hatte der alte Mann keine mehr.

Die Eingangstür der Halle knarrte vernehmbar. Nicht nur Malthaner drehte sich um. Er stutzte. Herein kam verlegen zu Boden blickend Volker Vogt, der junge Reporter.

Die Zeremonie dauerte nicht lange. Viel zu lange aber für Malthaner, der Beerdigungen hasste, seit er als Jugendlicher, als Kind eigentlich noch, am Grab seines Vaters stehen musste. Der Sarg wurde auf einem kleinen Wagen mit vier Rädern aus der Halle zum Grab gerollt, die Trauergemeinde marschierte hinterher. Ein kleiner Posaunenchor spielte. Malthaner fühlte sich elend. Auch wenn Dietmar vor langer Zeit aus seinem Leben verschwunden war, bedrückte ihn diese Beerdigung mehr, als er es erwartet hätte. Die Situation hatte etwas unausweichlich Endgültiges. Ihn fröstelte, obwohl die Sonne heiß vom Firmament brannte.

Wieder hielt sich Rehberg am Ende des Zuges. Wie er selbst, hatte auch Rudi die Augen offen, beobachtete die Szenerie genau. Vogt war nirgends zu entdecken, als sie vor dem Grab ankamen. Die vier Sargträger wuchteten den Sarg in die Grube. Endstation.

Volker Vogt hatte sich zurückgezogen, stand im Schatten der Aussegnungshalle, als sich die Trauernden vom Grab zurückzogen. Er passte Malthaner ab, der zusammen mit Hansi das Friedhofsgelände verlassen wollte. »Überraschend, Sie hier zu treffen«, sagte er.

»Danke. Gleichfalls.«

Malthaner stellte vor: »Hansi, das ist Volker Vogt vom *Alb-Blatt.* Und das, Herr Vogt, ist Hans-Jürgen Schneider, ein Bekannter.« Sie begrüßten sich flüchtig. Mit dem Hinweis darauf, dass er in sein Büro bei der Hartmann AG zurück müsse, verabschiedete sich Hansi. »Ich ruf' dich an, Jörg.«

»Kannten sie Dietmar Hochdorf? «, wollte Malthaner von Vogt wissen, der – passend zum Anlass – einen dunkelblauen Anzug trug. Der junge Redakteur kaute auf der Unterlippe, wollte Malthaners Blick ausweichen. »Wie man' s nimmt«, antwortete er.

»Was soll ich mit dieser Antwort anfangen?«

»Lassen Sie uns woanders reden. Hier haben zu viele Leute die Ohren offen.« Ein unpassender Satz auf einem Friedhof, wie Malthaner fand, dessen Neugier aber geweckt war. Was konnte Vogt ihm anvertauen, was für andere Ohren nicht gedacht war? »Kommen Sie raus auf den Parkplatz. Da kann uns keiner belauschen.«

»Die Sache ist die«, begann Vogt umständlich, »ich weiß, wer Dietmar Hochdorf ist. Was ich aber nicht weiß, ist, in welcher Verbindung Sie zu ihm stehen.«

»Wir haben zusammen Abitur gemacht.«

»Dann sind Sie wegen seiner Beerdigung nach Albstadt gekommen?«

»Nein, ich hatte andere Gründe für einen Besuch. Aber was verbindet Sie mit dem toten Dietmar?«

»Wie Sie vielleicht gestern Abend bemerkt haben, mag ich diese Müllanlage da oben nicht.« Sein Zeigefinger zielte in die Richtung, in der er den Stierberg vermutete. »Und ich mag die EWS und die Thermotec nicht. Außerdem mag ich den feinen Herrn Beilsteiner gar nicht. Ich habe schon seit längerem so ein Gefühl gehabt, dass bei der Anlage manches nicht korrekt abläuft. Dazu kommt, dass ich schon früher während meiner Bundeswehr-Zeit einige Geschichten über Beilsteiner gehört habe. Als er noch den Stützpunkt geleitet hat, soll auch nicht immer alles mit rechten Dingen zugegangen sein. Niemand konnte einem etwas Konkretes sagen, aber diese Gerüchte kommen schließlich nicht von ungefähr. Also habe ich vor längerem damit begonnen, bei der Müllanlage rumzuschnüffeln. Aus privatem Interesse sozusagen.« Er machte eine Pause, in der er zu Boden schaute, und mit der Schuhspitze kleine Kieselsteine wegkickte. »Außerdem dachte ich immer, es wäre meiner journalistischen Karriere sicher dienlich, wenn ich tatsächlich etwas herausfinden könnte. Ich habe Ihnen ja deutlich gesagt, dass ich lieber heute als morgen vom *Alb-Blatt* weg möchte.«

»Haben Sie etwas herausgefunden?«

»Ja.« Mehr wollte er nicht sagen.

»Und was Sie herausgefunden haben, hat mit Dietmar Hochdorf zu tun, wenn ich nicht ganz begriffsstutzig bin?«

»So ist es.«

Malthaner wurde ungeduldig. »Und? Was ist es?«

»Seien Sie mir nicht böse, aber ich möchte nicht plötzlich in der *Landeszeitung* meine Story lesen, geschrieben von Ihnen.«

»Wofür halten Sie mich, Vogt? Ich habe an der ganzen Angelegenheit höchstens ein privates, aber kein journalistisches Interesse!«

Wieder kickte Vogt Steinchen weg, er überlegte. Endlich hob er den Blick, schaute Malthaner an und sagte dann: »Okay. Okay, ich vertraue Ihnen. Wer weiß, möglicherweise können wir uns ja gegenseitig mit Informationen helfen und haben am Ende beide etwas davon. Beantworten Sie mir zunächst eine Frage: Wissen Sie etwas über die näheren Umstände von Hochdorfs Tod?«

Tief einatmend sagte Malthaner: »Ja.«

»Und?«

»Sie vertrauen mir, also vertraue ich auch Ihnen. Gut: Dietmar ist ermordet worden. Das ist aber keine offizielle Information. Die Polizei will es meines Wissens noch nicht an die große Glocke hängen.«

»Ermordet. Also doch. Das überrascht mich nicht besonders. Allerdings war darüber nirgends etwas in Erfahrung zu bringen. Die Pressestelle der Polizeidirektion weiß angeblich nichts, Hauptkommissar Konz von der Albstädter Kriminalaußenstelle weiß auch nichts, und überhaupt stößt man überall auf eine Mauer des Schweigens. Woher wissen Sie, dass es Mord war?«

»Tut mir leid, Kollege, aber die Frage will ich Ihnen zu diesem Zeitpunkt lieber nicht beantworten. Aber das hat keine beruflichen Gründe. Ich wäre Ihnen dankbar, wenn Sie' s im Augenblick dabei belassen könnten, und mir trotzdem erzählen würden, was Sie herausgefunden haben.«

Volker Vogt blickte nachdenklich. »Gut. Versuchen wir's. Wie gesagt: Ich glaube schon lange, dass bei der Müllanlage nicht alles so abläuft, wie man es der Bevölkerung vorgaukelt. Also habe ich mich immer wieder dort oben herumgetrieben. Übrigens nicht nur in meiner Freizeit.« Verschwörerisch grinste er Malthaner an und redete dann weiter. »Anfangs wusste ich nicht, was ich eigentlich konkret in Erfahrung bringen wollte, habe mich also einfach auf die Lauer gelegt, Fotos und Notizen gemacht, Beobachtungen auf das Diktiergerät gesprochen. Und nach einiger Zeit ist mir dann tatsächlich etwas aufgefallen. An manchen Tagen tragen die Beschäftigten besondere Schutzkleidung. Und zwar immer dann, wenn kurz zuvor Bundeswehr-Lastwagen auf das Gelände gefahren sind. Das ist doch zumindest komisch, oder? Ich habe dann versucht, die Thermotec mit meinen Beobachtungen zu konfrontieren. Für Presseauskünfte hieß es, sei Beilsteiner selbst zuständig. Der hat sich am Telefon immer wieder verleugnen lassen. Als ich ihn schließlich an der Strippe hatte, hat er abgewiegelt. Das seien alles normale Schutzmaßnahmen.« Er blickte Malthaner erwartungsvoll an.

»Könnte ja sein, dass sich wirklich nichts dahinter verbirgt. Was hat alles mit Dietmar zu tun?«

»Dazu komme ich gleich. Die Verbindung Bundeswehr/Beilsteiner ist doch augenfällig. Der hat immer noch beste Verbindungen zur Bundeswehr, und zwar nicht nur in Meßstetten. Ich kombiniere also und erinnere mich an die vielen Gerüchte, die ich vor einigen Jahren während meiner Bundeswehr-Zeit gehört habe, von wegen Kampfgas und ähnlichem Zeugs. Jetzt stelle ich mir vor, dass in der Müllanlage Kampfgas oder so was entsorgt wird.«

»Das ist doch an den Haaren herbeigezogen.«

»Lassen Sie mich doch erst einmal zu Ende reden. Ich versuche nach allem, was ich vermute, alte Kontakte in Meßstetten wieder aufleben zu lassen, und zapfe außerdem Sven, den kleinen Bruder meiner Freundin an, der gerade seinen Wehrdienst in Meßstetten ableistet. Und was höre ich aus den verschiedenen Quellen? Es gibt tatsächlich eine Art Lager auf dem Stützpunktgelände. Normale Wehrpflichtige haben keinen Zugang. Dort werden regelmäßig Lastwagen be- oder entladen, und zwar von altgedienten Berufssoldaten in Schutzkleidung. Alles Burschen, die ihr Leben lang beim Bund waren. Ist doch komisch, sonst lassen sie die Drecksarbeiten von den armen Teufeln machen, die ihre Zeit runterreißen müssen. Und wenn jemand dumme Fragen stellt, bekommt er keine Antworten. Also, mich macht das alles mächtig misstrauisch.«

Was er von Vogts Ausführungen halten sollte, wusste Malthaner nicht so recht. »Und Dietmar?«

»Das ist eine weitere mysteriöse Angelegenheit. Dieser Hochdorf steht, pardon stand, mit Beilsteiner in Verbindung. Darauf bin ich durch einen reinen Zufall gekommen. Als ich mich mal bei der Müllanlage herumgetrieben hatte, kam plötzlich ein BMW vorgefahren, aus dem Hochdorf ausstieg. Er kam mir irgendwie bekannt vor. In den nächsten Wochen sah ich ihn oder sein Auto immer wieder bei der Müllanlage. Und immer hatte ich das Gefühl, ihn zu kennen, kam aber partout nicht darauf, woher. Bis ich dann eines Tages bei der *Alb-Kasse* war, um eine Überweisung abzugeben. Läuft da doch genau dieser Dietmar Hochdorf durch den Schalterraum, so als würde er dazugehören. In der Tat: er gehörte dazu. Er hat nämlich bei der *Alb-Kasse* gearbeitet. Und da erinnerte ich mich auch wieder, woher ich ihn kannte: als ich ein Auto kaufen wollte, bin ich wegen eines Kleinkredits zur *Alb-Kasse* gegangen. Dreimal dürfen Sie raten, wer dort der Sachbearbeiter war.«

»Dietmar Hochdorf«, tat Malthaner dem jungen Kollegen den Gefallen. »Aber das muss alles doch gar nichts bedeuten.«

»Ach, und warum wird er dann ermordet?«

Das war allerdings eine berechtigte Frage.

Sie standen vor dem Friedhof, von dem jetzt wirklich eine schaurige Stille ausging. Nicht einmal die mächtigen Bäume entlang der Friedhofsmauer gaben Geräusche von sich. Volker Vogt nahm das Gespräch wieder auf. »Das ist immer noch nicht alles. Ich habe Hochdorf beschattet.« Eine kleine Pause sollte seine Worte wirken lassen. »In aller Bescheidenheit darf ich von mir behaupten, ein guter Detektiv zu sein. Er hat nie etwas gemerkt. Wahrscheinlich rechnet auch niemand damit, in Albstadt verfolgt zu werden.« Vogt lachte spöttisch. »Die Beziehungen zwischen Ihrem Abitursfreund und Müll-Beilsteiner scheinen sehr eng gewesen zu sein. Sie sind zusammen zum Essen gegangen. Einmal habe ich auch gesehen, wie Beilsteiner Hochdorf in seiner Wohnung in der Sigmaringer Straße besucht hat. Erst dachte ich, die beiden seien vielleicht schwul, aber das war es wohl nicht. Meine Recherche-Ergebnisse haben meinen Ehrgeiz ein bisschen angestachelt, und ich habe erneut meine alten Bundeswehr-Freunde kontaktiert. Dreimal dürfen sie raten, wer beim Bund Hochdorfs Ausbilder war?«

»Schon gut, ich kann eins und eins zusammenzählen: Beilsteiner.«

»Exakt.« Ein triumphierendes Lachen machte sich um Vogts Mundwinkel breit.

»Wobei mich das wundert«, sagte Malthaner mit ernster Miene. »Ein Stützpunktkommandant hat doch anderes zu tun, als die Frischlinge zurechtzustutzen.«

»Wie ich sehe, haben wir beide eine ähnliche Denke. Die Frage hat sich mir auch aufgedrängt, also habe ich mich durchgefragt. Es gab wohl eine Zeit, als Beilsteiner alle Kandidaten zur Einzelkämpferausbildung persönlich ...«, er verzog die Mundwinkel, »... sagen wir mal: unter seine Fittiche genommen hat. Das ist den andern Ausbildern natürlich auch aufgefallen. Aber die waren stolz auf einen Vorgesetzten, der sich mit ihnen in den Dreck warf. Wenn doch jemand Bedenken gehabt hat, dann behielt er die für sich. Sie kennen doch die Bundeswehr-Strukturen. Da hält jeder das Maul und akzeptiert die Dinge, so wie sie sind, mit einem Schulterzucken. Beilsteiner jedenfalls soll eine Zeit lang ganz scharf drauf gewesen sein, die Einzelkämpfer selbst zu drillen. *Meine Elitetruppe* soll er sie immer genannt haben. Seit jener Zeit scheint ihn eine Freundschaft oder sonst was mit Hochdorf verbunden zu haben.«

»Auf der Beerdigung war Beilsteiner vorhin aber nicht. Ein toller Freund.«

»Wer weiß, was das zu bedeuten hat«, sinnierte Vogt.

»Vorhin sagten Sie, dass Sie nicht überrascht darüber seien, dass Dietmar einem Mord zum Opfer gefallen ist. Wenn ich Ihre Ausführungen und Ihre Vermutungen recht deute, dann glauben Sie also, dass sich auf dem Gelände der Müllanlage eine Sache abspielt, die so groß ist, dass sie einen Mord rechtfertigt.«

»In den Augen des Mörders auf jeden Fall.«

»Es gibt keinerlei Hinweis darauf, dass Dietmars Tod in irgendeiner Weise mit der Müllanlage in Verbindung steht.«

»Apropos: Bis jetzt habe nur ich geredet. Sagen Sie mir was über das Ableben von Hochdorf. Beantworten Sie mir die berühmten W-Fragen: wie, wo, wann und so weiter.«

»Nur eine Handvoll Leute weiß von dem Mord. Die Polizei hat sicher gute Gründe, die Tat nicht publik zu machen.«

»Kommen Sie, Herr Malthaner, ich habe Ihnen alles gesagt, was ich weiß. Jetzt lassen Sie mal die Hosen runter. Erzählen Sie mir etwas über die Umstände von Hochdorfs Tod. Außerdem wissen Sie so gut wie ich, was alles zusammenspekuliert wird. Was glauben Sie, was bei der *Alb-Kasse* los ist. Dort gibt es Kollegen von Hochdorf, die

Fragen stellen, ebenso wie die Familie und die Nachbarn.«

»Behalten Sie' s vorerst für sich, okay?« Malthaner berichtete Vogt vom Leichenfund im Stuttgarter Flughafen-Parkhaus. Seine eigene Rolle ließ er aus.

»Woher wissen Sie das alles?«, wollte Vogt wissen.

»Das ist nun wirklich mein Geheimnis«, lächelte Malthaner traurig.

Nachdenklich stieg er in den Saab ein, der von der Sonne aufgeheizt war. Nur seine Schwedenkarosse, Vogts Golf und ein alter weißer Opel standen noch auf dem Parkplatz. Malthaner fuhr nach Hause. Von dort rief er bei Rudis Eltern an. Rudi war nicht da, Malthaner bat um Rückruf.

Eine Stunde später meldete sich der Hauptkommissar.

»Keine große Ausbeute für dich bei der Beerdigung, vermute ich«, begrüßte Malthaner ihn.

»Sag das nicht. Kanntest du beispielsweise die Frau, die Einsteins Opa gestützt hat?«

»Nee«, musste er zugeben.

»Siehst du, Bullen sind eben doch die besseren Rechercheure. Das war die Nachbarin von Opa Hochdorf. Wohnt neben ihm im Burgweg.«

»Und woher weißt du das?«

»Von Klaus Konz, dem Leiter der Kriminalaußenstelle Albstadt.«

»War der auch bei der Beerdignung?«

»War er.«

»Und was hast du sonst herausgefunden?«

»Dass sich offenbar niemand besonders für Dietmars Schicksal zu interessieren scheint. Keine Freunde, keine

Kollegen. Nur ein Vorgesetzter war da, Bankdirektor Walter Bühler von der *Alb-Kasse.*«

»Was du vermutlich auch von Deinem Kollegen Konz weißt.«

»Schlau kombiniert. Im übrigen war ich nochmal in Dietmars Wohnung, habe ein paar Dinge mitgenommen. Ich bleibe vorerst in Albstadt, weil ich glaube, hier eher den Schlüssel für den Mord zu finden als in Stuttgart. Hattest du einen netten Plausch unter Kollegen mit diesem Vogt?«

»Woher kennst ..?«

»Konz.«

»Natürlich. Ja, war ein netter Plausch.« Nach einer kleinen Pause fügte Malthaner hinzu: »Durchaus aufschlussreich.« Wieder eine unmerkliche Pause. »Dieser Konz fiel mir überhaupt nicht auf. Wo saß er denn?«

»Nirgends. Er hat sich die ganze Sache aus der Ferne angeschaut. Wollte natürlich wissen, wer du bist.«

»Was du ihm gesagt hast, ohne Details zu nennen. Details, wie unser Zusamentreffen im Flughafen-Parkhaus.«

»Schon wieder klug kombiniert, Jörg. Kennst du diesen Schreiberling vom *Alb-Blatt* schon länger?«

»Seit gestern. Vor unserem abendlichen Besäufnis war ich oben auf dem Stierberg bei der Anti-Müllanlagen-Demo. Da hat er sich mir vorgestellt.«

»Für flüchtige Bekannte habt ihr euch auf dem Friedhof sehr lange und angeregt unterhalten«, sagte Rudi mit einem lauernden Unterton.

»Rehberg, der Schnüffler. Ich bewundere Deine Beobachtungsgabe. Der Schreiberling ...«, er dehnte das Wort, »... scheint ganz clever zu sein.«

»... sagt Konz auch ...«

»... und ich glaube, du solltest ihn kennenlernen.«

»Warum denn das?«

»Bevor ich dir das sage, bitte ich dich um eine Sache: Jage dem Burschen nicht zu viel Angst ein, wenn ihr euch tatsächlich treffen solltet. Er wittert eine große Story, und die Chance sollten wir ihm nicht nehmen. Unwahrscheinlich, aber möglich, dass er dir in dem Mordfall ein Stück weiterhelfen kann.« In knappen Worten setzte Malthaner Rehberg von dem Gespräch mit Vogt in Kenntnis, ohne zu viel zu verraten. Am anderen Ende der Leitung hörte er Rehberg schnaufen. Sie verabredeten, dass Malthaner ein Treffen arrangierte. Der sagte: »Ich will auch dabei sein.« Das Schnaufen wurde heftiger, aber Rehberg sagte zu Malthaners Verwunderung: »Von mir aus.«

»Eine Frage noch, Rudi. Wie hast du es geschafft, dass meine Stuttgarter Kollegen noch nicht von dem Mord Wind bekommen haben?«

»Wir haben einfach noch nichts Offizielles rausgegeben. Wundert mich allerdings auch, dass noch immer nichts durchgesickert ist nach einer Woche. Das spricht doch für den deutschen Polizeiapparat.«

»Lange kannst du das aber nicht mehr geheim halten, vermute ich.«

»Da vermutest du richtig. Nur möchte ich gerne etwas vorweisen können, wenn ich gelöchert werde. Und bis jetzt habe ich nichts. Absolut nichts. Nullkommanull.«

»Waren viele Leute bei der Beerdigung?«, wollte seine Mutter wissen.

»Nein, nur etwa ein dutzend Trauergäste.«

»Was für ein furchtbarer Tod. Das lässt mich nicht mehr schlafen, seit du es mir erzählt hast.« Jetzt war er froh, ihr nicht die ganze Geschichte erzählt zu haben, vor allem nicht, dass sich Dietmar kurz vor seinem Tod mit ihm verabredet hatte.

»Hat Rudi heute früh aus Stuttgart angerufen?«, fragte sie.

»Nein, er ist seit gestern hier in Albstadt, er ermittelt in dem Fall an Dietmar.«

»Das ist doch schrecklich. Da seid ihr als Jungs zusammen auf der Schule gewesen und dann das.« Sie wandte sich mit traurigem Gesicht ab. Eine gebeugte Frau. Wieder bemerkte er, dass ihr die Energie völlig zu fehlen schien, die sie früher hatte. Und daran war sicher nicht die Sommerhitze schuld.

Erneut fuhr er mit dem Pogo auf den Stierberg. Doch diesmal nicht zu seinem Vergnügen. Er wollte sich die Müllanlage noch einmal aus der Nähe anschauen, ohne genau zu wissen, warum. In einen kleinen grünen Rucksack packte er den alten Fernstecher, den sein Vater gekauft hatte, als er noch ein Kind war.

Schnell war er beim Wanderparkplatz, bog in den Feldweg ein und radelte an den Wacholderheiden vorbei. Die beiden Betonschornsteine waren das erste, was er von der hässlichen Anlage sah, dann den mächtigen Zaun. Die beiden rechteckigen, fensterlosen Gebäude schoben sich in sein Sichtfeld. Wieder standen mehrere Lastwagen in einer Reihe nebeneinander geparkt. Zwei Bulldozer parkten inmitten des Geländes, verlassen, so als hätte sie hier jemand einfach vergessen. Malthaner verlangsamte sein Tempo, rollte gemächlich auf dem Feldweg am Zaun vorbei. Drei PKW standen neben den flachen Gebäuden. Ein Arbeiter im blauen Anton schlenderte an einem der Gebäude entlang und blickte kurz desinteressiert zu ihm herüber. Nichts schien Malthaner bemerkenswert. Er radelte 100 Meter weiter, wartete, bis ihn der Wald verschluckte, und stieg ab. Sein Rad lehnte er an einen Baum und ging zu Fuß ein Stück den Weg zurück. Hinter einer wilden Hecke suchte er Schutz und packte das Fernglas aus. Von hier konnte er einen großen Teil der Anlage einsehen. Der große Müllberg, den er letzte Woche wahrgenommen hatte, war verschwunden.

Langsam ließ Malthaner den Blick wandern. Im entferntesten Teil des Geländes erspähte er etwas im Boden, was er nicht genau definieren konnte. Etwas wie eine Grube. Bevor er etwas sehen konnte, hörte er das Geräusch: Klang wie ein Bagger. Dann sah er ihn: ein Bulldozer mit einem Kranhaken kam langsam aus einem der Gebäude gerollt. *Kumazu* las er in schwarzer Schrift auf dem vierrädrigen Ungetüm. Früher hatten solche Geräte *Liebherr* oder *Magirus* geheißen.

Neben dem höllisch lauten Monstrum liefen zwei Männer in Arbeitskleidung aus dem Gebäude. Sie bewegten sich schnell auf die geparkten Laster zu und stiegen jeder in einen der Trucks ein. In großen Bogen fuhren sie auf die Vertiefung im Boden zu, die Malthaner eben entdeckt hatte. Sie rangierten die Lastwagen rückwärts heran und kippten etwas hinein. Tatsächlich eine Grube.

Der *Kumazu* fuhr ganz nahe an die Grube heran und setzte den Kran in Bewegung. Der Greifer tauchte in die Grube, als würde er dort etwas Bestimmtes suchen. Offenbar hatte er tief in der Grube kräftig zugebissen. Der Bulldozzerfahrer hob den Greifer an, zwischen dessen stählernen Zähnen allerhand Müll hing, den er aufschüttelte und wieder in die Grube warf.

So ging es die nächsten Minuten. Es dauerte, bis Malthaner begriff, wozu das alles gut war. Mit dem Greifer wurden aus dem Müll Kanister, große Flaschen und andere Behälter aussortiert. Alles, so vermutete er, was explosives Material enthalten könnte, das den Verbrennungsofen in die Luft jagen könnte.

Zwei städtische Müllwagen rollten durch das offene Tor auf das Gelände. Sie fuhren direkt in eines der beiden Gebäude. Es muss wohl eine Halle sein, größer, als von außen anzunehmen, vermutete er. Es dauerte etwa weitere fünf Minuten, bis beide Laster wieder rauskamen und von dem Gelände in die breite Zufahrtsstraße einbogen, die in westlicher Richtung den Berg hinab führte.

Eine weitere Viertelstunde blieb Malthaner auf der Lauer liegen. Der *Komazu* senkte immer wieder den Greifer in die Grube, hob die ganze Schose heraus, rüttelte und schüttelte, und warf das meiste von dem Abfall zurück in die Grube. Sonst tat sich nicht viel. Malthaner zuckte mit den Achseln und machte sich mit dem Rad auf den Rückweg. Nicht klüger als vor einer Stunde.

Volker Vogt hatte nichts dagegen, mit Rehberg zu reden. Malthaner sagte ihm nur, dass der Kommissar im

Mordfall Hochdorf ermittle. Sie verabredeten sich um neun im *Village*.

Der immer gefasste und coole Rehberg: So kannte Malthaner seinen Freund. Aber in diesem Augenblick verriet seine Stimme am Telefon Erregung, die er nicht unterdrücken konnte. »Jörg, ich muss dich nicht extra daraufhinweisen, dass das, was ich dir über meine Ermittlungen sage, vertraulich ist. Ich sage dir alles auch nur, weil du schließlich selbst vom Mordfall Dietmar betroffen bist.« Eine kleine Pause. »Eigentlich verstoße ich damit gegen alle Regeln. Also, behalte die Sache für dich.«

»Schon gut, das weißt du doch. Was hast du denn erfahren?«

»Halte dich fest, Jörg. Unser Einstein war offensichtlich ein Mensch von extrem hoher krimineller Energie.« Wieder eine Pause, die Malthaners Neugier steigern sollte, was sie auch tat. Rehberg schnaufte wieder einmal, bevor er weitersprach. »Dietmar Hochdorf hat seinen Arbeitgeber, die *Alb-Kasse*, um große Summen erleichtert.«

»Was?«

»Unterschlagung im großen Stil. Untreue und Urkundenfälschung.«

»Das hat dir der Bankdirektor gesagt?«

»Hat er.«

»Nun lass dir die Sache doch nicht aus der Nase ziehen, rede endlich weiter.«

»Wieviel Geld Dietmar abgezockt hat, ist noch gar nicht sicher. Die Innenrevision prüfe noch, sagt Bühler. Ihm ist die Sache furchtbar unangenehm, wie du dir vorstellen kannst. Deshalb hat er bisher auch die Polizei nicht eingeschaltet, denn ein paar Millionen Verlust verkraftet seine Bank anscheinend eher als eine nachhaltige Rufschädigung. Jetzt steht der Gute ein wenig unter Druck.«

»Was hat Einstein angestellt?«

»Er hat sein Wissen ausgenutzt und so in kürzester Zeit etwa drei Millionen Mark beiseite geschafft. Offenbar ist es mit den Kontrollmechanismen bei den Banken nicht besonders weit her.«

Malthaner stieß einen Luftschwall durch die Lippen. »Drei Millionen. Ein hübsches Sümmchen, gerade genug, um in den Ruhestand zu gehen. Wie hat er das denn geschafft?«

»Wenn ich dir das sage, wirst du dein Vertrauen in die Banken verlieren.«

»Da gibt es nicht viel zu verlieren.«

»Eigentlich war es für Einstein eine ganz einfache Sache, er konnte sich sogar in etwa ausrechnen, wie lange er abkassieren konnte, bevor alles auffliegen würde. Und vor kurzem hat er einen Urlaub angetreten, vom Chef genehmigt und abgezeichnet. Dietmar hat einfach Gelder von Kundenkonten abgezweigt. Seit einiger Zeit war er Privatkundenberater. Die Leute kannten ihn alle persönlich, hatten Vertrauen zu ihm, und genau das hat er ausgenutzt. Durch Abhebungen und gefälschte Sparkassenbriefe hat er nach dem jetzigen Stand der Dinge innerhalb weniger Wochen mindestens 2,8 Millionen Mark kassiert. Vielleicht auch mehr. Er suchte sich gezielt Kunden aus, die viel Geld auf dem Konto hatten und von denen er wusste, dass sie sich kaum um ihre Kontoführung kümmerten. Vor allem alte Leute scheinen unter seinen Opfern zu sein. Er hat einfach Geld von ihren Konten abgebucht, indem er die Unterschriften fälschte und den Auszahlungsbetrag für sich behielt. Damit sie keinen Verdacht schöpften, zahlte er immer wieder kleinere Summen auf die Konten ein und überwies auch Zinsen. Beim Verkauf von Sparkassenbriefen buchte er die Beträge ordnungsgemäß ab, stellte aber keinen Sparkassenbrief aus. Als Beleg für seine Kunden stellte er selbst gefälschte Kaufanträge her. Die ganze Kohle überwies er auf verschiedene Konten, die er in der Schweiz und in Liechtenstein angelegt hat. Immer nur relativ kleine Beträge auf einmal, die nicht meldepflichtig sind. Das Schweizer Bankgeheimnis macht die Aufklärung nicht einfacher, vermute ich.«

Malthaner konnte es nicht glauben. »So was funktioniert?«

»Wie du siehst, ja. Wenn Kunden etwas gemerkt haben, haben sie sich natürlich an ihren Finanzberater gewandt, also an ihn. Und der überzeugte sie dann. Denn nach allem, was ich gehört habe, konnte Dietmar sehr überzeugend wirken. Er hätte auch als Gebrauchtwagenverkäufer Karriere gemacht.«

»Das mag wohl sein.« Malthaner erinnerte sich an Dietmars energische Stimme, selbstbewusst, gewohnt, den Ton anzugeben.

»Und wie ist die Bank jetzt dahinter gekommen?«

»The show must go on. Ein anderer Mitarbeiter der *Alb-Kasse* sollte Dietmars Job übernehmen. Bei ihm haben sich Einsteins Kunden dann über fehlende Zinszahlungen beschwert. Dietmar hätte sie vermutlich noch ein wenig hinhalten können. So kam vor einigen Tagen alles ins Rollen.«

»Hätte Dietmar nicht damit rechnen müssen, dass er über kurz oder lang auffliegt?«

»Doch, schon. Aber vermutlich hätte er ohne großes Risiko noch Wochen oder gar Monate weitermachen können.«

»Und dann? Was dann? Einstein, unser Grips-Genie, muss doch gewusst haben, dass er nicht für ewig mit dieser Geschichte durchkommt.«

»Das habe ich mich auch gefragt. Wäre er erwischt worden, hätte er alles zurückzahlen müssen und wäre vor Gericht gekommen. In einem so schweren Fall hätte ihm die Sache mit Sicherheit einige Jahre hinter schwedischen Gardinen eingebracht. Jetzt frage ich mich natürlich, ob er sich mit der Knete aus dem Staub machen wollte. Im Ausland hat er sich ja gut ausgekannt.«

Schweigend starrte Malthaner ins Leere. »Glaubst du an einen Zusammenhang zwischen seinen ...«, er betonte das Wort, »... Transaktionen ... und seinem Tod?«

»Möglicherweise. Möglicherweise auch nicht.«

»Wie geht's weiter?«

»Ich schätze, Bankdirektor Bühler wird eine unangenehme Zeit vor sich haben. Der Staatsanwalt dürfte sich nämlich auch für die Vorgänge bei der *Alb-Kasse* interessieren. Zunächst sind aber mal Konz und seine Kollegen dran. Sie werden die Ermittlungen übernehmen und gegebenenfalls das Landeskriminalamt einschalten.«

»Mmh«, murmelte Malthaner. »Ach ja: Wenn du heute Abend etwas vorhaben solltest, vergiss es. Wir treffen uns mit Vogt vom *Alb-Blatt.*«

Das *Village* war nicht besonders voll an diesem Abend. Toni spülte hinter der breiten Holztheke Gläser, als Malthaner eintrat. Die Bedienung von gestern Abend hatte wieder Dienst. Sie grinste Malthaner an. Vielleicht bewunderte sie ja seine Kondition. Er steuerte am Thekenbereich vorbei und setzte sich an ein kleines Tischchen, von dem aus er jeden sehen konnte, der ins Lokal kam. Er bestellte eben einen Kaffee, als Vogt durch die Tür trat, lässig Toni grüßend. Also war Vogt öfters hier zu Gast. Er setzte sich zu Malthaner an den Tisch und bestellte einen Tomatensaft mit Tabasco. Bei dieser Gelegenheit erfuhr Malthaner, dass die Blonde auf den Namen Silvia hörte. Gerade, als sie Kaffee und Saft brachte, kam Rudi. Er hatte eine Jeans an, was man bei ihm nicht jeden Tag sah. Das Lacoste-T-Shirt machte den Eindruck, frisch aus der Bügelmaschine zu kommen. Selbst in der Kneipe blieb Rudis Kleidung immer noch eine Spur korrekter als die anderer Leute.

Malthaner übernahm die Vorstellung. Vogt schaute Rudi mit offenem Mund an: »Aber ...«, stammelte er, »Sie waren doch heute bei der Beerdigung.« Dass er sich wunderte, war nicht zu übersehen. »Darf ich Sie fragen, was der Leiter der Stuttgarter Mordkommission mit einem Mordfall in Albstadt zu tun hat?«

Rudi blickte Malthaner tadelnd an, wandte sich dann wieder an Vogt: »Hat er Ihnen das gesagt?«

»Ja.« Vogt grinste leicht. »Ich habe ihm keine andere Wahl gelassen. Information gegen Information.«

Jetzt hielt Malthaner es für angebracht, sich in das Gespräch einzumischen: »Rudi, ich glaube, auf meinen jungen Kollegen hier ist Verlass. Er hat mir versprochen, die Sache zunächst für sich zu behalten, und ich vertraue ihm.«

»Hoffentlich.« Rudi, dessen Erfahrungen mit Journalisten gemischter Natur waren, grunzte. »Ich bin vor allem deshalb hier, weil ich mit dem Verstorbenen vor langer Zeit befreundet war. Wir haben zusammen Abi gemacht, draußen am Gymnasium, Jörg hier, Dietmar Hochdorf und ich.« Diese Antwort sollte genügen, dachte sich Rehberg wohl, und in der Tat gab sich Vogt für den Augenblick damit zufrieden.

Rehberg zündete eine Marlboro an. Vogt lehnte die angebotene Zigarette ab, er rauche nicht.

»Lasst uns zur Sache kommen«, sagte Malthaner. »Der junge Kollege hier«, er deutete mit dem Kopf auf Vogt, »kann ein paar interessante Dinge erzählen, die dir vielleicht weiterhelfen.« Und Vogt erzählte. Erzählte alles das, was er am Nachmittag vor dem Friedhof schon Malthaner berichtet hatte. Schweigend hörte Rehberg zu, zog nachdenklich an der Kippe und musterte Vogt interessiert. Der beendete seine Ausführungen und sagte: «Jetzt wissen Sie alles, was ich weiß. Wie ich schon Ihrem Freund Jörg Malthaner gesagt habe, möchte ich im Gegenzug auf dem Laufenden gehalten werden. Ich kann alles für mich behalten, aber im richtigen Moment will ich die Story. Das ist alles.«

Noch immer sagte Rehberg nichts. Schließlich ließ er sich ein »Ok« entlocken. »Soweit ich es in der Hand habe.« Die Sache mit der Unterschlagung in Millionenhöhe würde er ganz bestimmt für sich behalten.

»Gestern habe ich mir die Müllanlage nochmal aus der Nähe betrachtet«, sagte Malthaner an Vogt gewandt. Dabei fiel mir eine Art große Grube auf, in die von Lastwagen der Müll gekippt wurde. Sagt Ihnen das etwas?«

Das Gesicht des Jungen hellte sich auf. »Klar. Sechs Meter tief, etwa 40 Meter lang. Dort kommt nur der Restmüll rein, der für die Verbrennung vorgesehen ist. Es wird angeblich alles aussortiert, was nicht reingehört oder was beim Verbrennen Schwierigkeiten machen würde. Mit einem Greifer wird der Müll auf ein unterirdisches Förderband verladen, das an einer Längsseite der Grube entlang läuft und mit einer Betonwand vom eigentlichen Müllbehälter getrennt ist. Das Band führt in zwei ebenfalls unterirdische Massenverbrennungsöfen, die auf bis zu zehn Tonnen Müll pro Tag ausgelegt sind. Die bei der Verbrennung entstehende Asche fällt durch das Band in einen Löschtank.« Vogt blickte Malthaner und Rehberg an, als erwarte er Beifall für seinen Vortrag. »Die freigesetzte Wärme wandert in zwei mächtige Kessel – unterirdisch natürlich –, Wasser wird in Dampf umgewandelt, mit dem wiederum eine Turbine gespeist wird, die letztlich einige hundert Kilowatt Strom pro Minute produziert. Der Dampf kondensiert wieder zu Wasser, und die überschüssige Wärme wird durch eine ganze Reihe von Filtern aus den beiden Kühltürmen gejagt, die ja unübersehbar sind.« Vogt war mit dem Dozieren fertig und wartete ganz offensichtlich auf eine Reaktion. »Das ist natürlich nur eine laienhafte und vereinfachte Darstellung des Vorgangs.«

Rehberg hatte die linke Augenbraue leicht angehoben, so wie es Roger Moore immer tat. Es hätte Malthaner nicht gewundert, wenn er plötzlich *Bond. James Bond.* gesagt hätte. Ehrlich beeindruckt von Vogts Wissen sagte Malthaner: »Sie haben Ihre Hausaufgaben gemacht.«

Mit einer abwertenden Handbewegung antwortete Vogt: »Halb so wild. Man muss sich eben ein bisschen in die Geschichte reinknien, wenn man darüber schreiben will.«

»Was passiert mit dem Strom, der hier erzeugt wird?«, interessierte sich Malthaner.

»Der wird ins städtische Versorgungsnetz eingespeist, das übrigens auch von der EWS betrieben wird«, bekam er zur Antwort. »Ist allerdings nicht der Rede wert. Der Aufwand ist viel größer als das Ergebnis. Der Strom aus der Müllanlage deckt ein oder zwei Prozent des Energieverbrauchs von Albstadt.«

Man plauderte noch ein wenig, bevor Vogt sich verabschiedete. »Meine Freundin springt mir sonst noch ab«, meinte er spitzbübisch lachend. »Und das würde mir nicht gefallen. Tanja ist schließlich das hübscheste Mädchen in Albstadt.«

»Daran zweifle ich nicht«, knurrte Rudi.

Mit allem Charme, zu dem er fähig war – und das war im Zweifelsfall eine ganze Menge – bestellte Rehberg bei Silvia zwei Pils, nachdem Vogt gegangen war.

»Nicht schon wieder«, stöhnte Malthaner.

»Keine Sorge, so ganz wohl war mir heut' früh auch nicht.«

»Lass uns zusammenfassen: Vor acht Tagen findet die Kripo die Leiche von Dietmar Einstein Hochdorf in Stuttgart. Er wurde nicht nur ermordet, sondern regelrecht hingerichtet. Kurz zuvor hat sich Dietmar mit mir verabredet, nachdem ich viele Jahre nichts mehr von ihm gehört hatte. In Albstadt finden wir heraus, dass der Tote vermutlich kaum Freunde und keine aktuelle Beziehungskiste hat. Von Feinden wissen wir aber auch nichts. Es stellt sich außerdem heraus, dass der brave Banker Hochdorf seine Bank um Millionenbeträge bescheißt. Außerdem gibt es in Albstadt eine heftig umstrittene Müllanlage, zu der Hochdorf in irgendeiner Weise in Verbindung steht. Hier kommt sein Kumpel Beilsteiner ins Spiel, ein hochdekorierter Soldat, der heute Manager ist. Bei der Beerdigung von Dietmar lässt sich kaum jemand sehen.«

»Du hast eines vergessen: Der Mann hat Zeitungsberichte über dich gesammelt.«

Nachdenklich schaute Malthaner Rudi an. »Macht das alles einen Sinn?«

»Es ist ein Puzzle, in dem noch eine ganze Menge Teile fehlen. Wir haben viele Fragen und keine Antworten. Möglich, dass wir doch noch etwas über die Mordwaffe herausfinden können, aber das ist eher unwahrscheinlich.«

Sie beließen es bei dem einen Pils.

Vom *Village* aus hatte er bei Brigitte angerufen. Er fuhr zu ihr, verbrachte die Nacht mit ihr. Am nächsten Morgen hatte sie schon früh Sprechstunde und verließ das Haus vor sieben. Malthaner saß in ihrem Wohnzimmer, blickte aus dem Fenster auf die ihm zu Füßen liegende Stadt und blätterte das *Alb-Blatt* durch. Auf der zweiten Lokalseite fand sich ein groß aufgemachter Artikel von Volker Vogt, in dem er berichtete, dass die Landesregierung plane, das Albstädter Vermessungsamt zu schließen. Vierspaltig mit einem großen Bild. Vogt hatte die Hälfte der Seite für seine Story bekommen. Schreiben konnte der Bursche, musste Malthaner anerkennen. Schon wieder drohe der Stadt der Verlust einer wichtigen Einrichtung, wetterte Vogt. Er zählte auf, welche Behörden, Ämter und Dienststellen in den letzten Jahren aus Albstadt abgezogen worden waren: Eichamt, Forstamt, Briefverteilzentrum der Post, und jetzt das Vermessungsamt. *Blutet die öffentliche Infrastruktur auf der Südwestalb aus?*, fragte Vogt.

Später fuhr Malthaner zum Haus seiner Mutter. Kaum war er eingetreten, klingelte das Telefon. Hauser war dran. Ohne sich mit Freundlichkeiten aufzuhalten, polterte der *Landeszeitung*-Redakteur los: »Kennst du einen Dietmar Hochdorf aus deinem Heimatkaff?« Also war die Sache raus. Kaum, dass der Chef der Mordkommission einen Tag nicht im Büro war, hatte jemand der Presse den Mordfall Hochdorf gesteckt. Ist die Katze aus dem Haus, tanzen die Mäuse auf dem Tisch.

»Ja«, sagte Malthaner langsam, »ich war gestern bei seiner Beerdigung.« Jetzt galt es, die Worte sorgfältig zu wählen. Er konnte seinen Kollegen und Mentor Hauser nicht vor den Kopf schlagen, wollte aber auch nicht mehr sagen als nötig. Auch und vor allem im eigenen Interesse.

»Du weißt, dass er in Stuttgart ermordet wurde?«

In Malthaners Hals bildete sich ein Kloß. Mit schlechtem Gewissen versuchte er, sich herauszuwinden: »Ermordet?«

»Seine Leiche wurde letzte Woche in einem der Parkhäuser beim Flughafen oben in Echterdingen gefunden.«

Wer immer von der Kripo Hauser gegenüber gesungen hatte, hoffentlich hatte er nichts von Malthaners Anwesenheit in dem Parkhaus gesagt. Darauf setzte er jetzt. Eine Fünfzig-Prozent-Chance. »Hier gibt es ziemlich wirre Gerüchte über den Tod von Dietmar.«

»Dann hast du ihn näher gekannt?«

»Wir haben zusammen Abitur gemacht und uns dann aus den Augen verloren. Vor einigen Tagen habe ich dann in der Albstädter Lokalzeitung von der Beerdigung gelesen. Habt ihr den Leichenfund aus dem Polizeibericht?«

»Nein, das ist gerade das Komische. Hat mir ein Mittelsmann bei der Kripo gesteckt. Übrigens scheint dein Kumpel Rehberg mit der Sache befasst zu sein. Der ist aber nicht zu erreichen. Soll angeblich auf einer Dienstreise sein.« Die Kollegen wussten, dass er mit dem Leiter der Mordkommission befreundet war. Schließlich hatte die *Landeszeitung* schon mehrfach davon profitiert. Hauser fragte weiter: »Was kannst du mir über diesen Hochdorf erzählen? Ich weiß bisher nur, dass er 38 Jahre alt war, einem ziemlich scheußlichen Verbrechen zum Opfer gefallen ist und aus Albstadt stammte. Scheint ja ein mordsmäßig gefährliches Pflaster zu sein, dein Albdorf.« Die Frotzeleien über seine Heimat war er gewohnt. Malthaner erzählte Hauser das, was er erzählen konnte: Dass Dietmar ein guter Schüler war, ein Zahlen-Genie, dass er als Bankkaufmann gearbeitet und die Einzelkämpferausbildung bei der Bundeswehr abgelegt hatte, lange Zeit bei der Bundeswehr und viele Jahre im Ausland zugebracht hatte, dass ihm über persönliche Bindungen und Beziehungen nichts bekannt war, dass er gestern im engsten Kreis seiner Heimatstadt beerdigt worden war. Alles andere behielt er für sich. Morgen würde er die *Landeszeitung* kaufen. Müsste Hauser sich nicht darüber wundern, dass er Malthaner, keine weiteren Fragen zum Mord an Dietmar gestellt hatte? Weiter kam er mit seinen Gedanken nicht, denn Hauser fragte: «Wann kommst du wieder ins Büro?«

»Das kann ich noch nicht genau sagen, hier geht es wirklich ziemlich drunter und drüber.«

»Kaiser meinte gestern in der Konferenz, er hätte für das beginnende Sommerloch gerne die eine oder andere Geschichte von dir. Also schau zu, dass du dich bald wieder blicken lässt.«

»Geht klar, ich muss schließlich meine Mäuse verdienen. Wenn ich noch etwas erfahre, was für dich wichtig ist, melde ich mich.«

Heute würde Rudi Laufarbeit machen, wie er es genannt hatte: Opa Hochdorf und die Nachbarn von Dietmar befragen, auf der wenig erfolgversprechenden Suche nach einem Anhaltspunkt. Malthaner wollte abwarten, was Rehberg von seinem zweiten Gespräch mit Karl Hochdorf zu berichten wusste. Er selbst würde sich ebenfalls gerne mit Einsteins Opa unterhalten. Journalisten und Kriminalbeamte hatten unterschiedliche Gesprächspraktiken, wenn sie etwas herausbekommen wollten. Warum wollte Dietmar ihn kurz vor seinem Tod treffen? Warum hatte er alles, was jemals im *Alb-Blatt* über ihn stand, aufbewahrt? *Viele Fragen und keine Antworten.* Wie recht Rudi hatte.

Nicht zu wissen, was er tun konnte, ärgerte ihn. Seine Untätigkeit ärgerte ihn. Der wohlbekannte stumme Vorwurf im Blick seiner Mutter ärgerte ihn. Geschäftig war sie mit Staublappen, Staubsauger und einem Mop mit langen Fransen zugange. Sie putzte um seine Beine herum, forderte ihn auf, den Sessel zu verlassen, dirigierte ihn auf die Couch, wo er ihr eine halbe Minute später wieder im Weg war. Trotz ihrer offensichtlichen Rückenschmerzen vernachlässigte seine Mutter das nicht, was sie als ihre Hausfrauenpflichten ansah. Es war ihm nicht möglich, in aller Ruhe das *Alb-Blatt* zu lesen, ständig behinderte er ihre Putz- und Wischorgie.

Er zog die kurze Radhose an, streifte ein altes, hellblaues T-Shirt über, das er im Schrank fand und von dem er gar nicht gewusst hatte, dass er es noch besaß. In all den Jahren hatte er immer einen Vorrat an Klamotten für alle Gelegenheiten im Schrank seines Kinderzimmers aufbewahrt. Manchmal machte es sich bezahlt. So wie jetzt.

Ein heller, klarer Tag erwartete ihn draußen. Er durchquerte mit dem Pogo das Wohngebiet rund um die Blumenstraße, suchte den kürzesten Weg hinauf auf den Berg. Erst musste er das Bike eine steile Wiese hinaufschieben. Es machte ihm Mühe. Tannen und Wacholder standen wie in die Himmelsbläue eingegossen. Oben stieß er auf einen Feldweg, der ihm ein weites Terrain erschloss. Hier gab es ein Netz von kleinen und größeren Wegen, das sich über die Landschaft zog wie die geplatzten Äderchen über das Gesicht eines starken Alkoholikers. Tief atmend rollte er den Weg entlang, so als könne er die Natur einatmen und in sich bergen. Gemütlich trat er voran. Im Einklang mit sich selbst und glücklich für den Moment. Er hörte Grillen, wunderte sich, dass sie schon am Vormittag ihr Lied zirpten. Hin und wieder schimmerte nackter Fels zwischen den Bäumen durch, die sich ansonsten mit dem dicken Sommerpelz umgeben hatten. Die Wiesen sattgrün, die Bäume tiefgrün. Alles stand in wunderbarer Blüte, Schlüsselblumen und Buschwindröschen blühten. Ein Schlehdorn inmitten einer Gruppe von Laubbäumen. Irgendwo hatte er einmal das Wort von der Blütenbrandung aufgeschnappt, das ihm hier wieder in den Sinn kam.

Der unbeschreibliche Duft eines Sommertages auf der Alb. So hatte es schon gerochen, als sie hier Cowboy und Indianer gespielt, sich in den Büschen versteckt und sich im Schutz der Bäume angeschlichen hatten. Er spürte das Fluidum der Unberührtheit. Sonne auf dem Gesicht. Er musste die Augen zusammenkneifen. Schmetterlinge und Vögel waren seine Begleiter. Wenn er sich umdrehte, sah er unten im Tal die Häuser; Menschenwerke, die von hier oben betrachtet wirkten wie kleine Inseln im Gewoge der Natur. Die Freiheit war nicht dort unten. Sie war hier oben.

Wie von einer fremden Hand geleitet, rollte das Pogo dahin, während Malthaner nachdachte. Würde plötzlich ein Fuchs oder ein Reh aus dem Unterholz brechen, er wäre in Sekundenbruchteilen voll auf sich und sein Fahrrad konzentriert. So aber ließ er den Gedanken freien Lauf, filterte sie schließlich und gewann das Gedankenextrakt, auf das er gehofft hatte. Eine Entscheidung. Sie war hier gefallen, im Sattel des Pogo, gemächlich dahingleitend zwischen Wald und Wiesen. Ja, er würde versuchen, mit Karl Hochdorf zu sprechen. Heute noch. Hoffte, dass der ihn empfangen würde. Was auch immer bei dem Gespräch herauskommen würde, es könnte ihm helfen. Helfen, Licht in das Dunkel zu bringen, das die Vorgänge um den grausigen Tod von Dietmar umgab. Für eine Sekunde tauchte wieder dieser eisige Blick des alten Mannes auf, den er ihm gestern bei der Beerdigung zugeworfen hatte. Heute Mittag würde er ihn anrufen.

Zwei Stunden später war Malthaner zurück. Entspannt. Er duschte und schlüpfte in ein luftiges buntes Hemd und eine seiner Levis. Gespannt drückte er die Telefonnummer von Karl Hochdorf in den Apparat. Wenn er die schwache Stimme eines todgeweihten Mannes erwartet hatte, sah sich Malthaner getäuscht. Dietmars Opa meldete sich forsch, fast schon zackig. Allein nach der Stimme zu urteilen, hätte Malthaner ihn nie und nimmer auf ein Alter von Mitte Achtzig taxiert. Die nächste Überraschung folgte auf dem Fuß: Der alte Mann hatte spontan nichts dagegen, sich mit ihm zu treffen. Er konnte sich von der Beerdigung an ihn erinnern, sagte er Malthaner. Außerdem habe Rehberg ihn schon darüber aufgeklärt, dass sein ermordeter Enkel sich mit ihm, Malthaner, habe treffen wollen.

Auf den ersten Blick war Malthaner von der großzügigen Wohnung Karl Hochdorfs im Burgweg überrascht. Das Mehrfamilienhaus, Marke ›sozialer Wohnungsbau‹, machte von außen den Eindruck, als habe es möglichst schnell und billig in den sechziger Jahren entstehen müssen. Drei hässliche, große Wohnblocks und fünf dreigeschössige Häuser, die genau so aussahen wie das, in dem Hochdorf wohnte, gruppierten sich um eine kleine Grünanlage, die diesen Namen nicht verdiente. Die Ruhe, die über diesem Gelände lastete, wollte nicht hierher passen. Malthaner hätte schreiende Kinder, die tadelnden Stimmen überforderter Mütter und viele ausländische Sprachfetzen erwartet, die er nicht verstand. So viel zum Thema ›Vorurteile‹, dachte er, als er die Wohnung von Hochdorf betreten hatte.

Karl Hochdorf ging an dem Stock, auf den er sich schon gestern gestützt hatte. Er trug eine auf den ersten Augenschein zu große graue Hose, die mit ebenfalls grauen Hosenträgern an seinem schlotternden Körper befestigt war. Trotz der Hitze hatte er über seinem hellbraunen Hemd eine dunkelbraune Wollweste angezogen. »Kommen Sie rein«, sagte Hochdorf. Es klang barsch, nicht einladend oder freundlich. Im selben Tonfall fuhr er fort: »Ich weiß zwar nicht, was Sie von mir wollen. Aber jetzt, wo alle meine Bekannten sterben oder taub sind oder sich nicht mehr an ihren eigenen Namen erinnern können, bin ich froh über jede Unterhaltung.« Verächtlich schleuderte er es heraus, so als fände er die Last des Alters bei anderen Leuten abstoßend.

Aus der Nähe sah er noch dünner und erbärmlicher aus. Doch das war nicht das Erschreckendste an ihm; das waren ganz bestimmt seine Augen, die nicht in dieses hagere, fahle Gesicht passten. Es waren die Augen eines viel jüngeren Mannes. Hypnotische Augen, die Willensstärke demonstrierten. In seiner gebückten Haltung schlurfte der Alte vorsichtig Schritt vor Schritt setzend vor Malthaner ins Wohnzimmer und bot ihm einen Platz in einem großen, bunt gemusterten Sessel an. Das Sitzmöbel gab unter dem Gewicht Malthaners spürbar nach. Hochdorf setzte sich in ein Ebenbild von Sessel, genau ihm gegenüber. Das Zimmer machte nur auf den ersten Blick den Eindruck einer typischen Seniorenbehausung. Ein mächtiger Eichenschrank dominierte das Zimmer. Selbst die großen Sessel und ein in gleichem Muster gehaltenes Sofa schienen sich vor dem Ungetüm zu ducken, so umstanden sie einen Wohnzimmertisch. Eiche. In einer Ecke thronte ein großer Fernseher auf einem ovalen Holztisch. Alle Möbel hatten ganz gewiss schon viele Jahre in diesem Zimmer gestanden. Malthaner brauchte zwei Minuten, bis er bemerkte, was ihn irritierte. Es war die Ansammlung von Fotos an den Wänden und die Motive, die sie zeigten: Männer, die dem Idealbild des Ariers entsprachen, entschlossen und heroisch blickten sie aus makellosen Uniformen in die Kamera. Jeder für sich die Verkörperung des Übermenschen. Kriegsgetümmel war auf anderen Fotos abgebildet. Szenen, die eindeutig die Heldentaten der großen vaterländischen Truppen dokumentieren sollten. Der Anblick ließ Malthaner schaudern. Warum hatte ihm Rudi nichts davon gesagt? Hochdorf beobachtete ruhig Malthaners Reaktion auf die Fotos. Er wartete ein paar Atemzüge lang, dann lächelte er ein Lächeln aus seinen kalten Augen, das Malthaner durch Mark und Bein ging. Dieser Mann gegenüber wirkte diabolisch. Die Idealbesetzung in einer Stephen-King-Verfilmung. Dieser Gedanke beschämte Malthaner, schließlich war sein Gegenüber ein alter, todkranker Mann. In Malthaners Bauch rumpelte es.

Vor sich hinlächelnd ließ Hochdorf ihn in seiner Mischung aus Unbehagen, Ehrfurcht und Panik köcheln, bevor er das Wort ergriff. »Sie sind schockiert?«

»Äh, nein.« Malthaners Stammeln verriet die Unsicherheit, die sich seiner bemächtigt hatte.

»Sie müssen wissen, dass ich auch heute zu den Werten stehe, für die ich einst geschworen habe, mein Leben zu geben. Ich war Offizier und ich war es aus Überzeugung. Und heute? Ich verachte all diese Opportunisten, die den Ausverkauf unseres Landes vorantreiben. Degenerierte Widerlinge, die alles in den Schmutz ziehen, wofür meine Generation gekämpft hat.« Er schnaubte. Es schien, als hätte Hochdorf all seine ihm verbliebene Energie auf diesen Moment konzentriert. Wie ein Mann, der nur noch wenige Monate zu leben hatte, wirkte er nicht. Hochdorf hatte die Handflächen zusammengepresst und unter sein Kinn gedrückt. Mit spöttischer Überlegenheit sah er Malthaner an. »Sehen Sie, ich bin auch heute noch ein glühender Anhänger der Politik der Partei.« Es war klar, welche Partei er meinte. »Und ich sehe keinen, aber auch gar keinen Grund, das nicht zu sagen. Wären wir damals konsequenter vorgegangen, stünde es um Deutschland heute besser.«

Konsequenter. In Malthaners Kopf summte etwas. Wie durch einen Vorhang hörte er Hochdorf weiterreden und fühlte sich wie ein unbeteiligter Zuschauer, der die Szene von außen beobachtet. »Ich bin nicht wie all die Mitläufer und Umfaller, Wendehälse und Feiglinge, die nur den eigenen Kopf retten wollten. Wir hatten brillante Denker damals und wir lebten alle für die große Idee. Und diese Idee wird wiedererstarken, verstehen Sie?« Hochdorf, ein in der Wolle gefärbter Nazi! Malthaner schluckte hart, es fühlte sich an, als befände sich Kupfer in seinem Mund. Mit glühenden Augen redete der alte Hochdorf weiter. »Sie sehen es doch selbst, wenn Sie sich umblicken: Chaos überall. Mühsam versuchen die Mächtigen in diesem Land, die Illusion von Sicherheit und Wohlstand aufrechtzuerhalten. Aber das wird immer unmöglicher. Und Sie wissen, dass sich die Menschen nichts sehnlicher wünschen als eine Art von Ordnung, eine starke Ordnung. Was glauben Sie, wie lange das alles in diesem Land noch so weitergeht wie jetzt? Das ist ein Pulverfass, an dem die Lunte schon brennt. Die Explosion wird nicht mehr lange auf sich warten lassen. Und das wird die Stunde entschlossener Männer sein, glauben sie mir. Männer voller Disziplin und Selbstdisziplin, die ihrem Leben einen tieferen Sinn geben. Disziplin ist wichtig, müssen Sie wissen. Ohne Disziplin wäre ich schon lange tot.«

So, wie er Malthaner anblickte, schien Karl Hochdorf zufrieden mit seiner Rede. Schon wieder musste Malthaner schlucken. Der Kupfergeschmack verstärkte sich. Was redete dieser Hochdorf? War das alles sein Ernst oder waren es die Fantasien eines von der Krankheit zerfressenen Mannes?

»Eigentlich wollte ich mit Ihnen über Dietmar sprechen«, sagte er.

»Dietmar, ja.« Der Alte schien entrückt.

»Können Sie mir sagen, wer seine Bekannten oder Freunde waren?«

»Wie der Kommissar«, höhnte Hochdorf. Diese Augen!

»Wie Ihnen der Kommissar schon gesagt hat, wollte sich Dietmar kurz vor seinem Tod mit mir treffen. Mich interessiert, warum. Schließlich hatten wir uns schon vor langer Zeit aus den Augen verloren.«

»Da kann ich Ihnen vermutlich nicht weiterhelfen.« Zuvorkommend plötzlich, fast freundlich jetzt der alte Mann. »Dietmar hat mich altes Wrack zwar regelmäßig besucht, aber sein Privatleben hat mich nicht besonders interessiert. Einmal war er längere Zeit mit einer Frau zusammen, die mit ihm gemeinsam gearbeitet hatte, Martina Dietrich. Ich dachte schon, die beiden würden vielleicht heiraten, aber das war dann doch nichts.«

»Dietmar hat früher lange Zeit im Ausland gelebt. Was hat er dort gemacht?«

»Junge Leute lassen sich doch gerne den Duft der weiten Welt um die Nase wehen. Genau das hat er getan. Er hat viele Länder besucht. Hatte Recht, der Junge. So hat er wenigstens etwas von der Welt gesehen, von der er so jung gehen musste.« Es war nicht auszumachen, welche Gefühle er beim Gedanken an den Tod seines Enkels empfand, er versteckte sie hinter seinem unbeweglichen Maskengesicht. Auf Rehberg hatte er wie ein gebrochener alter Mann gewirkt. *Der Tod von Dietmar wird ihm den Rest geben.* Malthaner selbst wusste nicht, was in dem gebeugten Senior vorging. Als würde sein Gegenüber seine Gedanken ahnen, sagte der Alte: »Sie werden mich nicht um Dietmar weinen sehen. Erinnern Sie sich, was ich Ihnen eben über Disziplin und Selbstdisziplin gesagt habe!«

Unsicher fiel Malthaner mit der Tür ins Haus: »Wer könnte Ihren Enkel ermordet haben?«

Obwohl Hochdorfs dunkle Augen auf ihn gerichtet waren, schien es, als schaue er durch ihn hindurch. Er griff sich seinen Stock und gab ihm zu verstehen, er solle verschwinden. »Ich bin sehr müde, bitte gehen Sie jetzt.«

Mit einem Blick auf die Bilder an der Wand erhob sich Malthaner aus dem bunten Sessel, in den er so tief eingesunken war. »Eine Frage noch: Wo kann ich diese Martina Dietrich erreichen?«

»Sie arbeitet vermutlich noch bei der *Alb-Kasse*. Als sie mit Dietmar zusammen war, hatte sie eine Wohnung in der Marktstraße. Wo sie jetzt wohnt, weiß ich nicht.« Nach einer kurzen Pause fügte er hinzu: »Ich habe sie nie besonders gemocht.«

Als die Wohnungstür hinter ihm ins Schloss fiel, atmete Malthaner tief durch. Unter seinen Achseln hatten sich Schweißflecken gebildet, die ihn anwiderten. Jetzt nahm er im Hausgang einen intensiven Geruch nach gebratenen Zwiebeln wahr, den er bei seiner Ankunft nicht bemerkt hatte. Er machte, dass er in den Saab kam. Das Gespräch mit Karl Hochdorf hatte ihn mitgenommen. Gerne verzichtete er darauf, die Nachbarin zu besuchen, die Hochdorf am Grab seines Enkels gestützt hatte.

Auf dem Heimweg kaufte er sich die *Landeszeitung*. Noch im Auto blätterte er den Stuttgarter Lokalteil auf. Der Mord an Dietmar war heute nur noch eine Meldung mit zwanzig Zeilen wert. Es gebe nichts Neues, die Polizei halte sich bedeckt und so weiter.

Das Telefon riss ihn aus seinen Gedanken. Es war Rehberg, der ihn davon in Kenntnis setzte, dass er dringend zu einer Besprechung nach Stuttgart zurück müsse, jedoch so bald wie möglich wieder in Albstadt auftauchen wolle. Sie verabredeten, dass sie sich gegenseitig auf dem Laufenden halten wollten. Malthaner berichtete kurz von seinem irritierenden Besuch bei Hochdorf. Auch Rehberg waren die Fotos aufgefallen, er hatte ihnen aber keine größere Bedeutung zugemessen. Äußerungen wie Malthaner gegenüber hatte der alte Hochdorf ihm nicht zu Ohren kommen lassen. Der Kommissar hatte mit Martina Dietrich, Einsteins früherer Freundin bereits geredet, von der Hochdorf senior auch ihm berichtet hatte. Er deutete an, dass sie ihm interessante Dinge erzählt habe, die er ihm in der Kürze der Zeit aber nicht ausreichend erklären könne. »Dynamit, Jörg, reines Dynamit. Geradezu unglaublich schockierend. Bevor ich das aber weitergebe, werde ich das LKA einschalten.« Mehr war ihm nicht zu entlocken. Nettes Mädel«, schwärmte er noch kurz, »hat ihn nach einiger Zeit sitzen lassen. Sie kamen wohl nicht mehr gut zurecht miteinander.«

Rehberg atmete tief ein und schob ein »So was kommt vor« nach. Es war Malthaner unmöglich herauszuhören, ob Rudi damit auf seine kriselnde Ehe anspielen wollte.

Martina Dietrich leitete eine Filiale der *Alb-Kasse* im Osten der Stadt, wie Rudi ihm gesagt hatte. Als Malthaner schon den Telefonhörer in der Hand hielt, überlegte er es sich anders. Er wollte sie selbst besuchen.

Die Bankfiliale in der Oststadt machte von außen einen bescheidenen Eindruck, was gar nicht dem sonstigen Stil der *Alb-Kasse* entsprach. Im Schalterraum, der herkömmlichen Bankstandard verkörperte, herrschte kaum Betrieb.

Ein Rentner stand an einem der beiden Schalter und hob 300 Mark ab, wie Malthaner deutlich mitbekam, ohne bewusst hinzuhören. Er stellte sich nebenan vor den zweiten Schalter, wo ihn eine mausartige Mittvierzigerin spitz anschaute. Als er sagte, er wünsche Frau Dietrich zu sprechen, zog sie einen Mundwinkel leicht nach oben, murmelte ein verwaschenes »Moment bitte« und rauschte ab. Mit einer Frau im Schlepptau, die sich als Martina Dietrich erwies, kam sie zurück. Die Dietrich trug ein dunkelblaues, tailliertes Kostüm, das seinen Zweck voll erfüllte und ihre Rundungen an den richtigen Stellen betonte. Nicht die klassische Schönheit, die Modedesigner für das Maß der Dinge halten, aber eine Frau mit natürlicher Ausstrahlung. Vor allem ihre grünen Augen hatten vermutlich eine magische Anziehungskraft auf Männer. Ein Gesicht mit klaren Linien, gleichmäßig. Ihr rotbraunes Haar trug sie offen, es reichte ihr weit über die Schultern. Make-up hatte sie reichlich, aber nicht aufdringlich aufgetragen; in einem Maß, das auf Malthaner anziehend wirkte. Wahrscheinlich würde das Rouge auf ihren Backen keine zehn Minuten in der Glutofenhitze draußen überstehen.

»Kann ich Ihnen helfen?«, fragte sie mit einem geschäftsmäßigen Lächeln, bei dem sie perfekte Zähne entblößte. Malthaner verscheuchte eine anzügliche Bemerkung, noch bevor sie sich in seinem Kopf festsetzten konnte.

»Mein Name ist Jörg Malthaner, ich würde gerne mit Ihnen über Dietmar Hochdorf sprechen.« Er sagte es leise, als er sah, dass die Mausartige nebenan den Hals reckte.

Das Lächeln auf Martina Dietrichs Gesicht verschwand. Auch sie redete leise. »Von der Polizei sind Sie nicht?«

»Nein, ich habe mit Dietmar Abitur gemacht.«

»Und was führt Sie dann ausgerechnet zu mir?«

»Können wir das nicht unter vier Augen bereden?«

Sie schien kurz zu überlegen, dann bat sie ihn in ein Büro neben dem Schalterbereich. Ein Computer stand auf dem Schreibtisch, davor Akten, ein dickes Buch und das *Handelsblatt.* Martina Dietrich bot ihm einen Sitzplatz an. Sie achtete auf Distanz, nicht nur räumlich. »Also, was wollen Sie von mir?«

Er setzte sie kurz ins Bild, stellte sich als früherer Schulfreund vor und erzählte, dass Einstein sich mit ihm habe treffen wollen. Auch von seiner Freundschaft zu Rehberg berichtete er. Und dass er von den Unterschlagungen Dietmars wusste. Alles andere behielt er für sich.

»Er ist ermordet worden, das weiß ich von diesem Kommissar Rehberg«, sagte sie emotionslos. »Sie können sich bestimmt vorstellen, dass die Gerüchteküche bei unserem Geldinstitut brodelt. Als plötzlich Dietmars Todesanzeige in der Zeitung stand, gab es sofort Gerüchte. Von Selbstmord oder Mord war die Rede. Kein Wunder angesichts der Umstände.«

»Können Sie mir etwas über Ihre Beziehung zu Dietmar sagen?«

»Wir waren fast zwei Jahre zusammen und haben uns dann wieder getrennt, wie so etwas eben so läuft.« Sie schlug das linke Bein über das rechte, der Rock rutschte ein Stück nach oben, wie Malthaner registrierte.

»Sie haben sich in der Bank kennen gelernt?«

»Ja.« Hier war ihr Revier und nicht seines, das sagten Malthaner ihre grünen Augen, die ihm unverwandt ins Gesicht schauten.

»Können Sie sich erklären, wie es zu der schrecklichen Tat gekommen ist, hatte er Feinde?«

»Herr Malthaner, wir haben uns schon vor einem Jahr getrennt. Genau genommen habe ich mich von ihm getrennt. Auf Dauer hätte die Beziehung sowieso nicht gehalten. Um einen möglichst dicken Schlussstrich zu ziehen, habe ich mich dann beworben, als die Leitung der Filiale ausgeschrieben war. So bestand nicht mehr die Gefahr, dass ich Dietmar jeden Tag in der Zentrale begegne.« In ihrer Hand drehte sie einen goldenen Kugelschreiber, den sie von der Schreibtischplatte genommen hatte. Die Atmosphäre in diesem Büro war nicht gerade eisig, aber doch distanziert. »Im übrigen weiß ich nicht, warum ich Ihnen Dinge aus meinem Privatleben erzählen sollte.« Verständlich.

»Wie ich Ihnen gesagt habe, wollte sich Dietmar mit mir treffen. Ich weiß nicht warum, wir hatten uns zwanzig Jahre nicht mehr gesehen. Dann wird Dietmar ermordet und in seiner Wohnung tauchen Zeitungsausschnitte über meine journalistische Arbeit auf. Da ist es doch nur logisch, dass ich mich für die Sache interessiere.«

»Aus Ihrer Sicht haben Sie bestimmt Recht.« Sie erlaubte sich den Luxus eines traurigen Lächelns, das jetzt nicht mehr professionell, sondern ehrlich wirkte. »Mich beschäftigt das Ganze ja auch, seit ich es weiß. Auch wenn Dietmar und ich schon lange auseinander waren, nimmt mich das alles ganz schön mit, glauben Sie mir.«

»Das sieht man Ihnen nicht an.«

»Falls das Ihre Art ist, ein Kompliment zu machen, danke.« Jetzt schlug sie das rechte Bein über das linke. Schöne Beine.

Erneut versuchte er es mit einer Frage. »Mit wem hatte Dietmar Kontakt, haben Sie irgendeine Ahnung wer oder was hinter dem Mord stecken könnte?«

»Nein, nicht die Spur. Übrigens hat mir der Kommissar schon all diese Fragen gestellt.« Als fiele es ihr erst jetzt auf, sagte sie: »Dann waren Sie also mit Dietmar und dem Kommissar in einer Klasse?«

»Genau.« Martina Dietrich trug mehrere Ringe, von denen er nicht ausmachen konnte, ob sie nur Modeschmuck waren oder ob sich ein Ehering darunter befand.

Sie hatte den Kugelschreiber wieder auf den Schreibtisch gelegt. »Wissen Sie, ich bin eine Frau, die großen Wert auf ihre Freiheiten legt. Ich will niemandem Rechenschaft schuldig sein, außer mir selbst. Außerdem liegt mir mein berufliches Fortkommen sehr am Herzen. Eine dauerhafte Verbindung kann ich mir im Moment schwer vorstellen.« Reflexartig schüttelte sie das Haupt mit dem langen rotbraunen Haar. »Oder gar eine Ehe; eine grauenhafte Vorstellung.« Die Distanz zwischen ihnen beiden bröckelte. Malthaner beschloss in genau diesem Moment, Martina Dietrich zu mögen.

Lügen musste er nicht: »Ganz ehrlich: Es ist mir unangenehm, Ihnen solche persönlichen Fragen zu stellen, aber ich versuche, mir ein Bild von Dietmar zu machen. Vor allem will ich herausfinden, wie ich in die ganze Geschichte passe.«

»Unangenehme Fragen zu stellen, gehört doch zu Ihrem Beruf.«

Jetzt war es an ihm zu lächeln. »Das behaupten viele. Wie würden Sie Dietmar beschreiben, was für ein Typ war er?«

»Sehr selbstbewusst bis hin zur Arroganz. Erfolgsorientiert. Gut in seinem Job.« Sie dachte nach. »Dominierend. Das ist das treffende Wort. Er wollte die Nummer eins sein, egal worin und bei wem. Am Arbeitsplatz ebenso wie im Privatleben. Das war wohl auch ein Grund dafür, dass wir uns getrennt haben. Eine Frau, die ihr eigenes Leben weiterführt und Karriere macht; das bereitete ihm echte Probleme.« Als wäre das nicht die ganze Wahrheit, schaute sie an Malthaner vorbei in den Raum hinein.

»Dietmar war früher oft im Ausland. Was hat er dort getan?«

Als gebe es dort etwas sehr Interessantes zu sehen, blickte sie jetzt auf den Teppichboden. Dann nahm sie ihn mit ihrem Blick gefangen. »Okay. Ich war eben nicht ganz ehrlich zu Ihnen. Wir haben uns nicht nur einfach so getrennt. Es hatte indirekt mit seinen Auslandsaufenthalten zu tun. Das gehört zu den Dingen an ihm, die mir Angst gemacht haben.« Wieder nahm sie den Kuli in die Hand. »Immer wieder hat er mir vorgeschwärmt, wie er damals monatelang durch die USA gereist ist. Eine tolle Zeit, Lebenstraum in jungen Jahren erfüllt und all so was.« Deutlich vernehmbar seufzte sie, als sie den Blick wieder auf den Boden heftete. »Wenn es um seine anderen Auslandsaufenthalte ging, die ja alle vor meiner Zeit waren, blieb er anfangs fast stumm. Ich solle nicht so viel nachfragen, war seine stereotype Antwort. Es sei besser für mich, nicht alles zu wissen, es gebe da dunkle Punkte in seiner Vergangenheit, deutete er an, über die er nicht sprechen wolle. Mit diesen Erklärungen habe ich mich aber nicht abspeisen lassen. Ich verlange Offenheit und Ehrlichkeit in einer Beziehung. Als ihm das endlich klar geworden ist, hat er begonnen, es mir zu erzählen, und dann war ich diejenige, die keine Einzelheiten mehr wissen wollte. Und, wenn Sie es genau wissen wollen, das war dann auch der ausschlaggebende Punkt für unsere Trennung.«

Sein Herz machte einen Sprung, wie ein Automotor, der fast abgestorben war, um im letzten Moment doch noch anzuspringen. Und diese heftige Reaktion lag nicht an dem Blick aus ihren schönen Augen. Malthaner ahnte, dass ihre nächsten Sätze Entscheidendes über Dietmar Hochdorf verraten würden; etwas, das ihm nicht gefallen würde.

Ohne, dass er Martina Dietrich drängte, sprach sie weiter, die rechte Faust fest um den Kugelschreiber geschlossen. »Dietmar hat schlimme Dinge getan.«

Malthaners Unterlippe bebte leicht.

Ruhig sprach sie weiter. »Er hat gemordet. Für Geld gemordet.« Ein fragendes Augenpaar richtete sich auf sie. »Dietmar hat sich eine Zeit lang als Söldner verdingt. Und er hatte Spaß daran.«

Söldner. Hatte nicht Hansi Schneider in einem Gespräch vor etwa einer Woche – oder war es schon länger her? – gerade diese unglaubliche Tatsache angedeutet? Eine Vermutung, hatte Hansi gesagt. Eine, die Malthaner als reine Fantasie vorgekommen war. Er schluckte, und wieder schien er Kupfer im Mund zu spüren, so wie vorhin im Wohnzimmer von Karl Hochdorf.

»Söldner. Das hat er Ihnen gesagt?«

»Nachdem ich ihn dazu gedrängt hatte. Sie wissen ja, dass er bei der Bundeswehr eine Einzelkämpferausbildung absolviert hat. Die kam ihm bei diesem schmutzigen Geschäft zugute. Sie glauben gar nicht, wo überall auf der Welt schwerbewaffnete deutsche Soldaten im Dienste irgendeiner Armee morden. So auch Dietmar. Er hat mir erzählt, er habe immer wieder dieselben Mordbrenner getroffen. Entwurzelte Männer. Bezahlte Kampfmaschinen, denen es nur ums Geld, manchmal auch um das Abenteuer geht. Die metzeln heute für eine Privatarmee in einem Staat in Afrika ein Eingeborenenvolk nieder, für das sich der Rest der Welt noch nie interessiert hat, wenige Monate später treffen sie sich, um in Süd- oder Mittelamerika gemeinsam mit der regulären Armee Guerillas zu töten. Und im jugoslawischen Bürgerkrieg hat er anfangs auch gekämpft.«

Ihre Stimme war belegt. So wie er eben, musste sie jetzt schwer schlucken, die Erinnerung an Dietmar Hochdorf hinunterschlucken. Malthaner saß stumm da, er konnte nichts sagen. Rauschen im Kopf.

Mehr zu sich selbst als an Malthaner gerichtet, redete sie weiter. »Das Unerträglichste für mich an der Situation war, dass er noch eine Art Stolz entwickelt hatte für das, was er da tat. Einmal hat er mir gesagt, es sei immer für die gute Sache. Solche und ähnliche Sprüche musste ich mir anhören. Vielleicht hat er das sogar selbst geglaubt.« Sie sah ihn an, bleich geworden unter ihrem Make-up. »Verstehen Sie jetzt, dass ich alles, was mit Dietmar Hochdorf und mir zusammenhängt, möglichst vergessen will?«

Die Dämonen der Vergangenheit begraben. Das konnte Malthaner nachvollziehen.

»Was hat ihn nur dazu getrieben, ihn, einen ehrgeizigen, intelligenten Schüler mit den besten Noten, der in allen Bereichen hätte Karriere machen können? Ich verstehe es nicht«, murmelte er, benommen von dem, was Martina Dietrich ihm erzählt hatte.

»Wer versteht schon, was in anderen Menschen vorgeht?«, sinnierte sie. »Angefangen hat er aus Abenteuerlust. Er wollte das ausprobieren, was ihm die Bundeswehr in seiner teuren Ausbildung beigebracht hatte, hat er mir gesagt. Ob es die Wahrheit war, weiß ich nicht.« Sie senkte die Stimme. »Ob er mir jemals in irgendeinem Punkt die Wahrheit gesagt hat, auch nicht. Inzwischen ist es mir auch völlig egal.« Sie hatte sich gleich wieder unter Kontrolle. »Verstehen Sie jetzt, dass ich nicht mehr an Dietmar erinnert werden will?« Das erklärte auch, warum sie nicht bei bei der Beerdigung war.

»Das alles haben Sie auch dem Kommissar erzählt?«, wollte er wissen.

»Ja. Und ich hoffe, damit ist die Sache für mich ausgestanden.«

»Würden Sie mir trotzdem noch einige Fragen beantworten?«, fragte er betont sanft.

Sie nickte.

»Haben Sie eine Vermutung, warum er mich treffen wollte und Zeitungsartikel über mich gesammelt hat? Hat er jemals über mich gesprochen?«

»Nein. Aber bedenken Sie, dass wir uns schon lange getrennt hatten. Wer weiß schon, was im letzten Jahr alles passiert ist.«

»Kennen Sie Manfred Beilsteiner?«

»Natürlich. Er ist Kunde unserer Bank. Außerdem ist es unmöglich, in Albstadt zu leben, ohne Manfred Beilsteiner zu kennen. Besonders in den letzten Monaten ist er häufig in der Zeitung. Häufiger als ihm lieb ist, nehme ich an. Dietmar – und darauf wollen Sie ja wohl hinaus – war mit ihm befreundet. Er hat ihn mir einmal vorgestellt. Ich mag diesen Beilsteiner nicht.« Eine kleine Pause. »Aber das sage ich nur als Privatperson, nicht als Filialleiterin der *Alb-Kasse*. Ein unangenehmer Mensch, dieser Beilsteiner. Dietmar kannte ihn von der Bundeswehr, er war dort sein Ausbilder. Sie waren beide wohl von ähnlichem Temperament. Zwei aus einem Holz sozusagen. Sie sind ab und zu abends auf Sauftour gegangen. Was die beiden verbunden hat, nennt man wohl eine Männerfreundschaft. So genau weiß ich nicht, was die beiden alles gemeinsam unternommen haben, außer zu saufen und zu schießen.«

»Schießen?«

»Beide waren Waffennarren. Sie haben sich immer wieder oben bei der Müllanlage getroffen, um Pistolen und Gewehre auszuprobieren. Platz hat es dort schließlich genug, und der Lärm stört auch niemanden.«

Malthaner grübelte.

Martina Dietrichs Blick hatte den Schleier der Trauer verloren. »Sie sehen, wenn Sie sich bisher ein Bild von dem edlen Dietmar Hochdorf gemacht haben, müssen Sie das revidieren. Er war ein höchst zwiespältiger Charakter. Das sage ich, obwohl ich ihn für kurze Zeit wirklich geliebt habe.«

Sie hatte sich wieder völlig in der Gewalt. Ihr würde es gelingen, die Dämonen der Vergangenheit zu begraben.

Je mehr er über Dietmar Hochdorf erfuhr, desto verwirrter war er. Von einer Telefonzelle rief Malthaner in der Praxis von Brigitte an. Sie hatte heute keine Sprechstunde mehr, bereitete Laborversuche vor. Sie verabredeten sich in einem Biergarten außerhalb der Stadt. Eine schmale Fahrstraße führte den Berg hinauf zu dem mitten im Wald liegenden Gartenlokal. Als er eintraf, war schon mächtig Betrieb: ein- und ausparkende Autos, junge Eltern schoben Kinderwagen, drei Mountainbikes der Einsteigerklasse lehnten an dem uralten mächtigen Laubbaum, um den herum sich die Bierbänke und -tische gruppierten, die etwa zur Hälfte besetzt waren. Rentner und Jugendliche an einem Tisch, Kaufleute, die auf ein Feierabendbier aus der heißen Stadt hier heraufgekommen waren und dann doch länger blieben, als sie ursprünglich vorhatten. Die Getränke musste man an einem Kiosk selbst holen. Er entschied sich für ein helles Weizenbier, mit dem er auf einen leeren Tisch zusteuerte.

Malthaner blickte in die Runde. Manches Gesicht kam ihm bekannt vor, wenngleich ihm die dazugehörenden Namen nicht einfallen wollten. Als er sich umdrehte, erblickte er zwei Tische hinter sich Sabine Dombrowski, die Frau aus dem Reisebüro, die früher einmal mit seinem Kumpel Rainer befreundet war. Der schwarzhaarige Typ neben ihr schien ihr aktueller Lover zu sein. Auch ihn hatte Malthaner schon gesehen, wusste aber nicht, welcher Schublade seines Gedächtnisses er zugehörig war. Malthaner genoss den ersten, tiefen Schluck des kalten Bieres. Eine Mücke hatte sich zum Ziel gesetzt, ihn zu ärgern und umkreiste seinen Kopf. Alle Versuche, sie zu verscheuchen, waren ohne Aussicht auf Erfolg.

Brigitte hatte ihn gleich entdeckt. Mit ihrem athletischen Gang kam sie auf seinen Tisch zu. Sie trug eine schwarze Jeans und eine kurzärmelige rote Bluse. Zur Begrüßung küsste sie ihn auf die Stirn.

»Na, wie war dein Tag?« begehrte er zu wissen.

»Ziemlich durchschnittlich, würde ich sagen. Viel zu viele Patienten in viel zu kurzer Zeit, viel zu viel Schreibkram mit den Krankenkassen und viel zu viele Besuche von Pharmavertretern. Wie immer also.« Ihr Lachen verursachte in ihm ein Gefühl der Zärtlichkeit. Ja, er liebte sie.

»Und wie ist es bei dir heute so gelaufen?«, wollte Brigitte wissen.

»Überhaupt nicht durchschnittlich. Je mehr ich über Dietmar Hochdorf erfahre, desto weniger weiß ich.«

Ihren fragenden Blick deutete er als Aufforderung, zu erzählen. Also erzählte er.

Das Gespräch mit Hauser, das er von Brigittes Penthouse aus führte, war kurz und knapp. Eigentlich wollte er dem Kollegen nur kundtun, dass er noch ein paar weitere Tage in Albstadt bleiben würde. Martin Kaiser schien von seiner längeren Abwesenheit nicht besonders begeistert zu sein, wenn er Hausers Andeutungen richtig interpretierte. Die Frage Hausers nach einem Termin für seine Rückkehr nach Stuttgart beantwortete Malthaner ausweichend. Froh darüber, dass Hauser nicht nachbohrte.

»Ach ja, Jörg ...« Hausers Stimme, lauernd. Wenn er so begann, steckte etwas dahinter.

»Ja?«

»Was spricht man denn auf der Alb so über unsere Leiche?«

»Du meinst Dietmar Hochdorf?«

»Wen sonst? Ich nehme nicht an, dass du noch mehr Leichen am Hals hast!«

»Das hiesige Lokalblatt hat noch gar nichts über den Fall gebracht.«

Malthaner war nicht sonderlich wohl. Weder wollte er Hauser verprellen, dem er einiges zu verdanken hatte, noch wollte er, der freie Mitarbeiter der *Landeszeitung*, in Zusamenhang mit dem Mordfall Hochdorf gebracht werden.

»Die Kripo hat heute am späten Nachmittag eine eilig einberufene Pressekonferenz gegeben.« Davon hatte Rudi ihm nichts gesagt. Hauser redete weiter. »Die Polizei geht jetzt an die Öffentlichkeit, weil sie in dem Mordfall nicht weiterkommt. Wenn man nichts mehr zu verlieren hat, hofft man plötzlich auf die Unterstützung der Presse durch Zeugenaufrufe und ähnliches. Also wird auch dein Käseblatt auf der Alb bald etwas zu berichten haben.« Bevor er weiterredete, legte Hauser eine kleine, wohldosierte Pause ein. »Rehberg hat mir am Rande der PK gesagt, er sei einige Tage zu Ermittlungen in Albstadt gewesen. Dass du davon nichts gewusst hast, kann ich mir kaum vorstellen, wo ihr beide doch so dicke miteinander seid.«

Betroffenes Schweigen von Malthaner. Schließlich ein lautes »Klar habe ich es gewusst. Aber das hätte dir doch nichts gebracht, wenn ich es dir erzählt hätte.«

»Verkauf mir hier keinen Scheiß, Jörg. So gut kenne ich dich, dass du deine Nase ebenfalls nicht aus der Sache raushältst. Dazu bist du viel zu sehr Journalist. Verdorben von deiner Profession, so wie wir alle.«

Malthaner murmelte ein »Hmm«, weil er nicht wusste, was er sonst murmeln sollte.

Hauser ließ nicht locker. »Wenn es eine Story gibt, will ich sie haben.« Ohne eine Antwort abzuwarten, bellte er noch ein barsches »Tschau« in den Hörer und legte auf.

So war Hauser, besonders wenn er begann, wütend zu werden.

Rehberg erreichte er im Büro. »Warum hast du mir nichts von der Pressekonferenz gesagt, Rudi?«

»Weil sie nicht meine Idee war. Mein Boss, der Herr Polizeipräsident persönlich, hat mich von einer Minute auf die andere zurückbeordert, wie ich dir ja schon heute mittag angedeutet habe. Als ich wieder in Stuttgart war, hat er mich vor vollendete Tatsachen gestellt. Die Einladungen war per Fax an die Medien rausgegangen, ganze zwei Stunden bevor die Pressekonferenz stattfand. Ich wusste noch nichts davon, als ich in Stuttgart eintraf. Man gab mir eine halbe Stunde, um mich auf die Pressekonferenz vorzubereiten. Das ist Politik. Das ist beschissene Politik. Wir versuchen dicht zu halten, um in Ruhe ermitteln zu können, aber die hohen Tiere müssen Wirbel machen und der Öffentlichkeit beweisen, dass wir tatsächlich etwas tun, wenn in unserer sauberen Landeshauptstadt jemand ermordet wird.« Rudi war echt sauer.

»Dann sollte Vogt vom *Alb-Blatt* das aber auch erfahren. Ich finde, er sollte die Story nicht aus den Nachrichten hören. Ich gebe ihm Bescheid.«

»Aber behalt die Details für dich. Ich habe heute Mittag bei der Pressekonferenz auch nur das Nötigste erzählt. Die Sache mit der Millionen-Unterschlagung habe ich ebenso wenig rausgelassen wie die mit der Vergangenheit von Dietmar.«

»Du meinst die Söldner-Vergangenheit?«

»Ja. Dann hast du also auch mit seiner Ex-Freundin gesprochen. Ich sagte dir ja: Dynamit.«

»Allerdings.« Er fragte Rudi nicht, warum er ihm davon heute Mittag nichts gesagt hatte.

Alle schien an diesem Abend die Arbeitswut gepackt zu haben. Volker Vogt war ebenfalls noch im Büro, wenn auch nicht ganz freiwillig. »Schlussdienst«, erklärte der Redakteur vom *Alb-Blatt* ihm. In knappen Sätzen setzte Malthaner ihn von der Stuttgarter Pressekonferenz ins Bild.

»Scheiße«, entfuhr es Vogt. Dann muss ich noch was schreiben. Damit kann ich meine erste Seite nochmal völlig neu planen. Feierabend ade.«

Malthaner bat den jungen Kollegen, sensibel mit dem Thema umzugehen und seine Hintergrundinformationen vorerst für sich zu behalten. Dafür erntete er ein missmutiges »Sie klingen fast wie mein Redaktionsleiter.« Auch Vogt war mürrisch. Was für ein toller Tag!

Würde er jetzt seine Mutter anrufen, um ihr mitzuteilen, dass er in dieser Nacht nicht nach Hause käme, wäre sie Nummer vier auf der Liste Missgelaunter. Seufzend tippte er ihre Nummer ein, entschlossen, jeder Diskussion aus dem Weg zu gehen.

Leise schlüpfte er morgens aus dem Bett und schlich sich in die Küche, um den Kaffee aufzusetzen. Brigitte schlief noch. Gespannt auf Vogts Artikel holte er das *Alb-Blatt* aus dem Briefkasten. Natürlich hatte Brigitte die Lokalzeitung abonniert, so wie annähernd 80 Prozent der Albstädter Haushalte. Unter der Headline »Opfer einer scheußlichen Bluttat« und der Unterzeile »38-jähriger Albstädter ermordet am Stuttgarter Flughafen aufgefunden« stand auf der ersten Lokalseite ein Zweispalter. Kein besonders langer Artikel, aber optisch so aufgemacht, dass er jedem Leser sofort ins Auge stechen würde. Sogar ein Bild von Dietmar Hochdorf hatte Vogt gestern Abend noch aufgetrieben. Es war unscharf, wie über eine lange Distanz mit einem Teleobjektiv aufgenommen und anschließend noch vergrößert. Vermutlich hatte Vogt es bei seinen Beschattungen aufgenommen.

Vogt behielt seine Spekulationen für sich. Kein Wort auch darüber, dass die Stuttgarter Presse schon vor Tagen über den Mord berichtet hatte. Er verkaufte seine Story als brandaktuell.

Opfer einer scheußlichen Bluttat

38-jähriger Albstädter ermordet am Stuttgarter Flughafen aufgefunden

Von unserem Redaktionsmitglied Volker Vogt

Albstadt/Stuttgart. Gerüchte über den Mord an einem jungen Albstädter hat die Mordkommission der Stuttgarter Kriminalpolizei gestern abend auf einer Pressekonferenz bestätigt. Bei dem Opfer handelt es sich um den 38-jährigen Bankangestellten Dietmar Hochdorf. Von dem oder den Tätern fehlt jede Spur. Die Polizei steht vor einem Rätsel.

Wie die Stuttgarter Kripo gestern bestätigte, wurde die Leiche des Mannes am vergangenen Mittwoch in einem Parkhaus auf dem Stuttgarter Flughafengelände gefunden. Das Opfer sei regelrecht hingerichtet worden, hieß es.

Eine Obduktion der Leiche ergab keine Anhaltspunkte. Bekannt ist lediglich, dass er aus nächster Nähe mit mehreren Kugeln vom Kaliber 38 erschossen wurde. Die Ausweispapiere, die bei dem Toten gefunden wurden, wiesen ihn als Dietmar Hochdorf aus. Der gebürtige Albstädter arbeitete als Bankkaufmann in seiner Heimatstadt. Nach dem Abitur am Albstädter Gymnasium war er Zeitsoldat bei der Bundeswehr, bevor er eine Banklehre absolvierte. Nach längeren Auslandsaufenthalten war er vor zwei Jahren wieder zu seinem alten Arbeitgeber, der Alb-Kasse, zurückgekehrt.

Das Mordopfer war ledig. Bei Freunden, in seiner Familie und im Kollegenkreis hat die Nachricht von dem brutalen Mord Entsetzen ausgelöst. Die Polizei tappt bei der Suche nach den Tätern im Dunkeln. Über mögliche Motive ist nichts bekannt. Was die Hintergründe der Bluttat angeht, hält sich die Kripo bedeckt. Dem Vernehmen nach arbeiten die Kriminalaußenstelle Albstadt und die Stuttgarter Kriminalpolizei in dem Fall eng zusammen. Hauptkommissar Klaus Konz von der Albstädter Kriminalaußenstelle wollte keine Stellungnahme abgeben und verwies auf die Pressestelle der Stuttgarter Polizei, wo gestern Abend niemand mehr zu erreichen war. Wie das Alb-Blatt aus zuverlässiger Quelle erfahren hat, führt der Leiter der Stuttgarter Mordkommission, Hauptkommissar Rüdiger Rehberg, persönlich die Ermittlungen. Er war in den vergangenen Tagen in Albstadt, um vor Ort zu recherchieren. Rehberg ist gebürtiger Albstädter und in der Stadt kein Unbekannter.
Die Kriminalaußenstelle Albstadt betont, auf Informationen aus der Bevölkerung angewiesen zu sein und bittet um Hinweise.

Als er den Artikel ein zweites Mal las, kam Brigitte in die Küche. Sie setzte sich auf seinen Schoß und las mit. Brigitte hatte nichts an außer ihrem Höschen. Nachdenklich blickte sie auf die Zeitung. Warum hatte er noch nie die einzelne Sommersprosse an ihrer linken Schläfe wahrgenommen? Er küsste genau diese Sommersprosse. Sie nahm sein Gesicht in beide Hände, strich über sein vom Schlaf ungeordnetes Haar.

Sie frühstückten ausgiebig und gemächlich.

»Heute Abend wird es spät«, sagte Brigitte. »Ich muss nach der Sprechstunde noch das Labor machen. Das dauert.«

»Schon gut«, erwiderte er grinsend, »dann fang doch einfach später an.« Er beugte sich zu ihr hinüber und streichelte ihre steifen Brustwarzen.

»Lass das«, flüsterte sie kokett und entzog sich seiner Hand. »Meine Patienten nehmen keine Rücksicht auf deine Hormonwallungen.« Lachend entschwand sie in Richtung Bad.

Langsam musste er sich Gedanken darüber machen, wann er wieder bei seinem Brötchengeber auftauchen wollte. Freie Tage bedeuteten kein Geld: Die Gleichung für freie Journalisten. Bevor er nach Hause fuhr, kaufte er in der Stadtmitte die aktuelle *Landeszeitung*. Wieder blätterte er sie gleich im Auto durch. Der Mordfall Hochdorf war auf die zweite Lokalseite gewandert. In einem 80-zeiligen Artikel berichtete Hauser über die Pressekonferenz und dass dabei nichts Neues zu erfahren war. In den letzten beiden Absätzen seines Artikels rollte er den Fall noch einmal kurz auf.

Gefasst darauf, sich Fragen seiner Mutter stellen zu müssen, ging er auf das Einfamilienhaus zu. Gerade als er den Hausschlüssel ins Schloss stecken wollte, öffnete sich die Tür wie von Geisterhand. Seine Mutter hatte den elektrischen Türöffner in der Küche bedient. Also hatte sie wieder einmal hinter dem Küchenfenster gestanden.

Keine Vorwürfe. Nur eine Frage: »Hast du denn schon gefrühstückt?« Die Angst, der Junge könne eines Tages verhungern. Eine groteske Situation: Er, der immer erfolgloser gegen den Schwimmgürtel um seine Hüften ankämpfte, und sie, die so mager geworden war. Aber ihre Sorge galt ihm, nicht sich selbst. Er schnaubte vernehmlich.

»Heute Mittag habe ich wieder einen Termin bei Doktor Sprenkler? Fährst du mich?«

»Klar.«

Das Telefon läutete. So viele Anrufe wie er in einer Woche erhalte sie in einem ganzen Jahr nicht, hatte seine Mutter dieser Tage in einem seltenen Anflug von Scherzhaftigkeit zu ihm gesagt, als Rehberg angerufen hatte. Diesmal war es Volker Vogt, der sich gar nicht erst die Mühe machte, seine Aufregung zu verbergen. Es sprudelte nur so aus ihm heraus. »Kollege Malthaner, ich habe es doch schon immer gewusst. Da oben laufen Riesen-Schweinereien.« Mit »da oben« meinte er ganz offensichtlich die Müllanlage. Seine Worte überschlugen sich fast, so als hätte er Angst, nicht alles in möglichst kurzer Zeit loszuwerden. »Der Bruder meiner Freundin ist zur Zeit beim Bund in Meßstetten, das habe ich Ihnen ja schon gesagt. Auch, dass er sich für mich umhören soll. Und das hat er getan. Ist echt fit, der Kleine.« Vogt gönnte sich kein Luftholen zwischen den einzelnen Sätzen. »Meine Vermutung, dass da einiges mit gefährlichen Stoffen läuft, hat neue Nahrung erhalten. Sven, das ist Tanjas Bruder, hatte vorgestern Abend Dienst im Offizierscasino. Musste die Z-ler bedienen ...«

»Z-ler ..?«, stutzte Malthaner.

»Zeitsoldaten. Diese gescheiterten Existenzen, die sich für vier Jahre verpflichten, dann auf zwölf Jahre auflegen, und schließlich ihr ganzes beschissenes Leben beim Bund zubringen. Also, diese Z-ler musste Klein-Sven bedienen, das heißt mit Bier versorgen und dabei hat er die Ohren gespitzt. Der einzige Sinn dieser Abende ist es, möglichst schnell möglichst viel zu saufen. Kampftrinken. Sie wissen ja, wie das ist. Mit jeder Stunde, die vergeht, werden die Burschen besoffener und gesprächiger. Und Sven hat herausgehört, dass in Meßstetten tatsächlich irgendwelche Kampfgase gelagert werden. Nach einer bestimmten Zeit werden sie dann abgeholt. Und Sven schwört, dass in dieser Runde der Besoffenen mehrfach der Name Beilsteiner gefallen ist.« Ohne Luft zu holen sprach Vogt weiter. »Sven ist Gold wert. Halten Sie sich fest. Er hat herausgehört, dass heute wieder ein solcher Transport in Meßstetten beladen werden soll. Also ich schlage vor, da hängen wir uns an. Einer geht in Meßstetten in Position und verfolgt den Laster, wenn er das Gelände verlässt, der andere löst ihn dann ab, damit nichts auffällt. Was sagen Sie dazu?«

Malthaner war überrascht, zu Wort zu kommen: »Sie haben zu viele schlechte amerikanische Filme gesehen.«

»Ach was. Das ist die Chance, meine Vermutungen zu bestätigen. Es würde mich nicht wundern, wenn der Laster von Meßstetten direkten Kurs auf die Müllanlage auf dem Stierberg nimmt. Vergessen Sie nicht, dass ich dort schon merkwürdige Beobachtungen gemacht habe.«

»Was glauben Sie, geht mich das alles an?« Malthaner wollte abblocken.

»Erzählen Sie mir doch nichts. Sie wollen den Tod von Ihrem Kumpel Hochdorf aufgeklärt wissen. Außerdem können Sie als Journalist gar nicht anders, als der Sache nachzugehen. Machen Sie mir doch nicht weis, dass Sie nicht längst Blut geleckt haben.« So Unrecht hatte Volker Vogt nicht. Außerdem: wenn er untätig in Albstadt herumsaß, konnte Malthaner gleich wieder nach Stuttgart fahren. Er wollte Vogts Euphorie nicht noch schüren, sagte deshalb nur: »Ich überlege es mir.«

Vogt wertete dies als Zustimmung. »Okay. Also bisher habe ich die Bundeswehrlaster immer abends gesehen. Hoffen wir, dass es heute auch so ist. Ich wüsste im übrigen gar nicht, was ich meinem Redaktionsleiter erklären sollte, wenn ich mich jetzt aus dem Büro abseilen wollte.«

»So wie ich Sie einschätze, haben Sie einen Plan?«

Dankbar für Malthaners Frage plapperte Vogt weiter. »Klar, Mann. Sie kennen doch den Parkplatz unweit der Einfahrt zum Militärgelände in Meßstetten?« Eine Frage, auf die der junge Reporter keine Antwort erwartete, denn er redete sofort weiter. »Sven hat heute wieder Dienst in der Kaserne. Wenn ihm etwas auffällt, ruft er mich auf dem Handy an. Ich mache es mir in meinem Auto auf dem Parkplatz bequem. Wenn ich dann einen Bundeswehr-Laster sehe, hänge ich mich ran. Mit genügend Abstand natürlich.«

»Ein sehr ausgereifter Plan«, höhnte Malthaner.

»Haben Sie einen besseren?«, kam es beleidigt zurück.

»Nein, habe ich nicht«, sagte Malthaner, »mir kommt das alles aber ein bisschen wie ein albernes Detektivspiel unter Erwachsenen vor.«

»Für mich ist das kein Spiel, sondern die Chance groß rauszukommen«, erwiderte Vogt. »Und dafür bin ich bereit, unkonventionelle Wege zu gehen. Natürlich ist mir klar, dass ich dabei einen Flop landen kann.«

Malthaner zuckte die Schultern, ohne es wahrzunehmen. Hartnäckig war er, der Junge. Das musste Malthaner eingestehen. Als er in Vogts Alter war, war er genauso. Die Jahre würden den jungen Kollegen abschleifen, seine Euphorie für seinen Job würde nachlassen. Ganz bestimmt. Leider. Das hatte Malthaner hinter sich. Nur manchmal noch entwand er selbst sich der geschäftsmäßigen, emotionslosen Einstellung zu seinem Beruf. Viel zu selten.

»Ich glaube zwar nicht, dass irgendetwas dabei herauskommt, aber von mir aus, ich halte mir den Nachmittag und Abend frei.« Aus Vogts Reaktion schloss er, dass er den jungen Kollegen mit diesem Satz glücklich gemacht hatte.

»Dann rufe ich Sie heute Nachmittag wieder an, bevor ich nach Meßstetten rauf fahre.« Vogt war in seinem Element. Was immer er an seinem Schreibtisch heute zu erledigen haben würde, mit den Gedanken würde er woanders sein.

Während seine Mutter bei Dr. Sprenkler auf ihre Spritze wartete, bummelte Malthaner durch die Innenstadt. Vor dem Rathaus hatte sich Manni niedergelassen, ein stadtbekannter Obdachloser, der seit jeher auf der Straße zu leben schien. Er gehörte zum Stadtbild, ebenso wie der Marktbrunnen gegenüber. Die Behörden ließen ihn in

Ruhe, Manni machte keinen Ärger, außer dem, ein aus der Gesellschaft Ausgestoßener zu sein. Immer wieder bei seinen Abstechern nach Albstadt sah Malthaner den Mann, dessen Alter unmöglich zu schätzen war. Früher hatte er bei schönem Wetter seinen Stammplatz vor dem großen Kaufhaus in der Hauptstraße. Die Passanten hasteten vorbei, bemüht, dem Blick aus Mannis Augen auszuweichen und ihn gar nicht wahrzunehmen. Manni blätterte in der *Zeit*. Er las tatsächlich die *Zeit*. Vor sich hatte er eine kleine Pappschachtel stehen. *Bitte um einen Solidaritätszuschlag; Aufbauhilfe West* stand auf einem in krakeliger Handschrift gemalten Zettel. Es ging die Geschichte um, Manni sei früher Mathematik-Professor in Tübingen gewesen. Ein Techtelmechtel mit einer Studentin habe ihn aus dem Gleichgewicht geworfen. Geschichten. Malthaner kramte Kleingeld aus der Börse und warf es in die Pappschachtel. »Danke Sportsfreund, es soll dir am Kindersegen reinkommen«, dröhnte Manni mit einer beeindrukkenden Stimme.

»Nee, lieber nicht«, antwortete Malthaner, grimmig lächelnd.

Bürobedarf Müller hatte umgebaut und vergrößert, wie ein riesiges Plakat im Schaufenster verkündete. *Bürowelt auf drei Stockwerken.* Die Schaufenster waren völlig mit Folie bedeckt und erlaubten keinen Blick ins Ladeninnere. Wer mehr sehen wollte, musste das Geschäft schon betreten. Bei der Deutschen Bank blickte Malthaner in die Auslage mit den Immobilien-Angeboten. Auf dem Immobilienmarkt in Albstadt und Umgebung wurden viele Einfamilienhäuser angeboten. Geplatzte Träume von Häuslebauern. Verglichen mit Stuttgarter Verhältnissen waren Immobilien hier geradezu billig zu haben.

Während er die Angebote studierte, plötzlich ein Schulterklopfen. Er drehte sich um und sah Reinhard Mössner, einen alten Kumpel von früher. Reinhard ging an Krükken. Unverschuldeter Autounfall, erklärte er. Kreuzbandriss am rechten Knie, doppelter Beinbruch links. Reinhard hatte sich vor Jahren mit einer Software-Firma selbstständig gemacht. Sie plauderten über dies und das, verabredeten sich unverbindlich für einen nicht näher definierten Abend.

Malthaner schlenderte zurück zur Praxis von Dr. Sprenkler. Seine Mutter werde gerade gespritzt, erklärte ihm eine Sprechstundenhilfe.

Nein, er rechnete nicht damit, dass er und Vogt heute Abend klüger sein würden, als sie jetzt waren. Ja, er würde das Spiel mitmachen und sich heute Abend bei der Müllanlage rumtreiben, wenn Vogt tatsächlich anrufen würde.

Die Sonne blendete Malthaner trotz der Ray Ban auf der Nase, wie er da in einem leidlich bequemen Gartenstuhl auf der Terrasse in Mutters Garten saß. Der junge Kollege von der Lokalzeitung hatte sich in eine Sache verbissen, die fast schon eine fixe Idee zu sein schien. Ein Müllskandal ausgerechnet in Albstadt, dieser von der Welt vergessenen Kleinstadt auf der Schwäbischen Alb? Das ernsthaft anzunehmen, dazu gehörte schon ein gewisses Maß an Fantasie.

Malthaner schniefte. Eigentlich hätte er die Nase putzen müssen, zog es aber vor, geräuschvoll den Rotz in großem Bogen in Richtung Rosenbeet auszuspucken. Grimmig fixierte er sein Ausgespucktes. Ein zäher Faden Speichel tropfte von dem Stengel einer Rose und zog sich in die Länge, um schließlich mit einem kaum vernehmbaren Geräusch in die Blumenerde zu klacksen. Sofort interessierte sich eine kleine Armee von Ameisen für das feuchte Etwas. Malthaner wandte den Blick ab.

Im Garten blühte es an allen Ecken und Enden. Er schaute auf die Uhr: 15.15 Uhr. Um der Untätigkeit zu entkommen, stemmte er sich aus dem Gartenstuhl. Er holte den Rasenmäher aus dem Keller und verpasste dem Rasen einen Schnitt, den der eigentlich noch gar nicht nötig hatte.

»Ich habe mich schon etwas früher aus der Redaktion gestohlen«, frohlockte Vogt am Telefon. Er hatte auf dem Parkplatz an der Landstraße Position bezogen, die sich am Bundeswehr-Gelände entlang zog. Seine Stimme klang angespannt. »Ein bisschen fühle ich mich ja schon wie im Film«, sagte er. »Da ist so ein Kribbeln, das mir sagt, dass heute etwas Entscheidendes laufen wird.« Malthaner hatte neben der Stimme von Vogt laut die Geräusche vorbeifahrender Autos im Ohr. Vermutlich war der Junge ausgestiegen und stand mit seinem Handy vor dem Auto.

»Ihr Kribbeln wird Sie enttäuschen, junger Mann«, antwortete Malthaner. »Aber da ich sowieso nichts anderes zu tun habe, leiste ich Ihnen Gesellschaft. Ich fahre rauf zu Ihnen.«

»Gerne. Vielleicht kennen Sie ja ein paar gute Blondinen-Witze.«

Einer plötzlichen Eingebung folgend, montierte Malthaner das Centurion-Bike auf den Dachträger und fuhr los.

15 Minuten später rollte der Saab auf den Parkplatz. Hinter dem Golf von Vogt stoppte Malthaner. Volker Vogt biss in einen großen roten Apfel, als Malthaner auf der Beifahrerseite in den Golf einstieg. Vogt hatte den Fahrersitz zurückgelehnt und lümmelte halb sitzend, halb liegend darin. Schiebedach und Fenster hatte er geöffnet und so für einen leichten Durchzug gesorgt. Auf dem Armaturenbrett lagen das Handy, ein Feldstecher und ein Diktiergerät. Von hier aus hatte man wirklich einen guten Blick auf die Zufahrt zum Militärgelände, die direkt von der Landstraße abzweigte.

»Na, Philip Marlowe, schon was entdeckt?«, fragte Malthaner gut gelaunt.

»Ziemlicher Betrieb beim Stützpunkt drüben«, antwortete der Mann vom *Alb-Blatt* und deutete mit der rechten Hand nach vorne auf die Zufahrtsstraße. »Scheint gerade Schichtwechsel zu sein. Alle paar Minuten fährt jemand rein oder raus, aber kein Lastwagen bisher.«

»Ich dachte, hier oben sei gar nicht mehr so viel los, seit die Luftüberwachung größtenteils abgezogen wurde«, wunderte sich Malthaner.

»Na ja, hier gibt es immer noch einige hundert Soldaten. Kein Vergleich zu früher zwar, aber doch immerhin ...« Vogt nahm das Fernglas und fixierte einen Toyota-Kastenwagen, der über die Zufahrtsstraße kam und in die Landstraße einbog. Er senkte den Fernstecher wieder. »War wohl nichts.« Enttäuschung in der Stimme.

»Sie waren nicht beim Bund?«, fragte Vogt, ohne den Blick von der Zufahrt zu nehmen.

»Nein, ich hielt Zivildienst für passender.«

»Was wissen Sie über den Bunker?«

»Bunker?« Malthaner blickte begriffsstutzig.

»So nennen die Wehrpflichtigen den Laden da drüben.« Wieder die Handbewegung in Richtung des Militärgeländes. »Kommt daher, weil ein großer Teil der Soldaten dort irgendwann unter der Erde gesessen hat. Die ganze Luftüberwachung wurde tatsächlich aus einem riesigen unterirdischen Bunker gesteuert, der unter dem eigentlichen Gelände liegt. Das müsste Ihnen als Albstädter doch bekannt sein.«

»Wenn ich behaupten würde, mich jemals sonderlich dafür interessiert zu haben, müsste ich lügen. Aber erzählen Sie mir ruhig etwas über die Anlage. Ist ein besserer Gesprächsstoff als Blondinenwitze.«

Vogt ließ sich nicht zweimal bitten. »Aus zwei unterirdischen Gefechtsständen wurde hier der gesamte militärische und zivile Luftverkehr Süddeutschlands überwacht. Einer war von der Bundeswehr, das ist der, den es noch gibt. Der andere war ein NATO-Gefechtsstand. Der wurde vor ein paar Jahren verkleinert und nach Bayern verlegt, als man allgemein der Ansicht war, das weltpolitische Klima und das Bedrohungspotential hätten sich verändert. Im Prinzip war es früher so, dass aus beiden Gefechtsständen mit Radar der Himmel nach Flugobjekten abgesucht wurde. 24 Stunden am Tag übrigens. Wenn es gemeldete Flugzeuge waren, kümmerte man sich nicht weiter darum. Konnte ein Flieger zunächst nicht identifiziert werden, wurden Funk- und Telefonrecherchen eingeleitet. Das war etwa dann der Fall, wenn sich ein Sportflieger verflogen hatte, was recht häufig vorkommt. In einem solchen Fall werden die Hobbypiloten per Funk wieder auf ihren richtigen Kurs dirigiert.« Vogt blickte Malthaner jetzt von der Seite an, wie um zu kontrollieren, ob seine Wort auch die notwendige Aufmerksamkeit fanden. Der ermunterte ihn, weiterzureden. »Manchmal kam es auch vor, dass Abfangjäger mit scharfer Munition aufgestiegen sind, um sich das Flugobjekt aus der Nähe anzuschauen. Zu einem prekären Zwischenfall ist es allerdings nie gekommen, wenn ich recht informiert bin. Zugleich führten die Soldaten von dem Bunker aus auch die militärischen Flugzeuge im Übungsbetrieb. Den Radarleitoffizieren standen dabei zivile Lotsen der Flugsicherung in Karlsruhe zur Seite, um die Aktionen mit der kommerziellen Luftfahrt zu koordinieren. Im NATO-Gefechtsstand saßen Amis, Briten, Holländer und Deutsche Seite an Seite. Sie haben auch die komplizierten Übungen geleitet, wie das Andocken von Jägern an Tankflugzeuge. Im Bunker stand damals ein Milliarden Mark teures Computersystem, das alle Aktionen vorab simuliert hat und auf eventuelle Planfehler aufmerksam gemacht hat. Zum Beispiel, wenn die Zahl der verfügbaren Maschinen oder ihre Reichweite falsch eingeschätzt wurde.«

»Das gibt es heute alles nicht mehr?« Längst war Malthaners Interesse geweckt.

»Doch, im Prinzip läuft heute alles noch genauso, nur in viel kleinerem Rahmen. Den Bundeswehr-Gefechtsstand gibt es noch. Von hier aus wird weiterhin ein Teil des süddeutschen Luftverkehrs überwacht.«

»Haben Sie eine Ahnung, wieviele Soldaten in Meßstetten Dienst tun?«

»Früher waren es rund 2000. Heute sind es noch etwa 500. Davon ist allerdings nur ein relativ geringer Teil mit der Luftüberwachung befasst. Ansonsten ist es eine Kaserne wie viele andere auch.« Einen Augenblick verstummte Vogt und dachte nach. »Wie jede andere, ist vielleicht doch nicht ganz richtig ausgedrückt«, fügte er an. »Immerhin könnten sich die 500 Soldaten im Bunker rein theoretisch sechs oder acht Wochen autark versorgen. Die haben dort zwei riesige Schiffsdiesel-Aggregate, sind also vom Stromnetz unabhängig, wenn es darauf ankommen sollte.«

Jetzt war es an Malthaner, den Feldstecher an die Augen zu führen. In den letzten Minuten während Vogts Ausführungen hatte sich auf der Zufahrtsstraße nichts Nennenswertes getan. Auf der Landstraße herrschte dagegen ausgesprochen viel Verkehr. Eine Radarkontrolle würde hier viel, viel Geld einbringen.

Gelegentlich bogen Fahrzeuge auf die Zufahrtsstraße ab. Meist saßen Männer in Uniformen darin. Wehrpflichtige und Zeitsoldaten auf dem Weg zur Arbeit. Plaudernd vertrieben sich Malthaner und Vogt die Zeit. Natürlich ging es vor allem um Berufliches, um das *Alb-Blatt*, die *Landeszeitung*, die Entwicklung des Journalismus. Beide hatten sie erstaunlich deckungsgleiche Ansichten.

Das Handy piepte und riss sie aus ihrem Gespräch. Für eine Sekunde starrten beide auf das Telefon, bevor Vogt es schnappte, wie ein Hai nach seinem Opfer schnappt. Der Reporter hörte zu. Sein Atem ging schneller.

»Okay«, presste Vogt hervor, sichtlich aufgeregt. »Du hast einen Gefallen frei, Sveni.«

Triumphierend schaute er Malthaner an. »Hab ich's gewusst oder nicht?« Seine Stimme überschlug sich fast. »Es geht los.«

Malthaner versuchte, ihn zu bremsen. »Immer langsam mit den jungen Pferden. Was ist überhaupt los?«

»Das war Klein-Sven. Er hat gesehen, wie ein Laster beladen wurde.Von Leuten in Schutzkleidung. Er fährt offensichtlich gerade ab. Sven hat vom Telefon auf der Schreibstube angerufen und wollte sich kurz fassen. Man weiß bei diesem Verein nie, wer mithört. Achten Sie darauf, wenn hier gleich ein olivfarbener Daimler-Laster mit der Nummer Y - 2303 vorbeikommt.« Volker Vogt hatte ein glühendes Gesicht und das lag nicht nur an den Temperaturen. Auch Malthaners Puls hatte sich beschleunigt. Sie waren möglicherweise tatsächlich auf einer Fährte. Insgeheim gestand er sich ein, dass auch er gespannt war, so wie früher, wenn er eine außergewöhnliche Story gewittert hatte. Seine Hände zitterten leicht, als er den Feldstecher aufnahm.

»Und?« Vogts Stimme verriet Erregung.

»Nichts. Nur ein Ford Fiesta.«

»Den sehe ich auch mit bloßem Auge.«

»Dann wird Ihnen auch der Lastwagen nicht verborgen bleiben, Adlerauge.«

Auf der Landstraße fuhr ein Bundeswehr-Kübelwagen an ihnen vorbei. Eine Minute, zwei, drei Minuten. Nichts.

Sie sahen ihn gleichzeitig ins Blickfeld kommen. Der Laster, von dem Sven am Telefon berichtet hatte. Das musste er sein. Vogt biss sich auf die Unterlippe, trommelte mit den Zeigefingern auf das Lenkrad seines Golf. Auch durch den Feldstecher war das Kennzeichen des Lasters nicht zu erkennen. Noch war der Lastwagen zu weit entfernt. Er fuhr nicht besonders schnell.

»Wetten, dass der zur Müllanlage rauf fährt?« Eine Frage von Volker Vogt, auf die er keine Antwort erwartete.

Malthaner erwiderte trotzdem etwas. »Gut, darauf wetten wir. Ich setze mich jetzt in mein Auto und fahre schon mal vor. Ich stelle das Auto auf dem Wanderparkplatz oben auf dem Stierberg ab und mache den Rest des Weges zum Müllgelände mit dem Rad. Sie folgen dem Laster. Wenn er nicht zur Müllanlage fährt, haben wir eben falsch gepokert.«

»Wir pokern nicht falsch, Kollege Malthaner, da bin ich sicher.« Der *Alb-Blatt*-Redakteur sprach leise, flüsterte fast, die Augen unverwandt auf den langsam größer werdenden Laster gerichtet. »Ich werde ihm folgen. Allerdings kann ich nicht bis zur Müllanlage an ihm dran bleiben, das fällt auf. Er wird wie alle anderen Laster auch die große Straße nehmen, die von hinten durch den Wald zum Müllgelände führt. Ich werde reichlich Abstand halten. Wenn ich sicher bin, dass er dort rauf fährt, überhole ich ihn und fahre ein Stück vor. Dann stelle ich mein Auto abseits der Fahrbahn im Wald ab, so dass man es von der Straße aus nicht sehen kann.«

»Denken Sie, Sie hätten einen Geländewagen?«, wollte Malthaner wissen.

»Nein, aber ich kenne jeden Quadratmeter im Umkreis von fünf Kilometern rund um das Gelände. Daher weiß ich auch, dass es eine Stelle gibt, von der aus man problemlos in einen Feldweg einbiegen kann. Auf dem fahre ich noch etwa fünfzig Meter, dann kommt eine Biegung. Hinter der kann ich das Auto stehen lassen und kein Mensch wird es sehen.« Er fügte hinzu: »So geländegängig ist der Golf.«

»Ja, ja. Ich mag den Golf«, zitierte Malthaner einen früheren Werbeslogan von VW, bevor er sich aus dem Beifahrersitz schälte. Er stieg aus und beugte sich durch die geöffnete Tür zu Vogt hinüber. »Haben Sie eine Idee, wie es dann weitergeht? Der Laster rollt auf das Gelände und wir stehen im Wald.«

»Nein, wir schleichen uns rein. Ich zumindest.« Es klang, als meine er es ernst. »Ich will endlich wissen, was auf dem Ochensberg läuft.« Seufzend bewegte Malthaner sich auf den Saab zu und startete den Motor. Der Bundeswehr-Daimler rollte in diesem Moment auf die Kreuzung der Landstraße zu. Er wartete eine Lücke im Verkehr ab und fädelte sich ein. Keine weitere Minute und er würde direkt an ihrem Standort vorbeirollen. Genau in die entgegengesetzte Richtung, in die ihre Autos standen. Malthaner tat, was nicht den Regeln der Straßenverkehrsordnung entsprach. Er bog nach links von dem Parkplatz ab, das runde Schild ignorierend, das einen nach rechts weisenden weißen Pfeil auf blauem Grund zeigte. Malthaner beschleunigte. Im Rückspiegel sah er drei Wagen hinter sich den Bundeswehr-Laster, der etwa auf Höhe von Vogts parkendem Golf war. Stirnrunzelnd fragte sich Malthaner, welche Fracht das olivgrüne Diesel-Ungetüm wohl beförderte.

Nach einer knappen Viertelstunde hatte Malthaner den Wanderparkplatz auf dem Stierberg erreicht. Der Laster würde wohl noch eine ganze Weile unterwegs sein. Schwungvoll wuchtete er das Pogo vom Autodach, verschloss den Saab und schwang sich in den Sattel. In Jeans und Hemd war er noch nicht oft Rad gefahren.

Insgeheim hoffte er, es würde ihm in den nächsten Minuten noch einiges mehr einfallen. Etwa, was er tun sollte, wenn er vor der Müllanlage angekommen war. »Alles Blödsinn, was ich hier mache«, murmelte er in sich hinein, als er an den Wacholderbüschen und Silberdisteln vorbeirauschte.

Vereinzelt waren Spaziergänger unterwegs. Seit die Müllanlage mit den hässlichen Schornsteinen hier oben stand, bevorzugten die meisten Erholungssuchenden die Feldwege, die in die entgegengesetzte Richtung vom Parkplatz weg führten, in den Wald hinein, wo die Müllanlage nur eine drohende Ahnung im Rücken war.

Als er den Zaun um das Müllanlagen-Gelände entdeckte, zog er an den Bremshebeln. Von hier aus konnte er nicht erkennen, ob der Lastwagen schon angekommen war. Ob ihre Vermutung sich damit als richtig erweisen würde. Spontan wendete Malthaner. Er fuhr ein kurzes Stück zurück auf den Feldweg, den er hier neulich entdeckt hatte. Er jagte das Pogo in den Wald hinein. Als er sicher war, dass ihn niemand sehen konnte, stieg er ab. Mit dem Rad auf der Schulter verließ er den Feldweg und kämpfte sich quer durch das Gelände. Selten zuvor war er so froh, dass die Konstrukteure seinem Wettkampfrad alle überflüssigen Pfunde abtrainiert hatten. So kam er schnell voran.

Sein Ziel war genau das Gestrüpp, hinter dem er bereits vor einigen Tagen gelauert hatte, als er dem Bulldozer mit dem Kran bei der Arbeit zugeschaut hatte. Nur, dass er diesmal auf Umwegen dorthin gelangen wollte, damit ihn niemand sah. Das Pogo sicherte er mit seinem Zahlenschloss an einem Baum. Man konnte ja nie wissen.

»Mist.« Der Fluch kam ihm laut von den Lippen. Den Feldstecher hatte Vogt bei sich. Malthaner sah vor sich das Müllgelände. Die flachen Gebäude, die großen Schornsteine, der weite, fast leere Platz, auf dem Bagger und Lastwagen ohne erkennbare Ordnung herumstanden. Wieder türmte sich ein etwa fünf Meter hoher Müllberg im hinteren Teil des Geländes. Es stank nach Abfall. Die Grube, die er neulich entdeckt hatte, konnte er mit bloßem Auge eher erahnen als tatsächlich sehen. Es drangen keine Geräusche zu ihm herüber, die von Aktivitäten auf dem Gelände kündeten. Alles in allem aber war es überraschend ruhig. Vermutlich hatten die Arbeiter schon Feierabend. Er blickte auf die Uhr. 17.40 Uhr. Den Bundeswehrlastwagen konnte er nirgends erkennen, zweifelte erneut, ob er überhaupt hierher kommen würde.

Näher ran. Ihm kam entgegen, dass die Forstverwaltung sich ganz offenbar nicht besonders für dieses Waldstück interessierte. Hier war alles wild durcheinander gewachsen, ohne dass eine Menschenhand eingegriffen hätte. Die Deckung ausnutzend, die Tannen, Laubbäume, Hagebuchen und allerlei Gestrüpp bot, arbeitete Malthaner sich näher an das Gelände heran. Er hatte jetzt den Weg direkt vor sich, der an dem mächtigen Zaun vorbeiführte. Dabei veränderte sich sein Blickwinkel. Die Rückfront eines der Gebäude wurde größer. Eine Baracke bei rechter Betrachtung. Zwei kleine Fenster in der Wand, beide gekippt. Links davon hatte er Einblick in einen Teil der Halle, die ihm schon vor zwei Tagen aufgefallen war. Wieder kam sie ihm größer vor, als bei einer ersten Betrachtung anzunehmen war. Den Müllberg konnte er von hier aus nicht mehr sehen, wohl aber riechen. Etwas wollte nicht mehr zu der gleichmäßigen Geräuschkulisse passen. Er horchte angestrengt hin. Ein Motorengeräusch. Das Geräusch eines Lastwagens, der auf das Gelände fuhr und den er von seinem Versteck aus nicht erspähen konnte. Malthaner hielt die Luft an. Nicht nur wegen des Gestanks.

Da war er. Der Bundeswehr-Lastwagen rollte gemächlich durch sein Blickfeld, direkt in die Halle hinein. Also hatte Vogt recht behalten. Ob der in dieser Minute auch in einem Gebüsch kauerte? Der Motor wurde abgestellt. Zwei Männer in Bundeswehr-Kampfanzügen stiegen aus. Ihre Gesichter konnte Malthaner nicht sehen. Jung waren sie nicht mehr, so viel glaubte er mit Sicherheit erkannt zu haben. Sie gingen schnell in Richtung der Baracke.

Ohne nachzudenken, folgte Malthaner einem Impuls. Alle Vorsicht über Bord werfend, verließ er seine Dekkung und hastete seitlich von der Baracke auf den Zaun zu. Jetzt sah er die Motorhaube eines PKW, die hinter dem Barackengebäude hervorlugte. Ein Audi. Also war noch jemand hier. Sonst wäre der Laster wohl vor einem verschlossenen Tor gestanden. Mit drei Schritten hatte er den Weg überquert. Der Zaun war stabil und hoch. Kein Maschendraht, eher eine Art Stahlbetongeflecht. Zu stabil für einen normalen Bolzenschneider, vermutete Malthaner, aber solide genug, um darüber zu klettern. Er suchte sich einen der Pfosten, die alle vier Meter in den Boden gerammt waren und hangelte sich daran hinauf. Er schwang sich über den Zaun und ließ sich auf der anderen Seite fallen. Ein Stoß, den die Knie nicht abfederten, er landete hart auf dem staubigen Boden, aus dem einzelne Grasbüschel sprossen. Schwer schnaufend richtete er sich auf und rannte hinter die Baracke. Jetzt war er auf der anderen Seite. Der Feldweg war draußen. Der Gedanke an Wachhunde blitzte in seinem Hirn auf. »Scheiße!« Warum war ihm diese Überlegung nicht vorher gekommen? Minutenlang stand er still, horchte. Nichts. Hoffentlich.

Vorsichtig schlich sich Malthaner an der Bretterwand der Baracke entlang, duckte sich unter die beiden kleinen gekippten Fenster. Er hielt inne, drinnen sprachen Männer. Sprachfetzen drangen heraus. Drei Stimmen. Malthaner versuchte, sich auf die Worte zu konzentrieren, richtete sich ein wenig auf und lauschte.

Ein nicht mehr ganz junger Mann, der Stimme nach zu urteilen: »Elf Fässer.«

»Das Übliche: Sicher ist sicher. Außerdem weiß keiner so genau, was an Laugen und solchem Zeug in der Seife drin ist. Macht Euch keine Sorgen. Aber passt auf, dass ihr euch die Brühe nirgends drauf kippt, wenn ihr sie in die kleinen Fässer leert.« Eine dominierende Stimme. Souverän. Selbstsicher.

»Ich weiß nicht ...« Die erste Stimme wieder.

»Füllt das Zeug um, in einer halben Stunde seid ihr fertig damit und könnt euch einen schönen Abend im Offizierscasino oder sonstwo machen. Seit wann seid ihr so zimperlich? Ihr habt doch schon viel gefährlicheres Zeug verbuddelt.« Der Mann redete beruhigend auf seine Gegenüber ein.

Gefährliches Zeug. Verbuddelt. Vogt hatte tatsächlich Recht. Hatte verdammt Recht. Hier war etwas oberfaul. Eine Hitzewallung bemächtigte sich Malthaners Körper, er fühlte Hitzestöße seinen Rücken hinabjagen. Bisher hatte er auch seine weichen Knie noch nicht bemerkt, jetzt schon.

»Wir sollten aufhören, die Zeiten haben sich geändert. Im Bunker ist es nicht mehr so wie es zu deiner Zeit war. Wir werden kontrolliert, wir sind nicht mehr die ungekrönten Könige in Meßstetten. Das sagen wir dir immer wieder. Wir können nicht weitermachen wie bisher. Irgendwann wird die Sache auffliegen und dann sind wir alle erledigt.« Der erste Mann.

»Geh mir nicht auf den Sack. Irgendwo muss das Zeugs schließlich hin. Oder wollt ihr es auf dem Kasernengelände lassen, bis einer der neuen Chefs darüber stolpert? Dann seid ihr tatsächlich erledigt.«

Jetzt war der dritte Mann an der Reihe. »Ralf hat Recht. Der neue Brigadegeneral schnüffelt ziemlich viel in seinem neuen Revier herum. Dies und das passt ihm nicht. Außerdem erzählt er überall herum, dass er den Bunker auf Vordermann bringen will. Es ist nur eine Frage der Zeit, bis er Fragen über unser kleines Vorratslager stellt.«

»Genau deshalb müssen wir das Zeug verschwinden lassen. Ihr werdet ab jetzt jeden Tag einen LKW voll mit Material hier anliefern. Dann müsste es doch zu schaffen sein, alles in etwa zwei Wochen aus dem Bunker rauszuschaffen. Und kein Mensch wird dann mehr irgendwelche Fragen stellen. Kein Lager, keine Fragen.«

In Malthaners Kopf arbeitete es wie wild.

Der Mann, der als Ralf angeredet worden war, nahm wieder das Wort. »Wer hätte damals auch ahnen können, dass sich alles so entwickelt. Verflucht, unsere Offizierskarrieren sind gefährdet. Wir stehen beide kurz vor dem Ruhestand, aber wir müssen noch etwas durchhalten. Du hast leicht reden, Manfred. Du bist fein raus, beziehst deine Pension und dein Supergehalt in dieser Goldgrube hier. Bei uns geht es letztlich um die Existenz.« Zustimmung von Stimme Nummer eins.

Einer der Männer schien Beilsteiner zu sein. *Manfred.* Der Mann mit der Offiziersrente und dem Supergehalt.

Beilsteiner redete wieder auf die beiden anderen ein, so unaufgeregt wie souverän. »Als wir damals angefangen haben, wussten wir, dass wir ein Risiko eingehen. Und wir haben eine Zeit lang verdammt gutes Geld verdient. Vergesst bitte nicht, dass ich das größere Gesundheitsrisiko trage als ihr. Ich arbeite schließlich hier, auf dieser tickenden Zeitbombe. Es ist ja nicht nur der Mist, den wir hier schon vergraben haben. Auch das, was die früher verbuddelt haben. Das Zeug, das sie damals in den letzten Kriegsmonaten loswerden mussten: Giftgase, Sarin, Tabun.«

Malthaner fühlte einen Brechreiz in sich hochsteigen. Giftgas. Tickende Zeitbombe. Verseuchte Erde. Kaputte Heimat. Kranke Menschen. Krebs.

Wie durch einen Schleier hörte er Beilsteiner weiterreden. »Ich habe mindestens so viel zu verlieren wie ihr. Diese Umwelt-Arschlöcher machen uns verdammten Ärger, wiegeln die Leute auf. Das hat sich auch schon bis zur Thermotec herumgesprochen. Was glaubt Ihr wohl, passiert, wenn die erfahren, was alles in dieser Erde vergraben ist?« Beilsteiner legte eine Pause ein.

Malthaner wollte kotzen. Und er wollte schreien. Wollte in die blinde und taube Welt hinausschreien, was er gehört hatte.

Beilsteiner redete weiter. »Verliert jetzt nicht die Nerven. Keiner von uns konnte damals ahnen, wie sich die Sache entwickeln würde und dass die Leute diesen grünen Spinnern nachlaufen würden, dass sich das politische Klima so ändern könnte. Dass man den Leuten einreden würde, es wäre gut, einer Nation von Schwächlichen anzugehören. Das alles konnten wir nicht voraussehen. Und wir konnten nicht voraussehen, dass ein neuer Brigadegeneral die Leitung des Bunkers übernimmt. Außerdem haben wir damals wirklich an die gute Sache geglaubt, so wie heute auch noch. Durch unsere Experimente hätte die Bundeswehr wirkungsvollere Kampfstoffe erhalten als die meisten anderen Armeen auf der Welt. Wenn wir die Verantwortlichen erst einmal davon überzeugt hätten. Ja, wir sind Patrioten. Wir haben in unserem kleinen Labor Stoffe zusammengebraut, die diesem Land geholfen hätten, wieder groß und stark zu werden. Und wir hätten die Politiker überzeugt, dass sie das Zeug brauchen.«

Die beiden anderen schwiegen. Beilsteiner faselte weiter. »Wir haben hier eine Aufgabe zu Ende zu bringen, Jungs. Wir tun, was wir tun müssen. Wir sind Soldaten. Wir kritteln nicht am Leben herum. Lasst uns die Brühe umfüllen. In den nächsten Tagen müssen wir verstärkt arbeiten. Wenn erst einmal alles aus dem Bunker raus ist, kann uns keiner mehr an den Karren fahren.«

Wäre er doch nie hierhergekommen. Malthaner wollte diese Wahrheit nicht kennen. Doch dazu war es zu spät. Aus diesem Alptraum rettete ihn kein Erwachen. Sein Atem ging schwer. Er wollte weglaufen und doch hielt ihn eine magische Kraft hier fest, hielt ihn an diese Baracke gedrückt, ungläubig lauschend. Von Volker Vogt keine Spur.

»Wenn wir zusammenhalten, kann uns nichts passieren.« Manfred Beilsteiner redete weiter auf seine beiden Gesprächspartner ein. »Wir sind aufeinander angewiesen und wir sind einander ausgeliefert. Wenn wir die Nerven behalten, passiert nichts. Dieser Bursche vom *Alb-Blatt* schnüffelt zwar seit Monaten hier herum, aber der wird uns wohl kaum gefährlich werden. Er weiß ja noch nicht einmal, dass wir von seinen Aktivitäten wissen.«

Beilsteiners Stimme nahm unvermittelt einen drohenden Unterton an, dunkel und gefühlskalt. »Falls einer von euch aussteigen will, sollte er sich das Schicksal von Robatschek vor Augen führen.« Die beiden anderen antworteten nicht. Ein herrischer Beilsteiner trieb sie an. »Füllt das Zeug jetzt um.« Kein Widerspruch. Seine Ansprache hatte ihre Wirkung nicht verfehlt.

Wer war Robatschek? Eine weitere Frage, die sich einem schnaufenden, schwitzenden und verzweifelten Jörg Malthaner stellte. Die Erkenntnis um die Tragweite dessen, was er in der letzten Viertelstunde gehört hatte, ließ ihn zittern.

Die Stimmen entfernten sich. Die drei verließen offenbar die Baracke. In welche Richtung, konnte Malthaner nicht ausmachen. Er schlich dem Ende der Bretterwand zu und ging in die Hocke. Ein verdorrter kleiner Haselnussstrauch kämpfte direkt an der Gebäudeecke um sein Leben. Als er vorsichtig um die Ecke lugte, sah er sie. Keine vier Meter entfernt. Glücklicherweise strebten sie an dem parkenden Audi vorbei in die andere Richtung, auf die Halle zu, in der noch immer der Lastwagen parkte. Die Männer im Kampfanzug und ein Mann in einem dunklen Zweireiher Beilsteiner. Alle drei ganz bestimmt über 50 Jahre alt. In den Händen trugen sie silbern glänzende Schutzanzüge. Wie Tom Hanks in *Apollo 13*, schoss ihm durch den Kopf. Nur dass zu diesen Anzügen hier noch Gesichtsmasken gehörten. Einer der beiden in Bundeswehr-Kluft stoppte abrupt. »Halte mal«, rief er und drückte seinem Kameraden seinen Schutzanzug in den Arm. Er drehte sich genau in die Richtung, in der Malthaner an der Baracke kauerte. Der hoffte inständig, dass er seinen Kopf noch rechtzeitig zurückgezogen hatte. Er hörte die schweren Bundeswehrstiefel näherkommen. Malthaner kauerte wie erstarrt auf dem Boden, so musste sich das Kaninchen vor der Schlange fühlen. Noch wenige Schritte, und der Mann würde um die Ecke kommen und ihn sehen. Malthaner schraubte sich in die Höhe und drückte sich noch enger an die Wand der Baracke, als könne er sich dadurch unsichtbar machen. Er schob sich einige Schritte von der Gebäudeecke weg. Als würde ihm das helfen. Seine einzige kleine Chance lag im Überraschungsmoment, redete er sich ein. Mit gespannten Muskeln wartete er, dass der Kampfanzug um die Ecke kommen würde. Dann wollte Malthaner losrennen und versuchen, über den Zaun zu kommen. Eine Mini-Chance. Die einzige, die ihm blieb.

Die Schritte verstummten. Der Bursche musste direkt um die Ecke stehen. Malthaner hielt die Luft an und lauschte. Ein Zischen. Dann sah er den Wasserstrahl. Der Mann pisste den verkümmerten Haselnussstrauch an. Pisste wie ein Elefant. Wenn er sich beim Schließen des Hosenschlitzes ein Stück nach vorne beugte, müsste er ihn zwangsläufig sehen.

Malthaners Herz hüpfte panisch in irrwitzigem Tempo.

Rund um den Haselnussstrauch hatte sich eine Pfütze gebildet, als der Mann sich entleert hatte. Endlose Sekunden, in denen nichts geschah. Dann entfernten sich die Stiefel wieder. Keuchend versuchte Malthaner, den Kopf klar zu bekommen. Er wartete zwei Minuten, schielte dann erneut um die Ecke der flachen Baracke. Der Uringeruch verstärkte seinen Brechreiz. Die drei Männer waren in der Halle verschwunden. Malthaner schaute, dass er weg kam. Zitternd erklomm er den Zaun. Weg von hier, nur weg! Hinter sich hatte er die Baracke, die ihm Schutz bot. Ohne sich umzusehen, überquerte er den Feldweg und rannte in den Wald. Bei dem Gestrüpp, das ihm schon zweimal Deckung geboten hatte, drehte er sich um. Niemand zu sehen. Er ließ sich schwer atmend auf den moosigen Boden fallen.

Angst und Erkenntnis hatten ihm zugesetzt.

Also hatte Brigittes Vater mit seinen Vermutungen recht. Die Häufung der Krankheitsfälle waren kein Zufall. Chemisches Teufelszeug wurde hier illegal entsorgt. Vergraben. Einfach im Boden verbuddelt. Mehr oder weniger unter den Augen der Öffentlichkeit. Malthaner dachte über die nächsten Schritte nach. Vorsichtig hob er den Kopf, lugte hinter dem Gebüsch hervor. Vielleicht war auch hier tödliches Gift vergraben, genau hier, wo er kniete. Unfähig, zu einer Entscheidung zu gelangen, starrte er zum Müllgelände. So saß er eine Viertelstunde da, bis ihn eine Bewegung erstarren ließ.

Erst auf den zweiten Blick wurde ihm klar, was er sah. Volker Vogt schlich am Zaun entlang. In der rechten Hand hielt er etwas, das wie ein Werkzeug aussah. Gebückt bewegte er sich auf die Baracke zu. Sein Werkzeug warf er über den Zaun, fast genau an der Stelle, an der vorhin Malthaner darüber geklettert war. Jetzt schwang sich Vogt ebenfalls über die Absperrung. Seinen Bolzenschneider – genau das war es – aufhebend, rannte er in den schützenden Wald, keine 30 Meter von Malthaner entfernt. Der machte ihn mit einem Pfiff auf sich aufmerksam. Vogt blickte sich gehetzt um, sah Malthaner mit den Armen winken.

»Sie sehen bleich aus«, grinste Vogt. »Mir scheint, die Aufregung hat Sie etwas durcheinander gebracht.«

»Mir ist nicht zum Lachen zu Mute. Sie hatten recht: Hier läuft eine Riesensauerei. Die Sache ist viel größer und dramatischer als Sie sich vorstellen können.« Er erzählte von dem Gespräch, das er belauscht hatte.

Vogt erwiderte nichts. Blieb stumm. Doch sein Blick zeigte, dass er schockiert war. Schließlich stammelte er ein halblautes »Jesus.« Auch aus Vogts Gesicht war alle Farbe gewichen.

»Beilsteiner weiß, dass Sie hier herumschnüffeln. Und er weiß von Rudi Rehberg und mir. Er weiß es vom alten

Hochdorf.« Malthaner setzte den jungen Kollegen ins Bild. Der erzählte, dass er die beiden Männer im Kampfanzug beobachtet habe, wie sie große Fässer von der Ladefläche des Lastwagens holten und den Inhalt in kleinere Fässer gefüllt hätten. Sie hätten Schutzanzüge getragen. Beilsteiner sei danebengestanden, ebenfalls in einem Schutzanzug, habe die Sache beobachtet und immer wieder zur Vorsicht gemahnt.

»Kennen Sie einen Robatschek?« Vogt schüttelte den Kopf.

Die letzte Stunde hatte sein Leben verändert. Da war sich ein aufgewühlter Malthaner sicher. Das Wissen um die ungeheuerlichen Vorgänge würde ihn von heute an belasten. Ganz egal, wie die Geschichte ausging; unabhängig davon, ob er und Vogt die Sache publik machen könnten. Während Malthaner mit dem geschulterten Fahrrad auf dem Weg zurück über Stock und Stein war, auf dem er vor einer Stunde gekommen war, wollte Vogt mit seinem Handy Konz und Rehberg anrufen. Malthaner hatte ihm die Büro- und Privatnummer von Rudi gegeben. Den Eifer, sofort einen Artikel zu schreiben, hatte Malthaner Volker Vogt ausreden können. Kein verantwortlicher Redakteur einer seriösen Tageszeitung würde allein aufgrund eines belauschten Gespräches eine solche Story verantworten, und ganz bestimmt kein Redaktionsleiter einer Lokalzeitung mit all ihren Abhängigkeiten und Zwängen.

Als er aus dem Wald heraus war, setzte Malthaner das Pogo von den Schultern und stieg auf. Der Weg zum Wanderparkplatz, wo der Saab stand, schien ihm unendlich beschwerlich. Seine Glieder schmerzten und seine Seele.

»Nicht viel«, antwortete Rudi auf die Frage Malthaners, was er nach dem Anruf von Volker Vogt getan habe. »Was soll ich denn beispielsweise unternehmen, kannst du mir das sagen, Jörg? Was du in der Hand hast, reicht nicht für den Staatsanwalt. Ich kann ihm erzählen, dass ihr auf das Gelände der Firma Thermotec eingestiegen seid. Das ist mindestens Hausfriedensbruch oder gar Einbruch. Dann kann ich ihm erzählen, dass du ein Gespräch belauscht hast, aus dem du herauszuhören glaubtest, dass irgendetwas Illegales läuft. Das ist nichts. Kein Staatsanwalt wird aufgrund solcher Indizien nach dem Zeug im Boden suchen lassen, mein Lieber.«

»Du glaubst mir und Vogt also nicht?«

»Doch, auch wenn es mir schwer fällt. Aber das ist in dieser Angelegenheit nicht entscheidend. Ich bin mit der Untersuchung von Dietmars Tod beauftragt. Eine Verbindung zu dieser Müllanlage besteht nach meinem derzeitigen Kenntnisstand nicht.«

Fast flehentlich schrie Malthaner ins Telefon. »Da spielt sich in deiner Heimat ein Skandal von unglaublicher Tragweite ab, ein Verbrechen an den 50000 Einwohnern Albstadts, und du unternimmst nichts. Das kann ich nicht glauben.«

»Beruhige dich doch, Jörg. Ich habe nicht gesagt, dass ich nichts unternehme. Wenn sich eure Vermutung als richtig erweisen sollte, wird etwas passieren.«

»Vermutung nennst du das? Rudi, ich bin am durchdrehen, ich will es in die Welt hinausschreien, was auf dem Stierberg läuft.«

»Lass das vorerst sein. Ich habe mit Kommissar Konz telefoniert und ihm die Sache berichtet. Er wird vorerst vergessen, dass ihr unbefugt auf das Gelände eingestiegen seid, und sich der Angelegenheit annehmen. Dezent allerdings. Ich habe ihm gesagt, dass du dir die Geschichte nicht aus den Fingern gesaugt hast. Im übrigen recherchiert das Landeskriminalamt zur Zeit in Sachen Hochdorf. Wenn er tatsächlich Söldner war, dann finden die das raus. Auch seine Unterschlagungen interessieren das LKA in diesem Zusammenhang. Und wenn wirklich Gift im Boden vergraben ist, wird sich das LKA auch dafür interessieren.« Rudi machte eine kurze Pause, in der er sich den Geräuschen nach zu urteilen eine Zigarette ansteckte. Schon wieder rauchte Rehberg. »Außerdem wird zur Zeit auch Beilsteiner überprüft. Wenn es in seiner Biografie dunkle Punkte gibt, dann werden die nicht verborgen bleiben.«

»Deine Gleichgültigkeit macht mich krank«, brüllte Malthaner. »Das hier ist doch auch deine Heimat, Herrgott. Deine Eltern leben hier. Sie sind vielleicht auch schon verseucht. Und dich interessiert das alles nicht.«

»Jetzt flipp nicht aus. Glaube mir, auch mir liegt die Sache schwer im Magen. Ich habe verfluchte Angst, dass sich alles als wahr erweisen könnte. Ich mache, was ich kann.«

»Toll. Das scheint nicht genug zu sein.« Malthaner wurde in seiner Verzweiflung ungerecht, und er wusste es. Rehberg blieb ruhig. »Morgen früh komme ich wieder nach Albstadt. Ich habe ein sehr persönliches Interesse daran, dass Licht in das Dunkel kommt. Im Rahmen meiner Möglichkeiten werde ich mich auch um das Müllgelände kümmern.«

Brigitte hörte stumm zu, als Malthaner ihr alles berichtete. Wie aus einer Trance erwachend, nahm sie ihn in die Arme, als er geendet hatte. »Halte mich«, sagte er leise. An diesem Abend empfand er den Blick aus ihrem großen Wohnzimmerfenster hinunter auf den Ort nicht beeindrukkend. Er fühlte endlose Traurigkeit. Die Einwohner dieser friedlich scheinenden kleinen Stadt hatten keine Ahnung davon, dass sie möglicherweise verseucht wurden. Vielleicht war es besser, wenn sie nichts wussten. Wer konnte unbelastet mit diesem Wissen weiterleben wie bisher?

Wieder eine durchschwitzte Nacht voller Alpträume. Herzrasen. Panik. Leere.

Auch Brigitte schlief schlecht, früh waren sie wach. Bis neun übte er sich in Geduld, dann rief er Vogt an. Wie sich herausstellte, war es ihm in der zurückliegenden Nacht nicht viel besser ergangen. In Vogts Mittagspause wollten sie sich treffen. Er solle ihn im Büro aufsuchen, hatte Vogt vorgeschlagen.

Eine typische Lokalredaktion. Das *Alb-Blatt* residierte in einem vierstöckigen Gebäude in der Stadtmitte, unmittelbar neben der Praxis von Dr. Sprenkler. Alles hier war mehrere Nummern kleiner als bei der *Landeszeitung*. Vogt teilte sich ein Büro mit einer Lokalredakteurin und dem Volontär. Unordnung auf den Schreibtischen, auf denen die MacIntoshs standen. Malthaner kannte das System. An diesen Bildschirmen machten die Redakteure den Seitenumbruch, seit es keine Metteure mehr gab und der gute alte Klebeumbruch der Vergangenheit angehörte. Tatsächlich hatte Vogt es geschafft, sich den ganzen Morgen die Routinearbeiten vom Hals zu halten, berichtete er. Stattdessen habe er im Zeitungsarchiv gewühlt und den Stadtarchivar von der Arbeit abgehalten. Wortlos blätterte er eine Mappe auf. Lokal- und Regionalmeldungen über die Müllanlage. »Kein Hinweis auf Giftgase«, sagte er, und Enttäuschung schwang in seiner Stimme mit. Schon vor dem Bau der Müllanlage hatte man in Albstadt mit dem Gelände auf dem Stierberg immer wieder große Pläne gehabt, wie Malthaner einigen Artikeln entnehmen konnte. Während er die Zeitungsausschnitte las, beziehungsweise überflog, holte Vogt Kaffee. Er kam mit einer Kanne dampfenden Gebräus und zwei großen Tassen zurück. Ohne zu fragen, schenkte er Malthaner ein. »Milch und Zucker?«

»Nein, ich nehme ihn schwarz.«

»Scheint ein Grundübel unseres Berufsstandes zu sein. Alle Journalisten trinken ihren Kaffee schwarz«, sinnierte Vogt.

Malthaner las von der Idee, auf dem Stierberg einen Jagdforst anzulegen. Der Artikel datierte vom März 1962. Wohngebiet im Grünen, Tierpark, schließlich Golfplatz – an Ideen hatte es den Stadtvätern nicht gemangelt.

Vogt schaute Malthaner zu, wie er sich durch das Archivmaterial arbeitete. »Wie gesagt, ich war heute früh schon im Stadtarchiv. Dort finden sich zwar auch alle diese Artikel hier, aber nichts, was darüber hinausgeht. Dem Stadtarchivar ist nichts von Giftgas bekannt, das am Ende des

Krieges dort verbuddelt worden sein soll. Natürlich habe ich ihn das so nebenbei wie möglich gefragt. Wenn er sich darüber gewundert haben sollte, ließ er es sich auf jeden Fall nicht anmerken.« Vogt schaute an Malthaner vorbei aus dem Fenster. »Eines ist allerdings seltsam. Aus jener Zeit gibt es keinerlei Unterlagen.«

»So ungewöhnlich ist das nicht«, sagte Malthaner, »in vielen Rathäusern hat man damals alle Unterlagen verbrannt, als deutlich wurde, dass das System am Ende war.« Nachdenklich nippte Malthaner am heißen Kaffee, zuckte zurück, als er sich die Lippe verbrannte. »Haben Sie irgendwem von unseren gestrigen Entdeckungen berichtet?«, wollte er wissen.

Der in einem billigen Bürostuhl lümmelnde Volker Vogt schüttelte den Kopf. »Nur ihrem Kumpel Rehberg. Ansonsten noch nicht mal meiner Freundin.«

So sehr sie sich überlegten, was sie tun könnten, es fiel ihnen nichts ein. »Etwas Handfestes müsste her, etwas, womit wir beweisen können, dass wir nicht fantasieren. Etwas, was reicht, um eine fundierte Story zu schreiben. So, wie's jetzt aussieht, würde uns keiner glauben«, sprach Vogt. »Wenn wir zum Beispiel auf dem Gelände etwas ausbuddeln würden ...« An dieser Stelle fiel ihm Malthaner ins Wort. »Sie wollen sich doch nicht mit irgendetwas verseuchen, von dem Sie nicht einmal die geringste Ahnung haben, was es ist. Vergessen Sie's.« Schweigend tranken sie den Kaffee.

»Ein Karl Hochdorf hat für dich angerufen. Er bittet um Rückruf.« Seine Mutter überraschte Malthaner bei seiner Rückkehr mit dieser Nachricht. »Ist das der Opa von deinem toten Schulfreund?«

»Es ist der Opa, ja.« Was konnte Hochdorf senior von ihm wollen? Unwohl in seiner Haut, rief er zurück. Hochdorf bat ihn um seinen Besuch, wollte aber nicht sagen, warum.

Was wollte der Alte von ihm? Seine Briefmarkensammlung konnte ihn wohl kaum interessieren, wo Malthaner doch gar keine Briefmarken sammelte.

Kapitel IX

Die Wohnungstür stand einen Spalt weit offen. »Hallo?«, rief Malthaner in die Diele hinein.

»Kommen Sie nur.« Die Stimme von Hochdorf. Zakkig, wie er sie schon gehört hatte. Hinter sich die Tür schließend, trat Malthaner ein. Der alte Mann saß in dem großen, bunt gemusterten Sessel, in dem er schon gestern ruhte. Nur dass er heute keine dunkelbraune Weste trug, sondern eine Offiziersuniform. Sah irgendwie nach Wehrmacht aus. Oder nach Maskenball – da war sich Malthaner nicht so sicher.

Ungelenk wie eine Marionette schleppte sich Malthaner näher. Wieder fühlte er sich in dieser Wohnung völlig verwirrt. Mehr noch als gestern. An Hochdorfs Uniform blitzten und blinkten Abzeichen, die Malthaner bis auf ein Eisernes Kreuz nicht identifizieren konnte.

»Setzen Sie sich.« Wie ein Befehl. Hochdorf deutete auf den zweiten bunten Sessel. Wieder saßen sie sich gegenüber wie bereits gestern. Hochdorf ignorierte Malthaners fragenden Blick. Er hatte eine Sherryflasche, zwei Gläser, eine Zigarre und einen Aschenbecher vor sich auf dem Tisch aufgebaut, sein Stock lehnte an dem Eichenschrank. Hochdorfs hypnotischer Blick war fest auf Malthaner gerichtet, der einmal mehr nicht wusste, wie ihm geschah.

»Ich will Ihnen eine Geschichte erzählen«, begann Hochdorf. »Geschichten sind doch Ihr Geschäft.« Mit leicht zitternden Händen, die aus den Ärmeln der Uniformjacke hervorkamen, füllte er in die beiden Gläser jeweils gut drei Finger breit Sherry. Eines schob er Malthaner hin. Ruhig fuhr er fort. »Hier sitze ich, ein alter Mann am Ende eines Lebens, das einst so aufregend war, aber seit Jahren nur noch Gleichmaß und Schmerzen bereit hält.« Malthaner brachte kein Wort heraus, seit er in dem Sessel eingesunken war, den diabolischen alten Mann gegenüber.

Der lehnte sich zurück, so entspannt wie es ihm nur möglich war. »Wir tun in unserem Leben, was wir tun müssen«, hörte Malthaner ihn sagen. »Ich habe für mein Land und für die Ideale gekämpft. Dreimal wurde ich verwundet. Im Kampf, darauf bin ich noch heute stolz!« Er führte das Glas an den Mund und nahm einen kleinen Schluck. »Wir werden unterdrückt. Diese sogenannte Demokratie. Pah!« Verächtlicher ging es nicht mehr. »Das deutsche Volk befindet sich in einer Knechtschaft. Ein Land mit unserer Tradition, denken Sie doch nur!« Malthaner merkte kaum, wie er im Sessel leicht nach vorne gerutscht war. »Das hatten wir doch gestern schon? Haben Sie mich deshalb herbestellt?«, fragte er, froh, überhaupt etwas sagen zu können.

»Geduld, junger Mann, Geduld. Sie werden bald merken, worauf ich hinaus will.« Es schien ihn leichte Mühe zu kosten, die Zigarre anzuzünden. Für das Ritual ließ er sich Zeit, wendete die bohrenden Augen nur kurz von Malthaner ab. »Was ich Ihnen sagen will, ist folgendes: Die einfachen Leute sind schon so abgestumpft, dass ihnen alles egal ist. Sie sind sich ihrer Unterdrückung gar nicht bewusst. Blind für die Mechanismen der Gesellschaft, für die Manipulationen der Mächtigen. So wollen es die

Politiker in diesem Land. Sie wollen das Volk dumm halten, und genau das gelingt ihnen auch. Deshalb fällt herausragenden Männern die Aufgabe zu, dieses System zu unterwandern.« Er zog kräftig an der Zigarre. Wenn Malthaner erwartet hatte, dass es diesen kleinen, eingefallenen Körper durchschütteln würde, sah er sich getäuscht. Hochdorf redete unbeeindruckt von Malthaners gequältem Gesichtsausdruck weiter. »Eine geheime Avantgarde hat sich in diesem Land gebildet. Und ständig schließen sich ihr mehr Menschen an. Ein großes Potenzial an Wissen und Können. Wir sind die Wachsamen. Wir warten auf unseren Tag, und er wird kommen.«

Dieser alte Mann war völlig durchgeknallt. Hatte einen an der Waffel. War absolut gaga. Reif für den Jagdschein. Hatte nicht mehr alle Tassen im Schrank, wahlweise nicht mehr alle Latten am Zaun. Noch mehr solcher Bilder kamen Malthaner in den Sinn, dummerweise machte das die Situation auch nicht erträglicher.

»Ich glaube nicht, dass ich mir diesen Unsinn noch länger anhören will«, sagte er, ohne sein Gegenüber damit mehr zu beeindrucken als eine Ameise eine Schuhsohle beeindruckt.

Hier redete nur einer. Karl Hochdorf. »Unsere Anfänge liegen bereits in den Nachkriegsjahren. Wir waren die Gedemütigten und diejenigen von uns, die diese Zeit noch miterlebt haben, werden ihren Hass in den Köpfen behalten. Neue, junge Kämpfer und Denker haben sich uns angeschlossen. Wir sind überall präsent. Wenn die dummen Menschen nur ihre Augen öffnen würden, dann würden sie es bemerken.« Wieder zog er kräftig an der braunen

Zigarre, deren Qualm den Raum erfüllte. »Man hat mich einmal einen alten Hund des Krieges genannt. Vielleicht ist das nicht falsch. Heute jedoch muss man anders kämpfen, wenn man der heiligen Sache dienen will.«

Wieder fühlte Malthaner diesen Anflug von Schwindel in sich hochsteigen. Das Gefühl des Irrealen hatte sich erneut breit gemacht. Er sollte aufstehen und gehen, ohne sich diese gequirlte Scheiße länger anzuhören. Der todgeweihte Irre ihm gegenüber wusste doch nicht, was er da sagte.

»Wollen Sie wissen, wo ich mir den Krebs geholt habe?« Ohne eine Antwort von Malthaner abzuwarten, sprach er weiter. »Ich geriet am Ende des unglücklich verlorenen Krieges in französische Gefangenschaft. Bevor man uns nach Frankreich verlegte, mussten wir alte Munition und Giftgasbestände vergraben. Verwundete Männer, denen man sowieso nicht mehr viel Zeit gab. Einmal mussten wir oben auf dem Stierberg etwas vergraben. Damals kam ich zum erstenmal in meinem Leben nach Albstadt, das noch ein Dorf war. Die Leute interessierten sich nur für ihr eigenes Überleben. Keiner kam auf den Stierberg, hier gab es einfach nichts zu holen. Auf dem steinigen Boden wuchs nichts. Außerdem hielten die Franzosen geheim, was sich abspielte, so gut es ging. Dass wir Gelbkreuz und Sarin im Boden vergraben haben, hat niemanden interessiert.«

Malthaner versuchte sich einzumischen. »Warum erzählen Sie mir das?«

»Seien Sie still und hören Sie zu. Ich habe Ihnen gesagt, dass ich eine Geschichte für Sie habe. Die Geschichte hat eine Pointe, das kann ich Ihnen versprechen.« Wieder griff er zu dem Glas, nahm einen Schluck. Für einen Moment bekam sein harter Blick etwas Leben. »Nachdem ich aus der Gefangenschaft entlassen wurde, ging ich wieder nach Tübingen. Im Lazarett hatte ich eine Krankenschwester kennen gelernt. Sie stammte aus Albstadt und wurde später meine Frau. Wir zogen hierher. Es dauerte einige Zeit, aber irgendwann galt ich als unbelastet genug, dass ich bei der Bundeswehr meine Laufbahn fortsetzen konnte. Ich war Soldat mit Leib und Seele. So kam ich nach Meßstetten.«

Ein Bild wollte sich in Malthaners Kopf formen, blieb aber seltsam diffus.

Zwischen zwei Zügen an der Zigarre redete Hochdorf weiter. »Dort habe ich Soldaten kennen gelernt, die ähnlich dachten wie ich. Verstehen Sie?«

Keine Antwort von Malthaner. »Nein, ich glaube, Sie verstehen nicht«, brummte der alte Mann. »Diese Kameraden haben mir auch geholfen, über den Unfalltod meiner Tochter und ihres Mannes – Dietmars Eltern – hinwegzukommen. Im Gegensatz zu meiner Frau, die diesen Verlust nie verwinden konnte. Ich wusste immer, es gibt wichtigere Aufgaben und Ziele, gegenüber denen private Dinge unbedeutend sind. Sie erinnern sich hoffentlich, was ich Ihnen gestern über Disziplin und Selbstdisziplin gesagt habe.«

Erneut nahm er einen Schluck Sherry. Malthaner brütete in einer Mischung aus Abscheu und Faszination.

»Auf jeden Fall«, monologisierte der Alte weiter, »waren einige von uns Soldaten aus dem gleichen Holz geschnitzt. Ein glühender Anhänger unserer Idee war später auch der damals noch junge Manfred Beilsteiner. Er kam vom Kampfstoffbeseitigungsdienst und stieg schnell auf der Karriereleiter bei der Bundeswehr nach oben, bis er schließlich Stützpunktkommandeur wurde. Wir verstanden uns sehr gut, auch noch nach meiner Pensionierung. Deshalb war ich übrigens auch froh, dass er Dietmar unter seine Fittiche nahm, als der seinen Wehrdienst ableistete. Im Lauf der Zeit wurden sie gute Freunde. Eines kann ich Ihnen versichern, ohne näher darauf einzugehen: Dietmar hat seinen Beitrag für die Bewegung geleistet. Aber das war viel später. Um es kurz zu machen: Wir Patrioten wollten nicht nur das Maul aufreißen, sondern handeln. Und wir nutzten unser geistiges Potenzial. Beilsteiner und ich haben ein Labor eingerichtet. Gemeinsam mit einem Kameraden, einem Chemiker, der der Bewegung angehört, haben wir experimentiert. Kampfstoffe, Sie verstehen? Das ging auch nach meiner Zuruhesetzung weiter. Wir alle haben für die gemeinsame Sache gearbeitet. Weiß Gott, das haben wir.«

Das Bild in Malthaners Kopf formte sich zäh. Aber es bekam Konturen, die vorhin noch nicht dagewesen waren. Das, was er selbst seit gestern wusste, und die Erzählungen des alten Mannes ergaben zusammen erschreckenden Sinn. Hochdorf berichtete von nichts Geringerem als einer ungeheuerlichen Verschwörung.

Als wäre Malthaner gar nicht anwesend, blickte Hochdorf ins Leere und redete weiter. »Leider ist nicht jeder ein Patriot. Als Beilsteiner damals in Meßstetten ausgestiegen war, haben die anderen Kameraden weitergemacht.

Von Beilsteiner und mir haben sie weiterhin jede loyale Unterstützung bekommen. Aber nachdem sich die Strukturen der Bundeswehr geändert hatten, mussten wir das Labor still legen. Jetzt lagern in Meßstetten größere Mengen an Chemikalien, die entsorgt werden müssen. Beilsteiner hat das Müllgelände dafür angeboten. Aus meinen Erzählungen wusste er, dass dort Kampfgas der Wehrmacht vergraben wurde. Damals wurden auch Karten über das Giftgaslager angelegt. Es dauerte jahrelang, bis die Franzosen diese Karten rausgerückt haben.« Er höhnte: »Diese ärmliche NATO machte es möglich.«

Die stechenden Augen von Hochdorf schienen einen nicht existenten Punkt im Raum durchbohren zu wollen. Entrückt paffte er an der Zigarre und redete weiter. »Ich habe im Ruhestand daran gearbeitet, ein Sympathisanten-Netzwerk aufzubauen. Wir haben Kontakte in ganz Europa. Hier wächst eine neue geistige und politische Elite heran.« Glühende Augen. »Diese verdammte Krankheit wird mich nicht besiegen. Der letzte Kampf wird ein Triumph für mich werden. Eine Zeit lang dachte ich, ich könne es auf andere Art schaffen. Es gibt da einen Arzt, Dr. Schick, der sich intensiv mit meinem Fall befasst hat. Aber am Ende ist er genauso hilflos wie alle anderen.«

Er wandte sich wieder Malthaner zu, der in einem riesigen Eisblock gefangen schien. »Dietmar war ein wertvolles Mitglied unserer Gruppe, von der Idee geradezu besessen. Ein idealistischer Kämpfer und ein genialer Kopf. In einigen Jahren hätte er die Führung übernehmen können.«

Malthaner versuchte es: »Wer hat Dietmar ermordet?«

Roboterhaft drehte Hochdorf sein maskenartiges Gesicht weg. Verschlossen. Seine Silhouette hatte etwas Gespenstisches. Er würde nicht antworten. Das Ticken einer Uhr, das Malthaner bis jetzt überhaupt nicht wahrgenommen hatte, zerriss die Stille. Ruckartig wendete Hochdorf seinen Kopf wieder ihm zu. Der Alte schenkte sich aus der Sherryflasche nach. »Trinken Sie«, forderte er Malthaner auf, der sein volles Glas noch immer unberührt vor sich stehen hatte.

»Ich habe keinen Durst«, presste Malthaner hervor. Ihm war, als hätte er eben an der Wohnzimmertür einen Schatten wahrgenommen. Jetzt spielte ihm sein Hirn schon Streiche.

Hochdorfs tote Augen fixierten ihn: »Sie sind ein Schwächling, Malthaner. So ganz anders als Dietmar.« Der Versuch eines Lachens mit seinem Leichengesicht. Es wurde eine Fratze.

»Nicht jeder kann vollkommen sein«, presste Malthaner hervor. »Wie ist Dietmar zu Tode gekommen?«

Die Spitze der Zigarre glühte auf, als Hochdorf daran zog, die Blicke in sein Gegenüber brennend. »Sie würden es doch nicht verstehen.«

»Warum haben Sie mir dann alles andere erzählt? Wenn es sich als wahr herausstellt, bringt es sie für die wenige Ihnen verbleibende Zeit ins Gefängnis.«

»Ganz bestimmt nicht.« Wieder das fratzenhafte Lachen, diabolisch. »Hat Ihnen meine Geschichte gefallen?« Ohne auf Malthaners »Nein« zu hören, redete Hochdorf weiter. »Aus Ihrer Sicht ist es ein Jammer. Da präsentiere ich Ihnen eine Geschichte, die Ihrer Zeitung zu einem echten Knüller verhelfen würde. Nur dumm für Sie, dass Sie absolut nichts damit anfangen können. Nicht dieses hiesige Käseblatt noch Ihre hochgelobte Zeitung wird die Geschichte anfassen. Da können Sie sicher sein.«

»Warum?« Eine schwache Erwiderung. Das einzige Wort, das Malthaner stammelnd herausbrachte. Diese Verschwörung ... Er konnte den Gedanken nicht zu Ende führen. Genaugenommen konnte er ihn nicht einmal beginnen. Es war alles so grotesk. Diese Beichte von Hochdorf und die ganze Situation, in der er sich befand. So unfassbar, so verrückt war alles. Zugleich aber doch so real. Real wie sein rebellierender Magen.

»Warum? Warum Sie die Geschichte nicht veröffentlichen können, oder warum ich Ihnen das alles erzählt habe? Sie scheinen etwas abwesend zu sein.« Der alte Mann genoss die Situation. Er hatte seinen Spaß. »Für so dumm habe ich Sie nicht gehalten. Für schwach und prinzipienlos, ja, das sind die meisten Ihrer Generation, Leute wie Dietmar ausgenommen. Aber, dass Sie sich jetzt auch noch als dumm erweisen, beschämt mich. Sie waren bestimmt einer dieser Kriegsdienstverweigerer.« Das letzte Wort sprach er mit aller Verachtung aus, zu der er fähig war. Er leerte sein zweites Glas zur Hälfte und provozierte damit einen leichten Hustenanfall. »Ich will Ihnen sagen, warum. Eigentlich müssten Sie selbst darauf kommen. Es ist eine Art Lebensbeichte.« Er schien nachzudenken. »Nein. Nein. Nennen wir es besser *mein Vermächtnis.* Ich habe etwas für eine bessere Welt getan. Für ein starkes Deutschland, das die Rolle in der Welt spielen soll, das ihm zusteht. Dafür habe ich mit ganzem Einsatz gekämpft. Anders als all diese verachtenswerten Stammtisch-Strategen. Fast mein ganzes Leben lang habe ich für mein Ideal gelebt. Was in Ihr Kleinbürgergehirn nie reingehen wird: Ich bereue nichts, denn ich habe nie zu diesen Kretins gehört, die dieses Land zu zig Millionen bevölkern. Die die Luft nicht wert sind, die sie atmen.«

Resignierend und fragend zugleich schaute er Malthaner an. »Haben Sie es denn immer noch nicht kapiert, junger Mann?« Verwundert schüttelte er sein gespensterhaftes Greisenhaupt.

In Malthaners Kopf hatte eine Blockade eingesetzt. Dieser alte Widerling wollte ihm überdeutlich etwas zu verstehen geben, aber er verstand nicht.

»Meine wunderbare und vor allem absolut wahre Geschichte ist für Sie keinen Pfennig wert, weil Ihr Herausgeber Sie auslachen würde, kämen Sie damit an. Erzählen Sie ihm von der Geschichte, und er empfiehlt Ihnen einen Arzt. Die Sorte Männer, die in Zeitungen und anderswo zu Macht kommt, haben nicht die geistige Größe und die Fantasie, die großen Zusammenhänge zu erkennen. Er würde Sie für einen Fantasten und Aufschneider halten, für durchgedreht vielleicht. Aber er würde die Geschichte niemals in seiner Zeitung dulden.«

Das Schweigen Malthaners schien Hochdorf als Ansporn zu deuten, weiterzumachen. »Also ist die ganze Geschichte für Sie nullkommanichts wert.«

Seine Rede hatte Hochdorf angestrengt. Die Zigarre war bis auf den Stummel abgebrannt und glomm im Aschenbecher vor sich hin. Aus einer Tasche seiner Uniformjacke zog ein ausgelaugter Hochdorf ein Taschentuch. Blütenweiß und sauber gefaltet. Mit leicht zitternden Fingern wischte er sich den Schweiß von der blassen Stirn.

Schlechtes Karma klebte an Hochdorf wie Kaugummi am Stollenreifen von Malthaners Mountainbike.

Noch immer saß der Journalist um Fassung ringend in seinem Sessel wie in einer Wolke gefangen.

»Es gibt noch einen anderen, nicht ganz unbedeutenden Grund, warum Sie mit der Geschichte nichts anfangen können, Malthaner. Sie werden nicht mehr in die Verlegenheit kommen, etwas aufschreiben zu können.«

Bevor Malthaner begriff, was passierte, griff der alte Mann erneut in die Tasche seiner zu großen Uniformjacke und zog eine kleine Pistole heraus. Unmöglich für Malthaner, sein Zittern noch zu verbergen. Angst hielt ihn in seinem Sessel gefangen, er war unfähig zu jeder Bewegung. Wieder lachte Hochdorf ein entrücktes Lachen, das nichts Freundliches an sich hatte. »Disziplin und Selbstdisziplin. Sie erinnern sich?«

Er wollte nicht hier sein. Malthaner träumte sich weg. Wie oft hatte er gehört, dass Sterbende im Moment des Todes ihr ganzes Leben in Sekundenschnelle an sich vorbeiziehen sahen. Eine Szene mit Dietmar in der Gymnasiums-Turnhalle fiel ihm ein. Fußball. Sie spielen Fußball. Mit seinem Lieblingstrick – links antäuschen, rechts vorbeigehen – umspielt er Dietmar Einstein Hochdorf. Lässt ihn stehen wie einen Statisten. Zwei Schritte noch mit dem Ball am Fuß, dann ein trockener Schuss genau in den Winkel links oben.

Ein Traumtor. Eine Alptraumsituation.

»Kennen Sie sich bei Waffen aus?« Die Stimme von Hochdorf holte ihn zurück. Der Alte gab sich selbst die Antwort. »Wahrscheinlich nicht, so wie ich Sie einschätze. Dann werde ich Ihnen das jetzt mal genau erklären. Das ist eine Offizierspistole. Eine Mauser Automatik Westentaschenpistole, Kaliber 25. Ich habe sie jetzt seit über 60 Jahren.« Fast zärtlich blickten die sonst so kalten Augen auf das matt schimmernde Metall, das er in der rechten Hand hielt. »So wie die kleingeistigen Leute jede Woche ihre Autos waschen und schrubben, habe ich die Mauser regelmäßig gepflegt und geölt. Sie funktioniert so gut wie eine neue Waffe.« Stolz. Das war er. Stolz. »Es ist so weit. Zeit, Abschied zu nehmen.«

Wie ein Schwein schwitzend saß Malthaner tief in den großen gemusterten Sessel eingesunken. Selten hatte er sich so müde gefühlt. Ihm war, als hätte er die Hölle durch die Hintertüre betreten. Dieser alte Mann gegenüber würde sein Richter und Henker sein. Das Leben: ein Irrtum. Malthaner kicherte ein wenig irre. In welchem Film war er gelandet? Auf jeden Fall in einem, der es ohne Umweg übers Kino sofort in die untersten Schubladen der Videotheken geschafft hatte.

Hochdorf hob die Stimme. Laut rief er: »Es ist so weit, Freunde.«

Es dauerte Sekunden, bis Malthaner realisierte, was um ihn herum geschah. Drei Männer kamen in das Wohnzimmer. Männer in Uniformen. Woher? Begriffsstutzig glotzte er sie an. Wieder dieses Gefühl, als würde er die ganze Szene von außerhalb beobachten.

Der Schatten! Er war nicht verrückt geworden. Der Schatten vorhin an der Wohnzimmertür, das war einer der drei, die hier vor ihm standen, als wären sie urplötzlich dem Boden entwachsen. Natürlich, er kannte sie. Das waren Beilsteiner und die zwei Kampfanzüge. Erst gestern hatte er sie gesehen, bei der Müllanlage. Oder war es vorgestern? Letzte Woche? In einem anderen Leben?

Die drei hatten sich hinter Malthaners Sessel aufgebaut. Sein Exekutionskommando!

Wäre er ein echt harter Bursche, würde er ihnen zurufen: Schluss mit dem Maskenball, Jungs! Ich spendiere euch ein Eis! Aber er war verdammt noch mal kein harter Bursche, sondern er war ein einfältiger Bursche, der sich in einer ausweglosen Situation befand, die so unwirklich und zugleich so bedrohlich war.

Aus wässrigen Augen sah er zu ihnen auf. Sie standen stramm und imitierten markige Gesichter, die nichstdestotrotz von den Jahren gezeichnet waren.

Der alte Hochdorf hatte noch immer die Mauser in der Hand und richtete seine bohrenden Augen auf sie. »Ja, es ist so weit.« Sein Blick senkte sich und erfasste Malthaner, der wirr glotzte. »Disziplin und Selbstdisziplin«, hörte er Hochdorf sagen, der sich in diesem Augenblick mit der linken Hand ein drittes Glas aus der Sherryflasche eingoss. Hochdorf griff zu dem Glas, schloss die Augen und leerte es in einem Zug. Das Husten blieb diesmal aus. Als er auf den Grund des leeren Glases schaute, räusperte er sich. Betont vorsichtig stellte Hochdorf das Glas ab. Seine Augen lösten sich von Malthaner und wanderten aufwärts, wo die drei Männer standen. Langsam stemmte Hochdorf sich aus seinem Sessel, den Stock missachtend, der in Reichweite am Eichenschrank lehnte. »Es ist so weit«, wiederholte er sich und hob die Hand mit der Pistole.

Jörg Malthaner hatte fast abgeschaltet. So hatte er sich sein Ende nicht vorgestellt. Eigentlich hatte er nie über sein Ende nachgedacht, das war es. Ein Autounfall, ein unglücklicher Sturz mit dem Mountainbike, eine Herzattacke, oder sich über Monty Pythons totlachen: Alles wäre passender gewesen. Als er den Kopf senkte, spürte er es zwischen seinen Beinen warm werden. Der Körper hatte ihm die Kontrolle über seine Muskeln entzogen. Er pinkelte sich in die Hosen und der Urin lief am Schenkel hinab. So würde man ihn finden. Erniedrigt und mit vollgepisster Hose. Es spielte keine Rolle mehr.

»Tut, was ihr tun müsst.« Die Stimme von Hochdorf. Weit entfernt. Als liefe ein Film in Zeitlupe vor ihm ab, erkannte Malthaner, was passierte. Ganz langsam hob Hochdorf die Hand mit der Pistole. Wie in einem Alptraum wollte Malthaner vor der übermächtigen Bedrohung davonlaufen, kam aber nicht von der Stelle, egal, wie schnell er sich bewegte. Weit riss er die Augen auf, ansonsten war er nicht in der Lage, auch nur irgendetwas zu tun. Die Zeitlupe dauerte an. Mühsam drehte er den Kopf. Die drei standen noch immer stocksteif da. Jetzt salutierten sie. Hatten die Hände ihrer rechten Arme an die Schläfen gelegt. Nach Luft japsend wuchtete er seinen Kopf wieder in Richtung Hochdorf. Der stand kerzengerade in seiner Uniform. So gerade, wie er diesen vom Krebs zerfressenen Mann noch nie gesehen hatte. Hochdorf lächelte. Anders als vorhin. Es war ein richtiges Lächeln. Langsam setzte Hochdorf sich die Mauser an die Schläfe. Lächelnd krümmte er den Zeigefinger. *Zeitlupe.* Es war kein besonders lauter Knall.

Einen widerlichen Moment lang stand der Körper des alten Mannes schwankend im Zimmer, Hochdorf starrte teilnahmslos ins Nichts. Die Hand mit der Pistole baumelte unkontrolliert an seinem Körper herab. Karl Hochdorf röchelte, er atmete schnell und stoßweise. Noch balancierte er auf dem schmalen Grat zwischen Leben und Tod. Blut rann in einem dünnen Faden aus dem kleinen Einschussloch in der Schläfe. Auch aus dem Mundwinkel kam Blut, tropfte auf die Uniformjacke und besudelte die Auszeichnungen. Die Pistole fiel aus den kraftlosen Fingern der rechten Hand lautlos in das Polster des Sessels. Noch immer stand der todgeweihte Karl Hochdorf schwankend zwischen Sessel und Couchtisch.

Verwirrt jagten Malthaners Augen zwischen dem sterbenden Karl Hochdorf und den drei noch immer salutierenden Männern hin und her, die hinter ihm standen. In seinen Eingeweiden brannte es.

Mit einem Zischen sackte der ausgemergelte Körper Hochdorfs in sich zusammen.

»Arzt.« Das einzige, das Malthaner herausbrachte. »Er braucht einen Arzt.«

»Nein. Den braucht er nicht mehr.« Beilsteiners ruhige Stimme. »Er hat die Sache so beendet, wie er es geplant hat. Aufrecht. Aus eigenem Willen. Er hat die Krankheit besiegt. Auf seine Art hat er sie besiegt.«

Beilsteiner und die beiden anderen hievten den toten Hochdorf in den Sessel, ohne Malthaner aus den Augen zu lassen. Selbst wenn dieser gewollt hätte, er hätte nicht davonlaufen können, denn seine Beine versagten ihm den Dienst. Aus der Wolke aus Angst und Irrealität gab es keine Flucht. *Sie werden nicht mehr in die Verlegenheit kommen, etwas aufschreiben zu können.* Für ihn war es noch nicht vorbei.

Beilsteiner drückte Hochdorf die Augen zu, die selbst im Tod noch durchbohrend blickten. Die Männer drapierten den toten Körper aufrecht in den Sessel und wischten das Blut vom Kopf, das teilweise schon leicht verkrustet war. Wie im Mausoleum, in dem verstorbene Staatsmänner aufgebahrt werden. Sie falteten dem Leichnam die Hände.

»Los jetzt!« Manfred Beilsteiners Ergriffenheit war wie weggewischt. Er trieb die beiden anderen an. »Sie werden mit uns mitkommen«, kommandierte er an Malthaner gewandt, der noch immer im Sessel kauerte. »Und keine Dummheiten.« Spöttisch schaute er auf ihn herab. »Ihre nasse Hose ist schon peinlich genug.« Die beiden anderen wollten plötzlich auch nichts mehr von der Würde des Menschen wissen, weder von der des toten Hochdorf noch von der des noch lebenden Malthaner. Sie zerrten den Journalisten aus dem bunten Sessel hoch und nahmen ihn in die Mitte. Beilsteiner bildete die Nachhut. An der Wohnzimmertüre drehten sie sich noch einmal zum toten Hochdorf um.

Niemand begegnete ihnen im Treppenhaus. Als sie aus der Haustür traten, blendete ihn das Tageslicht. Sie dirigierten ihn zu einem Auto, das unweit vom Haus geparkt war. Es handelte sich um einen Audi. Nur zwei Kinder schauten desinteressiert von der anderen Straßenseite herüber, sonst war kein Mensch zu sehen. Wo waren all die gelangweilten Rentner, die sonst den ganzen Tag aus ihren Fenstern glotzten? Wenn man sie einmal im Leben hätte brauchen können, waren sie nicht da.

Am Steuer saß Beilsteiner. Die beiden, die gestern mit dem Bundeswehr-Lastwagen gefahren waren, hatten Malthaner auf der Rückbank in die Mitte genommen, dessen vollgestrullte Hose stank. »Was haben Sie mit mir vor?«, wollte er wissen. Keine Antwort. Seine beiden Bodyguards blickten starr nach vorne. Malthaners Verzweiflung wuchs, soweit das noch möglich war. »Was wird hier gespielt?«

Jetzt antwortete ihm Beilsteiner. »Das hat Ihnen Karl Hochdorf doch gesagt.«

»Eine Verschwörung«, murmelte Malthaner mehr zu sich selbst. Damit war der Dialog schon wieder beendet. Die Limousine nahm Kurs zur Müllanlage. Nicht durch das Wohngebiet, in dem sich Brigittes Wohnung befand, sondern über die Zufahrtstraße durch den Wald, die auch von den Lastwagen benutzt wurde.

Das große Tor stand offen. Der Audi rauschte in hohem Tempo hinein.

Malthaner sah den *Kumazu* mit dem Greifarm, der wieder vor der Grube stand und Müll herausfischte. Ein Lastwagen stand an der Grube und hatte die Ladefläche gekippt. Rechts davon strebte ein Mann in Arbeitsklamotten einem kleineren Bagger zu. Déjà vu.

Beilsteiner steuerte die Limousine direkt vor die Baracke, hinter der Malthaner gestern gelauscht hatte. Sie stiegen aus. Weder der Mann in Arbeitsklamotten noch der Lastwagenfahrer oder der Baggerführer schienen sich für sie zu interessieren.

Er wurde in die Baracke geschubst, einer der Uniformierten schlug die Tür mit der Hacke des linken Fußes hinter sich zu. So provisorisch die Baracke von außen wirkte, innen beherbergte sie ein modernes Büro. Ein großer Schreibtisch, ein Konferenztisch mit acht Stühlen drumherum, ein hoher Schrank, teure Möbel. Neben dem Schreibtisch stand ein mannshohes Ungetüm von Tresor. In einer Ecke waren Tierkäfige übereinandergestapelt, Mäuse und Ratten darin. Die Käfige kamen Malthaner unpassend vor. Zeit, darüber nachzudenken, hatte er nicht.

»Ende der Dienstreise«, höhnte Beilsteiner. Malthaner bekam einen Schlag in den Rücken, der ihm bedeutete, sich in einen Stuhl am Konferenztisch fallen zu lassen.

»Was würden Sie tun, wenn wir Sie jetzt hier rausspazieren lassen würden, Malthaner?« Beilsteiner hatte sich auf die Kante des Konferenztisches gesetzt und schaute ihn von oben herab an. Malthaner antwortete nicht. Dass er sich überhaupt in dieser Situation befand, war ganz eindeutig einer von Gottes schlechteren Einfällen.

Beilsteiner sprach weiter. »Sie würden einen Weg suchen, die ganze verdammte Geschichte zu veröffentlichen. Stimmt's? Aber wie Ihnen Karl Hochdorf – Gott hab' ihn selig – schon klargemacht hat, würden Sie große Schwierigkeiten damit haben. Niemand würde Ihnen glauben.« Mit den Augen gab Beilsteiner einem der beiden anderen ein Zeichen. Der setzte sich in Bewegung, kramte aus einer Schublade des Schreibtisches etwas metallisch Glänzendes heraus. Handschellen.

»Was Sie hier machen, ist Freiheitsberaubung«, versuchte es Malthaner schwach. Dafür erntete er ein nachsichtiges Lächeln von Beilsteiner. Der Mann mit den Handschellen kam zurück an den Konferenztisch. Er legte eine Schließe um das rechte Handgelenk von Malthaner, die andere befestigte er an der Stuhllehne.

In Malthaners Magen rumpelte es.

Jetzt lag es an den Tränen in Malthaners Augen, dass er wie durch einen Schleier sah. Sie würden ihn nicht ernsthaft umbringen wollen. Ihm Angst einjagen, ok. Das gelang ihnen.

»Was ist mit Dietmar passiert?«, würgte Malthaner heraus.

Beilsteiners feines Lächeln wurde zu einem breiten Grinsen. Auch die beiden anderen grinsten. »Genau genommen gar nichts. Dietmar geht es in diesem Moment blendend, nehme ich an.«

Die Pause, die er einlegte, sollte seine Wort auf Malthaner wirken lassen.

Was er in der letzten Stunde erlebt hatte, war für ihn zuviel, er verstand nicht, worauf Beilsteiner hinaus wollte. Wieder sah er den Leichnam des ermordeten Einstein vor sich, das entstellte, halb weggeschossene Gesicht. Die vernarbten Arme. Nackte Füße in weißen Turnschuhen, die Lache um den Körper.

»Offenbar verstehen Sie nicht. Dietmar Hochdorf erfreut sich bester Gesundheit, wie ich vermuten darf. Zur Zeit ist er in einem Staat, von dem Sie vermutlich noch nicht einmal den Namen kennen. Glauben Sie mir eins: Dietmar weiß wirklich zu leben.«

»Aber er hat mich doch angerufen. Und die Leiche ..?«, stotterte Malthaner.

Wieder grinste Beilsteiner breit. »Das ist die Sache mit den zwei Fliegen und der einen Klappe. Einerseits musste Dietmar offiziell von der Bildfläche verschwinden. In absehbarer Zeit wäre seine kleine Geldbeschaffung aufgeflogen. Daher die Idee, ihn sterben zu lassen. Offiziell. Tot und vergessen. Auch sein Großvater fand die Idee toll. Er hat fantastisch mitgespielt, finden Sie nicht auch? Niemand würde ihn mit unserer Sache in Verbindung bringen, wenn es soweit ist. Zu genau dieser Zeit war uns auch klar, dass Robatschek für uns zur Gefahr wurde.«

Dietmar Hochdorf war am Leben! »Wer ist Robatschek?«

»Ein Polacke. Hat auf der Anlage hier gearbeitet und auch drüben in der Halle gehaust. Hatte keine Aufenthaltsgenehmigung. Der Job hier ist nicht ganz ungefährlich. Kurz und gut: Robatschek hat für wenig Geld viel gearbeitet und zunächst keine Fragen gestellt. Dumm für ihn, dass er mit bloßen Händen mit einem Lösungsmittel in Berührung kam, das wir hier gelagert haben. Seine Haut begann sich zu lösen. Muss ihm höllische Schmerzen verursacht haben. Na ja, mit einem befreundeten Stabsarzt zusammen haben wir das wieder hinbekommen. So einigermaßen wenigstens. Allerdings war Robatschek danach nicht mehr der alte. Er wollte das Zeug nicht mehr anrühren und meinte, er könne Kapital aus der Sache schlagen und uns erpressen. Kurzum: Er machte Schwierigkeiten, daher mussten wir ihn aus dem Verkehr ziehen. Hatte er sich selbst zuzuschreiben.« Beilsteiner blickte mitleidslos auf seine makellosen Fingernägel. Der Dreck, der ansonsten an ihm haftete, war mit keiner Seife der Welt abzuwaschen. »Robatschek hatte keine Verwandten, keine Freunde hier«, fuhr Beilsteiner fort, »niemand würde ihn vermissen. Niemals wird ein Einzelner unserer Idee im Weg stehen, schon gar nicht ein dahergelaufener Polacke.«

Dann lag also ein Pole namens Robatschek im Grab von Dietmar Hochdorf!

Wenn Malthaner sich bisher für einen Zyniker gehalten hatte, musste er diese Meinung revidieren. Das war ihm zu viel Ironie des Schicksals. »Wieso wollte sich Dietmar mit mir treffen, wieso hat er Zeitungsartikel über mich gesammelt?«

»Sie, Malthaner, sind seine Rückversicherung. Übrigens wollte er sich nie wirklich mit Ihnen treffen. Er hat Sie von dort aus angerufen, wo er sich jetzt befindet. Auch in unterentwickelten Ländern gibt es die Segnungen moderner Technik.«

Wieder kapierte Malthaner nicht, was Beilsteiner ihm anzusehen schien. »Sie waren gemeinsam in der Schule. Er hatte Sie schon längst aus seinem Gedächtnis gestrichen, da las er eines Tages vor einiger Zeit im *Alb-Blatt*, dass Sie einen Journalistenpreis gewonnen hatten. Er forschte ein wenig nach und erfuhr, dass Sie in Ihrem Job ganz erfolgreich sind. Er nahm dann Kontakt zu Ihnen auf, verabredete sich.« Ein dünnes Lächeln umspielte Beilsteiners Lippen. »Und just auf dem Weg zu dieser Verabredung wird der arme Hochdorf bestialisch ermordet, und kein Mensch kann sich einen Reim darauf machen. Niemand würde auf die Idee kommen, an seiner Identität zu zweifeln. Sie würden ihm ein Alibi liefern.«

Die Tränen in Malthaners Augen kamen wieder. Ein weiterer Mord würde Beilsteiner und seine Helfer nicht stören. Als könnte er Gedanken lesen, höhnte Beilsteiner: »Vielleicht glauben Sie ja an Wiedergeburt.«

Wiedergeburt – nie drüber nachgedacht. Was wäre das jetzt fein, wenn das Thema Wiedergeburt seine größte Sorge wäre.

»Ich habe eine Überraschung für Sie«, flüsterte Beilsteiner ihm ins Ohr, indem er sich leicht nach vorne beugte.

Seit er kein Kind mehr war, hasste Malthaner Überraschungen. Am Ende stellen sie sich immer als unangenehm heraus. Und auch jetzt vermutete er, dass es sich dabei nicht um den Hauptgewinn in der Lotterie handeln würde.

Wieder gab Beilsteiner den anderen nur mit den Augen ein Zeichen. Die verstanden sofort und taten, was Beilsteiner wollte. Beide gingen zu dem Büroschrank hinüber. Sie öffneten verschiedene Türen. Der eine musste sich bücken, um zu finden, was er suchte. Als seine Arme wieder auftauchten, hielt er eine Art Gummihandschuhe darin. Acht Stück, vier Paar. Der andere kramte Schutzmasken hervor. Vier Stück. Sie legten ihre Beute auf dem großen Konferenztisch aus. Beilsteiner stülpte sich eine der Masken über und zog ein Paar der Handschuhe an. Sie reichten ihm bis fast zu den Ellbogen. Eine der beiden anderen Figuren löste die Handschellen und bedeutete

Malthaner, sich ebenfalls die Schutzmaske aufzuziehen und die Handschuhe anzulegen. Er und sein Kumpel taten dasselbe. Gemächlich schritt Beilsteiner auf den riesigen Tresor zu.

Wäre Malthaner nicht in der Situation gewesen, in der er war, er hätte laut losgeprustet. Ein Mann in einem dunklen Anzug mit Schutzmaske und langstulpigen Handschuhen ist ein Anblick, der zum Lachen reizt. Unter anderen Umständen.

Die Kombination für den Tresor hatte der Müllanlagen-Manager im Kopf. Geräuschlos zog er die mächtige Tür auf. Vorsichtig griff er auf Brusthöhe in den Tresor. Seine Arme hoben etwas heraus, was aussah wie eine zu groß geratene Konservendose mit einem überdimensionalen Deckel obendrauf. Sehr behutsam nahm er die Dose und brachte sie zum Konferenztisch. Mit Hilfe eines seiner Bodyguards hatte Malthaner es geschafft, die Maske so aufzusetzen, dass sie am Hals rundum dicht abschloss. Er hörte die gedämpfte Stimme Beilsteiners. »Das verlängert Ihr Leben ein bisschen.«

Übertrieben vorsichtig, wie es Malthaner schien, stellte er die Riesendose ab und fingerte an dem Deckel herum, den er schließlich – vorsichtig – abnahm. Glibber. »Ein Lösungsmittel«, sagte Beilsteiner, »scharfer Stoff. Was damit in Berührung kommt, ist hinüber.« Im Befehlston: »Ralf!« Die Nennung des Namens genügte, und der Mann, der ihm in die Maske geholfen hatte, trabte zu den Käfigen hinüber. Aus einem holte er eine Maus, die er an ihrem langen Schwanz haltend zu ihnen herüberbrachte. Das Herzrasen bei Malthaner beschleunigte sich wieder. »Wie gesagt, ein Lösungsmittel«, Beilsteiners Stimme klang selbst unter der Maske souverän, als dulde sie niemals Widerspruch. »Ursprünglich entwickelt, um damit Motorteile von Düsenjets zu reinigen. Das war zumindest die Idee. Leider geriet bei der Herstellung etwas durcheinander. Das Zeug wirkt zwar, verträgt sich aber nicht mit organischen Stoffen.« Auf sein Zeichen ließ der Ralf Genannte die Maus in den Behälter fallen. Beilsteiner drückte den Deckel wieder auf die Dose. »Machen Sie sich auf ein kleines Wunder gefasst, Malthaner.« Nach zwei Minuten nahm er den Deckel wieder ab und schob die Dose ein Stück näher zu Malthaner. Die Maus war verschwunden. Weg.

»Aufgelöst«, trompetete Beilsteiner. »Einfach weg. Spurlos verschwunden. Das hat nichts mit Zauberei und Magie zu tun. Nur mit Chemie.« Triumphierend sah er Malthaner an, dessen ganzer Körper leicht zitterte. »Was sagen Sie dazu? Wir haben hier genug von dem Mittel. Nicht nur Mäuse lösen sich darin auf, sondern auch größere Lebewesen. Ganz große Lebewesen sogar. Da dauert es aber länger. Zumindest haben wir es mal mit einem Fuchs versucht, der hier herumgestreift ist.« Sein Denkapparat schien unter Stress etwas schwerfällig zu funktionieren, fiel Malthaner auf. Als er kapiert hatte, worauf Beilsteiner hinauswollte, ging sein Atem stoßweise, so wie bei Hochdorf in seinen letzten Lebenssekunden.

Behutsam verschloss Beilsteiner den Deckel auf der Dose und brachte sie zurück in den Safe, bevor er Maske und Handschuhe abstreifte. Die anderen taten es ihm gleich.

Malthaner hatte als einziger unter der Maske klatschnasses Haar bekommen. An seinem Oberschenkel juckte es, aber das war ganz gewiss nicht sein Hauptproblem.

»Bindet ihn wieder fest«, befahl Beilsteiner. »Was wir Ihnen mit dieser kleinen Demonstration zeigen wollten, war die Art Ihres bevorstehenden Todes. Wir werden hier warten, bis die Arbeiter draußen Feierabend gemacht haben. Und dann, mein lieber Malthaner, werden Sie in ein Fass steigen. Ein Fass voller Lösungsmittel.«

Malthaners Verstand weigerte sich zu akzeptieren, was seine Ohren gehört und seine Augen gesehen hatten. Schwer keuchend versuchte Malthaner sich einen prägnanten Tonfall zu geben. »Damit kommen Sie nicht weit, Beilsteiner. Sie sollten wissen, dass ich mit dem Stuttgarter Kommissar befreundet bin, der den Mord an Dietmar untersucht.«

Damit konnte er Beilsteiner nicht aus seiner überlegenen Ruhe bringen. »Eben. Sie sagen es: Er untersucht den Mord an Dietmar. Er hat noch nicht einmal gemerkt, dass er gelinkt wurde. Er denkt noch immer, der Tote sei Dietmar Hochdorf. Und er wird es weiter glauben. Auf einen Mord an Ihnen, Malthaner, wird es nie irgendwelche Hinweise geben. Sie werden eben einfach verschwunden sein. Man wird auch nie eine Leiche finden, weil es keine geben wird. Denken Sie an die Maus. Sie hat sich buchstäblich in Nichts aufgelöst. So wird es mit Ihnen auch gehen. Der perfekte Mord, wenn Sie so wollen.«

Würde sein Herz stehenbleiben, Malthaner wäre dankbar gewesen. Dankbar für einen normalen Tod. Sein Herz blieb aber nicht stehen.

»Hätten Sie mir nicht alles erzählt, gäbe es für Sie keinen Grund mich umzubringen. Ich wüsste nichts.«

»Hätte Karl Hochdorf Ihnen nicht so viel erzählt, hätten Sie von mir gar nichts gehört. Aber nachdem er so gesprächig war, konnte auch ich Ihnen einiges preisgeben. Es spielt keine Rolle mehr.«

»Aber warum hat der alte Hochdorf mich überhaupt damit hineingezogen?«

»Karl Hochdorf war ein bewundernswerter Mann. Er hat viel für die Bewegung getan. Eigentlich war er so etwas wie der Mentor von uns dreien und vielen anderen. Er hat bewusst einen spektakulären Abgang gewählt. Den Termin hatte er ganz allein festgelegt. Wir wussten seit einer Woche davon. Hochdorf war ein Soldat. Er wollte im Moment seines Todes Kameraden an seiner Seite haben. Soldaten sterben durch Kugeln, nicht durch Krankheiten.«

»Aber was hatte ich damit zu tun, verdammt?«

»Es war eine Inszenierung. Die Idee seines Enkels, Sie zum Kronzeugen seines Ablebens zu machen, fand er originell. Da Sie schon einmal auf der Bildfläche aufgetaucht sind, behielt er Sie einfach weiter im Spiel.«

Malthaner sagte bitter: »Ein Scheiß-Spiel. Ihr spielt mit dem Leben Unbeteiligter, ihr Mistkerle!«

»Nun«, sprach Beilsteiner ruhig weiter und betrachtete seine Fingernägel, »Karl Hochdorf wurde in den letzten Monaten in der Tat ein wenig wunderlich. Nicht senil, aber er hatte durchaus bizarre Ideen. Dass Sie mehr oder weniger zufällig in die Sache hineingeraten sind, war Ihr Pech. Nehmen Sie es nicht persönlich.«

»Es geht um mein Leben.«

»Keine Sorge, heute Abend haben Sie es überstanden. Entspannen Sie sich.«

Es rutschte einfach so aus Malthaner heraus, und es war die Wahrheit, nichts als die Wahrheit: »Sie sind ein Arschloch, Beilsteiner!«

Der frühere Stützpunkt-Kommandant bewegte sich völlig unbeeindruckt zum Schreibtisch. »Ich habe zu tun.« Mit diesen Worten vertiefte er sich in einen Stapel Papiere. Die beiden anderen blieben in Malthaners Reichweite am Konferenztisch sitzen. Niemand sprach mehr ein Wort. In Malthaners Schädel summte etwas. *Heute Abend haben Sie es überstanden.* Sie wollten ihn umbringen. So unausweichlich diese Erkenntnis war, Malthaner wollte sie nicht akzeptieren. Er war geistig in den Klauen seiner Angst gefangen, so wie er körperlich in dieser Baracke gefangen war. Festgeschlossen. Hätten sie ihn nicht mit dieser Handschelle an den Stuhl gefesselt, er hätte es versucht. Wäre losgerannt. Einfach gerannt.

Nur die eine Hälfte seines Ichs war in diesem Raum gegenwärtig, die andere war abgetaucht.

Was hatte er seine Nase auch so tief in die Angelegenheit stecken müssen – da durfte er sich jetzt nicht über den Gestank beklagen.

Ein Schlag Beilsteiners in seinen Nacken holte ihn in die reale Welt zurück. Ohne Ahnung, wie lange er vor sich hingedämmert hatte. Beilsteiner und die beiden anderen trugen Schutzanzüge. Nicht die, die sie gestern zur Halle hinüber getragen hatten. Die drei Masken, die sie vorhin aufgesetzt hatten, lagen auf dem Tisch, ebenso die hochstulpigen Handschuhe. Sofort versuchte ihn die Welle der Angst wieder zu verschlucken. Er stank. Angstschweiß und der an der Hose getrocknete Urin hatten sich zu einem abstoßenden Duftgemisch vereint, das dem Müllgestank draußen in nichts nachstand.

Sie nahmen ihm die Handschelle ab und bedeuteten ihm, aufzustehen. Sie dirigierten ihn aus der Baracke hinaus. Obwohl keine Sonne mehr am Himmel stand, traf ihn die Glut der Abendhitze prall. Wie heiß müsste es in den Schutzanzügen erst sein.

Die Bagger standen in Reih und Glied. Keine Menschenseele war mehr zu sehen.

Ihr kurzer Fußmarsch führte in Richtung des Abfallberges. Alle drei trugen ihre Schutzmasken in der Hand. Hinter der Halle, in der gestern der Bundeswehr-Lastwagen parkte, war eine Art Geräteschuppen angebracht, den Malthaner bei seinen beiden Erkundungen hier oben verborgen geblieben war. Das Wellblechhäuschen machte einen verkommenen Eindruck. Sie stießen ihn vorwärts, er stolperte mehr voran, als dass er ging. Einer der Männer schloss das Vorhängeschloss auf, das die Tür des Schuppens sicherte. Drinnen waren Fässer verschiedener Größen gelagert. Ohne ein Wort zu wechseln, setzten die drei ihre Masken auf. Während Beilsteiner auf Malthaner aufpasste, bugsierten die beiden anderen langsam ein großes Fass heraus. Es war schwer, die Anstrengung war ihren Gesichtern selbst unter den Masken anzusehen. Beilsteiner hatte seine Handschuhe noch nicht übergestreift. Betont vorsichtig gingen die beiden mit dem ovalen braunen Fass um, das fast so hoch war, wie sie selbst und einen Durchmesser von 80 Zentimetern hatte.

Ein Deckel war mit einer Art Schnappverschluss auf dem Fass festgemacht. Sehr vorsichtig öffneten sie den Dekkel. Beilsteiner trat einen halben Schritt vor und schaute zufrieden in das Fass hinein. Auch Malthaner äugte vorsichtig und benommen auf den Behälter. Er sah etwas Glibbriges.

Es war keine Überlegung. Kein wohldurchdachter Befehl des Gehirns an den Körper. Malthaner tat es einfach. Seine Reaktion entsprang nackter Panik. Mit aller Kraft, zu der er fähig war, rammte er Beilsteiner seine Arme in den Rücken. Der völlig überraschte Beilsteiner stürzte nach vorne. Auf das Fass zu. In einer Reflexbewegung wollte er sich an dem Behälter abstützen, doch er war völlig aus dem Gleichgewicht. Der rechte Arm tauchte mit dem Ellbogen voraus in das Fass. In den Glibber. Ein Schrei entwich Beilsteiners Kehle, der nicht wie von einem menschlichen Wesen klang. Die Panik war nicht nur Malthaners Schatten, sie hatte auch Beilsteiner ergriffen. Ein furchterregendes Heulen, grauenhaft. Hätte Malthaner in diesem Moment Beilsteiners Gesicht gesehen, er hätte blankes Entsetzen erkannt, das auch die beiden andern gepackt hatte. All das registrierte Malthaner in dieser einen Sekunde.

Er drehte sich um und hetzte los. Vorwärts. Schneller! Seine Beine funktionierten. Säße er nur auf dem Fahrrad; mit dem Pogo könnte er diesen Männern davonfliegen!

Hinter sich hörte er Schreie, hörte Beilsteiner noch immer heulen wie einen verwundeten Hund. Rennend sah der Journalist sich um. Die beiden waren hinter ihm her, doch die Schutzanzüge machten es ihnen schwer. Beilsteiner lag gekrümmt neben dem Fass. Malthaner rannte um sein Leben. Rannte jetzt an der Grube entlang, in der der Müll darauf wartete, verbrannt zu werden. Er spürte ein starkes Seitenstechen. Unter sich sah er in der Grube das Förderband, von dem Vogt berichtet hatte. Der *Kumazu* stand mit erhobenem Greifer an der Querseite vor der Grube wie ein dösendes Monstrum. Ein widerlich süßer Gestank nach Fäulnis machte Malthaner schwindeln. Das Seitenstechen wurde immer schlimmer, so würde er es nicht mehr bis zum Zaun schaffen, auf dessen anderer Seite der Wald begann, der ihm Deckung bieten könnte.

Er hielt genau auf den *Komazu* zu. Stechende Schmerzen. Laufen war nicht dasselbe wie Fahrrad fahren. Er würde nicht mehr weit kommen. Wieder drehte er sich um: Tatsächlich, er hatte etwas Abstand zwischen sich und seine Verfolger gebracht, die sich die Masken von den Gesichtern gerissen hatten. Aber er würde es nicht schaffen, nicht mit diesem quälenden Seitenstechen. Könnte er sich nur eine Minute ausruhen! Geduckt lief Malthaner unter den *Kumazu.* Wieder handelte er, ohne nachzudenken. Er ließ sich in die Grube fallen. Sprang einfach hinein. *Sechs Meter tief.* Vogt. Der Müll stapelte sich in der Grube meterhoch. Malthaner fiel nicht tief. Relativ sanft landete er auf einem Berg von Altpapier, Kartons und blauen Plastiksäcken. Mit etwas Glück hatten seine Verfolger nicht gesehen, wie er in die Grube gesprungen war, in der er jetzt Deckung suchte. Tauchend in diesem Meer aus Müll suchte er sich zu verbergen. Der Gestank war überwältigend.

Der dreckverschmierte Malthaner drehte sich auf den Rücken, bedeckt mit dem Abfall, etwas Säuerliches im Mund. Das verdammte Seitenstechen ließ nicht nach. Er atmete schwer unter seiner Decke aus Altpapier, Kartonagen und wer-weiß-was-noch. Wenn sie ihn hier sehen würden, wäre alles aus. Er war gefangen in einem riesigen Sarg aus Abfall. Über sich hörte er die Stimmen. Sie mussten beim *Kumazu* stehen, wo sie ihn vermutlich zuletzt gesehen hatten. Sie hatten ihn anscheinend noch nicht entdeckt. So lag er einige Augenblicke lang, die ihm unendlich vorkamen. Dann ein Motorengeräusch. Der *Komazu*! Seine rechte Hand zuckte vor Schreck und fasste in etwas Glitschiges.

Also hatten sie eine Ahnung, dass er sich inmitten des Mülls befand. Sie wollten ihn mit dem Greifer erwischen. Ihn herausheben aus dem Müll oder ihn zermalmen. Sein vermeintliches Versteck – ein Grab. Vorsichtig hob er den Kopf aus seiner dreckigen Zuflucht. Wenige Meter neben ihm tauchten die mächtigen Zähne des monströsen Greifers in den Abfall. Der Greifer stieß gierig herab, wühlte im Müll, hob einen Haufen Albstädter Abfall aus der Grube und ließ ihn wieder fallen. Der Anblick lähmte Malthaner. Wieder senkte sich der Arm in den Müll, biss zu, endgültig. Der *Komazu* hob eine weitere Baggerschaufel voller Abfall heraus, schüttelte sie und ließ den Inhalt wieder in die Grube plumpsen.

Mühsam versuchte Malthaner, sich aus der Lage zu befreien, in die er sich selbst manövriert hatte. Sie würden ihn sehen, aber er musste aus der Grube heraus, hier hatte er nicht den Hauch einer Chance.

Bis jetzt hatte der *Kumazu* alle anderen Geräusche übertönt, aber da war jetzt noch etwas anderes zu hören. Motorengeräusche. Stimmen. Dann verstummte der brüllende Motor der Maschine. Malthaner stemmte sich hoch, fand keinen Halt, verlor das Gleichgewicht, rutschte ab und tauchte wieder im Müll unter. Er zog sich an einem Plastiksack hoch, schaute aus der Grube hinaus. Die beiden Männer in den Schutzanzügen standen umringt von Polizisten am Rand der Grube. Wild gestikulierende Menschen. Aufregung. Malthaner sah einen Streifenwagen. Der Kopf von Rehberg tauchte oberhalb der Grube auf. Durch die aufgewühlte Müllbrandung kämpfte Malthaner sich an das Förderband heran, rutschte immer wieder ab, knickte ein, schlingerte über Abfall. Schließlich erklomm er die Betonumrandung, die das Förderband vom Müll in der Grube trennte. Er zog sich daran hinauf. »Hol mich hier raus«, schleuderte er Rehberg entgegen.

»Du hast es gleich geschafft.«

Mit wackeligen Beinen stellte Malthaner sich auf die kleine Betonmauer. Allein konnte er sich nicht aus der Grube befreien. Unendliche Minuten später ließ jemand eine Leiter auf das Förderband hinab, die wohl irgendwo auf dem Gelände aufgetrieben worden war. Mit letzter Kraft kletterte Malthaner hoch. Oben angekommen, übergab er sich.

Er kotzte jämmerlich.

Sie saßen in der Baracke am Konferenztisch. Rehberg, Vogt, Konz, Malthaner. Volker Vogt und Rüdiger Rehberg hielten Tempo-Taschentücher auf die Nasen gedrückt. Malthaner stank zum Himmel. Drei Kriminalbeamte interessierten sich für den Schreibtisch, den Schrank und den Tresor. Malthaner warnte sie, das Zeug aus dem Tresor nicht anzurühren. Er erzählte alles, was vorgefallen war. Von Hochdorfs Anruf bis zu seiner Flucht, die in der Grube geendet hatte.

Als er fertig war, nahm Rehberg das Wort. Das Taschentuch behielt er in der Hand und presste es regelmäßig gegen die Nase, um jeweils tief Luft zu holen. »Du hast dein Leben dem kriminalistischen Spürsinn deines jungen Kollegen zu verdanken.« Er deutete auf Vogt, der stumm und bleich am Tisch saß. »Er rief bei dir zu Hause an. Deine Mutter hat ihm gesagt, dass du Hochdorf aufsuchen wolltest. Er fuhr einfach mal dort vorbei, weil er das Gefühl hatte, das alles nicht mit rechten Dingen zuging.«

»Ja«, mischte Vogt sich ein. »Ich habe Ihr Auto gesehen. Ein kleiner Junge hat mir erzählt, dass Sie mit drei Männern in Uniformen in einen Audi gestiegen sind. Das alles kam mir spanisch vor. Also bin ich rauf zu Hochdorfs Wohnung, die Tür war unverschlossen. Nachdem auf mein Klingeln und Klopfen niemand reagiert hat, bin ich einfach in die Wohnung gegangen. Dort habe ich die Leiche Hochdorfs gefunden. Von seiner Wohnung aus habe ich Herrn Konz angerufen. Er hat gerade mit Herrn Rehberg zusammengesessen.« Vogt machte einen mitgenommenen Eindruck. »Ich war ziemlich durcheinander. Männer in Uniformen: Da fiel mir sofort Beilsteiner ein. Außerdem habe ich mich erinnert, dass wir gestern bei der Müllanlage einen Audi gesehen haben.«

Rehberg ergänzte: »Dann sind wir hier rauf gefahren. Den Rest der Geschichte hast du uns erzählt.«

»Was ist mit Beilsteiner?«, wollte Malthaner wissen.

»Nicht bei Bewusstsein. Hat schlechte Chancen. Er sah so schlimm aus, dass selbst dem Notarzt übel geworden ist.« Rehberg atmete wieder durch das Taschentuch, bevor er anfügte. »Mir auch. Beilsteiner hat seine rechte Hand verloren. Die ist regelrecht weggefressen. Fleisch, Sehnen, Knochen: nichts mehr da. Nur noch ein blutiger Stumpf, wo mal das Handgelenk war.«

»Teuflisches Zeug.« Malthaner schauderte. »Was passiert mit diesem Gift?«

»Der Kampfmittelbeseitigungsdienst ist hierher unterwegs. Ebenso Spezialisten vom Landeskriminalamt. Auch der Staatsanwalt will sich alles aus der Nähe ansehen.«

»Kann ich gehen?«

»Von mir aus schon, aber das LKA wird sich noch mit dir in Verbindung setzen.«

Konz, der Leiter der Kriminalaußenstelle, mischte sich ein: »Ich lasse Sie nach Hause bringen. Sie sollten schleunigst in eine Badewanne.«

Einer der Kriminalbeamten, die noch immer das Büro untersuchten, schreckte bei diesem Satz leicht zusammen. Er ahnte wohl, dass er es sein würde, der den stinkenden Malthaner befördern muss. Genau so kam es. Konz gab dem Mann ein Zeichen, das dieser mit leichtem Verdrehen der Augen beantwortete.

Epilog

Leichter Wind war aufgekommen. Das Blau des Himmels hatte seit gestern von seiner Strahlkraft verloren. Am Firmament bauten sich Wolkengebilde auf. Sie waren mit den Rädern zum Albvereinshaus gefahren. Brigitte und er saßen unterhalb des mächtigen Gebäudes in der Wiese. Aneinander geschmiegt blickten sie in die Ferne. Für den Abend hatte der Wetterbericht heftige Gewitter angekündigt. Das Ende einer wochenlangen trockenen Hitzeperiode.

»Morgen fahre ich wieder nach Stuttgart«, sagte er, die Augen auf das satte Wiesengrün geheftet. Er hatte Angst vor diesem Satz gehabt.

Trotz allem, was passiert war, er glaubte, hierher zu gehören. Hier war er zuhause. Hier war auch Brigitte zuhause. Sie wusste, was er dachte. »Könntest du wieder auf der Alb leben?« Auf Brigittes Frage antwortete er nicht sofort. Sie stach ihn in die Rippen.

Wahrheitsgemäß antwortete er: »Das weiß ich nicht. Aber, ich glaube, ich wünsche es mir fast.« Er seufzte. »Wenngleich ich manches mit anderen Augen sehe als noch vor einer Woche. Ich habe lernen müssen, wie bröckelig die Idylle sein kann. Seit Jahren dachte ich, hier sei die Insel der Seligen. Aber das ist sie nicht. Mit der Müllanlage hatten wir so etwas wie die Pest im Paradies.«

»Für das, was passiert ist, kannst du nicht die Leute hier verantwortlich machen und schon gar nicht die Landschaft. Es war das Werk skrupelloser und vielleicht verrückter Menschen.« Sie strich ihre Haare aus der Stirn. »Du siehst ja, wie entsetzt die Leute hier sind, seit alles an die Öffentlichkeit kommt. Deine Geschichte in der Landeszeitung hat ein großes Echo ausgelöst, und Vogt hat jeden Tag eine neue Story im Blatt. Die Stadt leidet unter einem Schock. Lass uns hoffen, dass es ein heilsamer Schock ist.«

»Die Sanierung des Müllgeländes wird viel Geld kosten«, sinnierte Malthaner. »Was mich ärgert ist, dass man die Verantwortlichen nicht mehr zu fassen bekommt. Ein paar kleine Lichter aus dem Bundeswehr-Stützpunkt hat man verhaftet, aber Beilsteiner ist im Krankenhaus gestorben, der alte Hochdorf ist tot und Dietmar wird für immer verschwunden bleiben, wenn er seinen Spitznamen Einstein zu Recht trägt und halbwegs intelligent ist.«

»Ja«, sagte sie nur und blickte zu einem unbestimmten Punkt in der Ferne.

»Brigitte, morgen fahre ich. Aber am Wochenende komme ich wieder. Ganz bestimmt.«

Er hob seinen Blick vom Gras und schaute sie an. »Du weißt, dass meine Chancen, hier in der Nähe einen Job zu bekommen, gegen Null gehen.«

»Was ist mit dem *Alb-Blatt?* Könntest du damit nicht leben?«

»Ich zweifle daran, dass mich die Arbeit bei dieser Zeitung auf Dauer befriedigen würde«, antwortete er.«

»Dann wirst du eben mein Pressesprecher«, lachte sie gequält.

»Ganz im Ernst: Vielleicht kann ich ein Büro als freier Journalist aufmachen und weiterhin über die alten Kontakte meine Stories verkaufen. Das müsste man mal genau überlegen.«

Er wechselte das Thema: »Meine Mutter ist dem Gedanken nähergetreten, sich einmal von dir untersuchen zu lassen, hat sie mir gestern gesagt.«

»Hoffentlich kann ich ihr helfen.«

Wieder blickte er auf das Grün zu seinen Füßen. »Hast du übrigens im *Alb-Blatt* davon gelesen, dass im August ein Mountainbike-Marathon stattfinden wird?«

»Ja. Seit ich mit dir zusammen bin, interessieren mich solche Dinge.«

»Vielleicht nehme ich teil. Was sagst du dazu?«

»Ich werde dich ganz bestimmt anfeuern.«

Sie nahm seinen Kopf in die Hände und küsste ihn.

Ein Windstoß streifte sie. Die Wolken am Horizont wurden dichter.

Der Wetterbericht würde wohl Recht behalten. Es würde regnen.

Würde endlich regnen.

ENDE

Schwabenkrimis

spannend, witzig, unterhaltsam

Gunter Haug

Tiefenrausch

Horst »Hotte« Meyer, Kriminalkommissar im Urlaub in Ägypten, glaubt seinen Augn nicht zu trauen: 65 Meter zeigt der Tauchcomputer der verunglückten Taucherin, die mit allen Anzeichen der Dekokrankheit im letzten Augenblick gerett wurde. Und wo ist Ihr Tauchpartner? War es ein Unfall, war es Leichtsinn oder Mord?

224 Seiten. 11 x 18 cm. Paperback. ISBN 3-926633-41-7. 16,80 DM.

Gunter Haug

Riffhaie

Was ist geschehen auf der traumhaften Malediveninsel? Muß Kriminalkommissar Horst »Hotte« Meyer wieder seinen Urlaub opfern, um einen Mord aufzuklären? Ausgerechnet der äußerst unsympathische Chauvi und Modeaffe Charlie Sauer taucht bei einem gemeinsamen Tauchgang mit der Tauchschule nicht mehr auf.

252 Seiten. 11 x 18 cm. Paperback. ISBN 3-926633-42-5. 19,80 DM.

natürlich aus dem
Armin Gmeiner
Verlag

Ehnried-Hof
88605 Meßkirch
Telefon 07575/921010
Telefax 07575/921091

S c h w a b e n k r i m i s

s p a n n e n d , w i t z i g , u n t e r h a l t s a m

Gunter H a u g

Sturmwarnung

Wer kann Interesse am Tod des Polizisten Grundler gehabt haben: die eifersüchtige Ehefrau, eine missgünstiger Kollege, der ständig nörgelnde Nachbar oder etwa gar der Kiesbaron, dem grundler auf der Spur war? Eine gnadenlose Hetzjagd rund um den Bodensee beginnt! Und mehr als einmal wird der Jäger zum gejagten!

224 Seiten. 11 x 18 cm. Paperback. ISBN 3-926633-43-3. 19,80 DM.

Gunter H a u g

Spannung pur im Dreierpack

Holen Sie sich mit diesem besonderen Angebot die gebündelte Spannung ins Haus! Im attraktiv gestalteten Schuber stehen die drei Schwabenkrimis »Tiefenrausch«, »Riffhaie« und »Sturmwarnung« von Gunter Haug immer am rechten Platz.

Die drei Schwabenkrimis »Tiefenrausch«, »Riffhaie« und »Sturmwarnung« von Gunter Haug zusammengefaßt im Schuber.

ISBN 3-926633-44-1. 48,– DM.

natürlich aus dem
A r m i n G m e i n e r
V e r l a g

Ehnried-Hof
88605 Meßkirch
Telefon 07575/921010
Telefax 07575/921091